林巨正

벽초 홍명희 소설

1

봉단편

사계절

차례

007	머리말씀
014	이교리 귀양
022	왕의 무도
029	이교리 도망
058	이교리의 안신
088	게으름뱅이
111	축출
136	반정
178	상경
250	두 집안

일러두기

1 이 책은 본사에서 펴낸 1985년 1판과 1991년 2판, 1995년 3판을 토대로 하였고, 이미 2판과 3판에서 시행한 조선일보 신문연재분과 1939년, 1940년에 나온 조선일보사본, 1948년에 나온 을유문화사본 대조작업을 한번 더 거쳐 나온 것이다.
2 표기는 원문의 느낌을 최대한 살리는 선에서 현행표기법에 따라 바로잡았다. 지문에서는 표준말을 원칙으로 하였으나 표준말이 없는 것은 그대로 놔두었다. 대화에서는 방언이나 속어를 살리되 현행 한글맞춤법에 맞도록 표기하였다.
3 원전에 나와 있는 한자 가운데 일반적인 것은 더러 빼기도 하고 필요한 한자는 더 보충해 넣기도 하였다.
4 독자들이 읽기에 편리하도록 현재 흔히 쓰지 않거나 꽤 까다로운 말은 뜻풀이를 첨부하였다.

머리말씀

자, 임꺽정이의 이야기를 붓으로 쓰기 시작하겠습니다. 쓴다 쓴다 하고 질감스럽게˚ 쓰지 않고 끌어오던 이야기를 지금부터야 쓰기 시작합니다.

각설, 명종대왕 시절에 경기도 양주 땅 백정의 아들 임꺽정이란 장사가 있어…….

이야기 시초를 이렇게 멋없이 꺼내는 것은 이왕에 유명한 소설 권이나 보아두었던 보람이 아닙니다. 『수호지』 지은 사람처럼 일백 단팔마왕이 묻힌 복마전伏魔殿을 어림없이 파젖히는 엄청난 재주는 없을망정 『삼국지』같이 천하대세 합구필분이요, 분구필합˚이라고, 별로 신통할 것 없는 말씀이야 이야기 머리에 얹으라면 얹을 수 있겠지요.

● 질감스럽다
지루감스럽다.
견디기 매우 지루한 데가 있다.
● 합구필분(合久必分)이요, 분구필합(分久必合)이라
합하여 오래되면 반드시 나뉘고, 나뉘어 오래되면 반드시 합한다는 뜻으로 역사란 분열과 통합의 반복이라는 의미.

이야기를 쓴다고 선성˚만 내고 끌어오는 동안에 이야기 머리에 무슨 말을 얹을까, 달리 말하면 곧 이야기 시초를 어떻게 꺼낼까 두고두고 많이 생각하였습니다. 십여세 아잇적부터 이야기 듣기, 소설보기를 좋아하던 것과 삼십지년 할 일이 많은 몸으로 고담古談 부스러기 가지고 소설 비슷이 써내게 되는 것을 연락을 맺어 생각하고 에라 한번 들떼놓고 인과관계를 의논하여 이야기 머리에 얹으리라 벼르다가 중간에 생각을 돌리어, 그럴 것이 없이 문학이란 것을 보는 법이 예와 이제가 다르다고 옛사람이 일신一身 정력을 들여 모아놓은 그 깨끗하고 거룩하던 상아탑이 여지없이 무너지고 그 속에 있던 뮤즈란 귀신의 자취가 간 곳 없이 사라졌다는 것을 그럴싸하게 꾸며가지고 이야기 시초로 꺼내보리라 맘을 먹었습니다.

그러나 이 생각 저 생각이 모두 신신치 아니한 까닭에 생각을 통이 고치어 숫제 먼저 이야기가 생긴 시대를 약간 설명하여 이 것으로 이야기의 제일 첫 머리말씀을 삼으리라 작정하였습니다.

한양 개국한 후에 태조 7년, 정종 2년, 태종 18년, 세종 32년, 문종 2년, 단종 3년, 세조 13년, 예종 1년을 지나 성종대왕이 즉위하셨습니다. 성종은 영명한 임금이라 재위 25년간 별로 실덕이 없으셨지만, 한 가지 흠절欠節이 폐비사건廢妃事件입니다. 이 폐비사건도 물론 성종대왕의 실덕은 아니겠지요만 태평성대의 흠절이라면 흠절이 될 만합니다.

폐비사건은 다른 일이 아니라 곧 왕비 윤씨를 폐위서인廢位庶人

하였다가 나중에 사약賜藥까지 한 사건인데, 그 윤씨라는 왕비가 투기가 심하고 너무도 방자하여 어느 때는 대왕의 얼굴을 할퀴어 생채기낸 일까지 있었더랍니다. 대왕은 그래도 참으실 만큼 참으셨지만, 대왕의 어머님 되시는 인수대비仁粹大妃 한씨께서 윤씨를 대단 괘씸히 여기셔서 대왕께 말씀하여 구경 폐비와 사약 전교傳敎가 내리게 되었답니다.

성종대왕 뒤에 임금 된 연산주燕山主는 폐비 윤씨의 소생인데, 동궁東宮으로 있을 때부터 임금 노릇 잘 못할 싹수가 보이던지 성종대왕이 극히 사랑하시던 신하 문정공文貞公 손순효孫舜孝가 용상 가까이 엎드려 용상을 가리키며 이 자리가 아깝다고까지 말씀을 아뢴 일이 있었답니다.

● 선성(先聲) 어떤 일이 일어나기 전에 미리 알리는 소문 또는 소식.

이 연산주가 임금 노릇한 동안이 12년인데, 즉위 4년인 무오년에 간신奸臣 유자광柳子光의 무고誣告를 믿어 큰 옥사를 일으키고, 즉위 10년인 갑자년에 폐비사건으로 또 큰 옥사를 일으켜서 유명한 조신朝臣들을 마냥 죽이고 산 사람을 죽일 뿐이 아니라 이왕 죽은 사람은 두 번 죽음을 시키는데, 부관참시剖棺斬屍라고 관을 파다가 송장의 목을 베기, 쇄골표풍碎骨飄風이라고 뼈를 갈아 바람에 날리기, 별별 형벌을 하고 파가저택破家瀦澤이라고 집을 헐어 웅덩이를 만든 것이 열 집 스무 집이 아니고, 가장 경한 사람이라야 2천 리 3천 리에 귀양살이를 보냈더랍니다.

이렇게 두 번 큰 옥사로 유명한 신하들을 죽이고 귀양 보낼 뿐 아니라, 각 고을의 얼굴이 반반한 계집 또는 계집아이를 서울로 뽑아올려 기생 명색으로 궐내에 드나드는 것이 만 명 이상이 되었는데, 기생의 칭호를 운평運平이라고 하고 궐내에 가까이 도는 운평을 흥청興淸이라고 하고 상관이 있는 흥청을 천과흥청天科興淸이라고 하여 운평, 흥청과 악수樂手들을 살리느라고 종실宗室 대관大官의 집을 빼앗고 운평, 흥청 들을 먹여살리고 몸치장시키느라고 민간 재물을 강탈하고, 이것도 부족하여 종실 대관의 처첩을 빼앗아 갖은 음란한 짓을 다 하였답니다.

연산주는 이러한 할 짓, 못 할 짓 다 한 까닭에 임금 자리에서 쫓겨나고, 그 뒤에 중종대왕이 등극하였습니다. 중종대왕 39년간에는 남곤南袞, 심정沈貞 같은 간신의 모함으로 조광조趙光祖 이외 여러 명사를 죽이고 귀양 보낸 유명한 기묘사화己卯士禍가 있었습니다.

즉위 39년 갑진 11월에 중종이 승하하시고 인종이 즉위하니 인종은 성덕이 있던 임금이시랍니다. 수隋 양제煬帝, 금金 해릉海陵 같은 임금도 그 당시 신하들은 요순堯舜이라고 칭송하여 임금 치고 요순 소리 아니 들은 임금이 없겠지요마는, 이 인종대왕이야말로 참말 요순이라고 칭송할 만한 임금이더랍니다.

인종대왕은 그 계모 되는 문정왕후文定王后 윤씨의 형제 윤원로尹元老, 윤원형尹元衡이 내전에 자주 드나드는 통에 즉위 일년이 못 되어 의외로 승하하셨는데, 이때 국상 난 지 며칠 안에 팔도가 울음빛이었답니다. 인종대왕 뒤에 문정왕후 소생이신 명종대왕이 즉위하였습니다. 명종 초년에는 문정왕후가 정사를 알음하여 윤원로, 윤원형의 세력이 같이 충천하다가 형제간에 세력 다툼이 생겨서 원로는 아우의 음해와 족질族姪의 공격으로 사약까지 받게 되고 원형이만이 문정왕후 상사 나던 을축년까지 혼자 세력을 잡았었습니다.

  이야기의 머리말씀을 한 회에 마치려고 인종, 명종 때 일을 조금 자세히 설명하여야 할 것도 다 못하고 바로 본이야기로 접어들려고 합니다.

이꾜리 귀양 ◈ 왕의 무도 ◈ 이꾜리 도망

이꾜리가 두 손에 주먹을 쥐고 두 발을 모으고
몸을 솟치려 할 제 그 뒤에서
「에헴!」 기침 소리가 났다.
이꾜리가 어린아이와 같이 깜짝 놀라며
겁결에 선뜻 몸을 돌치어서니
웟도리를 벗은 주인집 아이가
한손으로 피춤을 들고 눈앞에 서 있었다.

이교리 귀양

연산주 때에 이장곤李長坤이란 이름난 사람이 있었는데, 일찍이 등과하여 홍문관 교리˚ 벼슬을 가지고 있었다. 이교리는 문학이 섬부하여˚ 한원翰苑 옥당玉堂의 벼슬을 지내나 항상 말달리고 활쏘기를 좋아할 뿐 아니라 신장이 늠름하고 여력膂力이 절등하여 그 재목이 호반虎班에도 적당한 까닭에, 그의 선배나 제배로 그의 문무 겸전兼全한 것을 일컫지 아니하는 이가 없었다.

이교리가 과거에 급제해서 뽑힐 때에는 장차 국가를 위하여 자기의 문무 재주를 다하려는 포부를 가졌었으나, 때의 임금의 심법과 행사를 차차로 알게 되자, 그 포부를 펴는 것은 고사하고 큰 죄나 면하고 지내면 다행이거니 생각하여 조심조심하고 벼슬을 다니는 중에 무오년을 당하여 큰 옥사가 일어나며 점필재佔畢齋 김종직金宗直 선생이 부관참시를 당하고 그외에 그의 여러 선배와 제배가 죄들도 없이 혹은 죽고 혹은 귀양가는 것을 목도하고는 벼슬 다닐 생각이 찬 재가 되고 곧 조정을 하직하고 백구˙를 좇아갈 맘이 났지만, 상당한 이유도 없이 섣불리 벼슬을 고만둔다고 하다가는 임금이 싫어 내빼려 한다고 화가 몸에 미칠 것 같아서 그는 굽도 접도 못하였다. 그럭저럭 몇 해를 지내는 동안에 왕의 심법과 행사는 나날이 더 고약하여 이교리는 무슨 화가 자기 몸에 내리지 아니할까 두려워서 하루라도 맘이 편할 날이 없었다.

하루는 그가 조반朝班에서 나와서 입었던 관복을 천근 무게나 되는 갑옷을 벗듯이 간신히 벗고 자리에 앉으려 할 때 시중을 들던 하인이 "오늘 아침에 풍덕 정한림鄭翰林 댁에서 답조장答弔狀이 전편專便으로 왔습니다" 하고 편지봉을 자리 앞에 놓았다. 정한림은 누구인고 하니 예문관 봉교˙ 벼슬을 지낸 정희량鄭希良 정한림이니, 그가 무오년에 의주로 귀양가서 김해로 양이量移되었다가 의외로 칠년 만에 석방되는데, 그가 고향인 풍덕으로 돌아오며 그의 어머니 초상을 당하였다.

이교리는 본래 친구들 중에서도 정한림과 정분이 자별하던 처지라 곧 전인專人으로 편지도 부치고 또 조장도 부쳤더니 그 답장이 온 것이다. 이교리는 정상제鄭喪制에게서 온 편지봉을 뜯어 답조장을 펴 보면서 한편으로 생각하였다.

'이 사람은 꼭 한번 가서 물어야 할 터인데 색책塞責하듯이 조

● 교리(校理) 조선시대 정오품 또는 종오품의 문관 벼슬.
● 섬부(贍富)하다 넉넉하고 풍부하다.
● 백구(白鷗) 갈매기.
● 봉교(奉教) 예문관에 속하여 임금의 교칙을 마련하는 일을 맡아보던 정칠품 벼슬.

장만 하고 고만둘 수야 있나. 겸하여 서회˚도 하려니와 또 그 외에도 물어볼 것이 있어. 이 사람이 음양술수로 능히 앞일을 짐작한다니, 오순형吳順亨의 말 같으면 이 사람의 사주가 세상에 유명한 홍계관˚의 점보다도 더 용하다지.'

 이교리가 편지봉을 접어놓고 나니 불현듯이 정상제를 만날 생각이 나서 하인을 불러서 나귀를 얻어온다, 행장을 차린다, 홍문관에 병이 났다고 닷새 수유受由를 얻는다. 그날은 분주하게 보내고 그 이튿날 새벽 파루 친 뒤에 곧 풍덕길을 떠났다. 봄 추위가 남아 있어서 바람이 쌀쌀하나 오래간만에 시골길을 나선 이교리는 답답하던 가슴이 좀 시원하여지는 것 같아서 쌀쌀한 것을 도리어 좋은 것같이 생각하였다.

 그 이튿날 승석僧夕 때 풍덕에 당도하여 정상제를 찾아서 조례를 마친 뒤에 상제의 파리한 얼굴을 대하니 이교리는 갑자기 무슨 말이 나오지 아니하여 묵묵하고, 주인은 상제라 별로 말이 없어 이따금 이따금 수어˚를 접할 뿐이었다.

 그날 밤 자리에 누운 뒤에야 이교리가 그동안 조정 이야기를 대강대강 말하고 국사國事가 한심하다고 눈물을 흘리니 주인 상제가

 "그것도 막비천운莫非天運이지. 그다지 상심할 것이야 무엇이 있겠나?"

손을 위로하였다. 이교리는 갑자기 생각나는 일이 있는 듯이 눈물을 거두면서

"여보게, 천운이라니 말이지 자네는 앞일을 짐작하지 않나? 그전에는 자네가 알기는 무얼 알아 하고 술수를 잘 안다고 말하지 않을 뿐 아니라 나도 술수에 그렇게 맘이 당기지 아니하였었네만 오주부는 바루 자네를 이인異人같이 말하데그려."

주인 상제는 이 말을 듣고 잠깐 웃는 듯 마는 듯 웃고서

"오순형이 말인가? 그 사람 말은 준신할 것이 있나."

하고 말을 끊었다. 이교리는 한참 있다가

"여보게, 점필재 선생이 벼슬을 내놓고 시골로 가셨을 때 시골 사람이 새 임금은 영명하시다는데 무슨 까닭으로 벼슬을 내놓으셨느냐고 여쭈어보니까 선생의 말씀이 새 임금의 눈을 보면 나 같은 늙은 신하가 몸 성히 죽으면 다행이지 하시더니, 선생이 사후에라도 그런 화를 당하지 않으셨나. 이로 보면 선생 같으신 이도 앞일을 짐작하시던 것이 아닌가?"

"그것이 술수인가?"

이교리는 다시 말을 잇지 못하고 말았다.

그 이튿날 도로 서울로 오려고 길을 떠나는데 정상제가 나귀 머리에 상장喪杖을 짚고 서서

"내가 어렴풋이라도 짐작하는 것을 자네에게 말 아니할 수가 있겠나. 올 갑자년은 지난 무오년보다 더 혹화酷禍가 있을 듯한데 그 화가 나 같은 사람에게도 미칠 것이요, 자네도 면하기 어려우리. 그렇지만 자네는 복이 두터운 사람이라, 그러나 혹 앞에 액색阨塞한 경우를 당하여서 자처할 생각까지 날 때가 있거든 이

• 서회(敍懷)
회포를 풀어 말함.

• 홍계관(洪繼寬)
조선시대에 점 잘 치는 것으로 유명한 사람.

• 수어(數語)
두어 마디의 말.

것을 뜯어 보게. 그 전에 뜯어서는 소용없어."
하고 한손에 상장을 쥐고 다른 한손으로 조그마한 종이봉지를
꺼내서 이교리에게 내주더니

"이제로부터 생리사별일세. 아무쪼록 보중 保重 하시게."
하고 이교리를 향하여 한번 국궁 하였다.

이교리가 풍덩 갔다온 뒤 며칠이 되지 아니하여 홍문관에 번番
을 들 차례가 돌아왔다. 월화문月華門 밖에 있는 홍문관은 승정
원에서 멀지 아니한 곳이라 그날 승정원에 번 들었던 젊은 동부
승지 한 분이 이교리가 번 자는 줄 알고 석반夕飯 후에 일부러 찾
아와서

"여보, 내가 엊그제 입시入侍하였을 때 전하께옵서 이말저말
하문下問합시다가 너 이모李某를 잘 아느냐고 노형 말씀을 물으
십디다. 그래 내가 말씀을 잘 여쭈어 두었소. 그때 이응교李應敎,
권교리權校理, 박수찬朴修撰의 말씀까지 계셨는데 말씀이 이러하
십디다. 이행李荇이와 박은朴誾이는 믿을 수 없는 인물이고, 권달
수權達手는 위인이 괴악하다고 그리합시고, 또 말씀이 조그마한
일만 있어도 옥당에서 이러니저러니 지껄이니 성이 가시다고 하
십디다. 이후에 무슨 말씀이 계시거든 덮어놓고 지당합소이다고
아뢰어만 보구려. 노형 같은 이에게는 그날로 당상堂上이 돌아
갈 것이오."

이교리는 잘 여쭈어 주어 고맙다는 말 한마디 아니하고 그저
녜녜 하고 그의 말만 듣고 있었는데, 그 녜 소리에는 말이 옳다

고 동의를 표하느니보다도 멋대로 지껄여라, 한귀로 듣고 한귀로 흘린다는 듯한 어조가 있었다. 그 승지는 말을 다 하고 나서야 이것을 깨달았는지 한참 동안 무료하게 앉았다가

"나는 가오."

하고 일어섰다.

동부승지가 간 뒤 한 식경가량이나 지나서 밤이 이경二更쯤 되었을 때에 대내大內에서 젊은 내시 하나가 나와서 곧 편전便殿으로 입시하랍신다고 어명을 전하므로 이교리는 창황히 관복을 갖추고 사초롱을 든 내시를 뒤따라 들어가서 편전 계하階下에 부복하니 왕은 이교리에게 계상階上에 올라 평신°하라고 명하고 왕이 앉은 편 영창 한쪽을 열어놓는데, 왕은 밝은 촛불 아래에 앉고 그 뒤에는 여러 여관女官의 그림자가 쭝긋쭝긋 서 있다.

● 보중(保重) 몸의 관리를 잘하여 건강하게 유지함.
● 국궁(鞠躬) 윗사람에게 존경의 뜻으로 몸을 굽힘.
● 평신(平身) 엎드려 절한 뒤에 몸을 그 전대로 폄.

"너 병이 났다더니 인제 쾌히 나으냐?"

물으며 왕이 이교리를 내다보니 이교리는

'옳지, 탈났구나. 병 칭탁稱託하고 정희량이 찾아간 것이 입문入聞되었구나.'

하는 생각이 번개같이 머릿속에 떠오르며

"황송하외다."

대답하고 그 큰 키를 활같이 구부렸다.

"너 이것 좀 보아라."

할 때에야 비로소 고개를 들고 무엇을 보라나 하고 영창 안을 들

여다보니 왕이 두 손으로 여자의 적삼 하나를 펴서 들었고, 여자 적삼이 웬일인가 하고 그 적삼을 살펴보니 흰 비단으로 지은 것인데 앞섶에 거뭇거뭇 얼룩진 것이 있고 소매에도 거뭇거뭇한 점이 있다. 이교리는

'왕에게 외조모 되는 신씨가 왕의 소생모 윤씨의 옷 한 가지를 왕께 바쳤다더니 이 적삼이 그것인가.'

선뜻 생각하였으나 말없이 잠잠히 서 있었더니 왕이 적삼을 놓고 손가락으로 그 앞섶을 가리키며

"이것은 약자국이고."

또 소매를 가리키며

"이것은 핏자국이다."

말하고 몸을 부르르 떨며 이를 가는데, 두 눈에서는 독기가 철철 흐르는 것 같았다. 이교리는

'윤씨가 사약 받을 때 입었었다는 적삼이 분명하군.'

생각하며 무슨 말을 하여야 좋을지 몰라서 전과 같이 잠잠히 서 있었다. 한참 있다가 왕이 분이 진정된 뒤에 먼저

"장곤아!"

불러놓고

"원수가 있으면 갚아야 하지?"

하고 두 손으로 영창 틀을 잡아당기며 이교리를 내다보는데, 그 기색이 말 한마디만 잘못하면 너도 곧 내 원수다 말할 것같이 무서웠다. 이교리는 아까 들었던 젊은 동부승지의 말이 언뜻 생각

이 나며 '지당합소이다' 하고 말이 거의 입술에서 떨어질 뻔하다가 의리 부당한 일에 임금의 비위를 맞추어 당상을 하고야 낯을 들고 다닐 수 있으랴 생각하고

"임금의 원수 갚는 법은 필부匹夫와 다를 것입네다. 임금이 덕을 닦으셔서 국가가 태평하오면 원수 갚는 것쯤은 그 속에 있사올 줄로 소신小臣은 생각합네다."

말이 '지당합소이다'와는 엄청 다르게 나갔다. 왕은 이 말을 듣고서 눈썹이 쌍그랗게 올라가면서도 '허허허' 거짓웃음을 웃으며

"임금이 덕이 없으면 그 임금은 어찌하노?"

"임금의 자리는 높은 까닭에 위태하옵네다. 덕이 아니면 누리기가……."

● 배도압송(倍道押送)
이틀 갈 길을 하루에 걸어
죄인을 다른 곳으로 이송함.

"무에야, 덕이 아니면 어째!"

하며 왕이 와락 영창을 닫았다.

조금 있다가 지밀至密내시 하나가 마루에서 상감마마께서 나가라신다고 말하여 이교리는 기운 없는 걸음을 걸어 홍문관으로 물러나와 길이 한숨만 쉬며 밤을 앉아 새다시피 하였다.

이튿날 아침에 이교리가 집에 나와서 아침상을 대하였을 때, 자기를 거제로 정배定配하되 배도압송˙하라는 왕의 명령이 내린 것을 알고 아침을 변변히 먹지도 못하고 얼마 아니 있다가 금부도사가 재촉하는 대로 총총히 귀양길을 떠나 문밖으로 나가게 되었다.

왕의 무도

이교리가 거제도로 귀양간 뒤의 일이다. 왕은 자기의 어머니 윤씨가 궁중에서 쫓겨나고 마침내 사약까지 받게 된 것은 엄귀인, 정귀인이 성종께 참소한 탓이라고 하여, 어느 날 내전에 들어가서 두 귀인을 불러다가 뜰아래에 세우고 철여의를 쥐고 내려가서 대변에 머리를 쳐서 바수니, 한 마당에 두 시체가 거꾸러지며 이곳저곳이 피투성이라 마루 위와 뜰 위에 섰던 왕비 신씨愼氏 이하 여러 궁인들은 끔찍스러운 일을 보고 한참 동안 모두 섰던 곳에 박힌 듯이 서서 혹은 고개만 돌리고 혹은 눈만 가릴 뿐이었다. 왕에게 조모인 인수대비가 그때 마침 병환이 침중한 중에 이 일이 난 것을 알고 억지로 병석에서 일어앉아 왕을 불러다 앉히고 부왕父王의 후궁을 그렇게 하는 법이 어디 있느냐고 준절히 책망하니 왕은

"무어요? 법이오?"
하면서 대비의 가슴을 머리로 받아서 대비는 일시 기가 질리었었다.

왕은 이런 일을 하고도 분이 풀리지 아니하여 정귀인의 소생인 안양군安陽君과 봉안군鳳安君을 절도絶島로 귀양 보내었다가 뒤미처 사약을 내리어 죽이고 또 폐비사건에 참섭하였던 사람을 모두 대역죄로 몰아 참혹한 벌을 내리었는데, 이왕 죽은 사람들은 시체를 파내어 뼈를 갈거나 목을 자르거나 혹 시신을 통으로 강물에 띄우게 하고 살아 있는 사람들은 서울, 시골서 잡아다가 모두 목을 베게 하고 그들의 죄를 동성팔촌에게까지 연좌시키었다.

이와같이 참혹한 육시戮屍와 처참處斬이 나날이 그치지 아니하는 중에 왕의 죄악을 낱낱이 열거한 언문 익명서가 서울 큰길거리에 붙으며 이것이 바로 왕에게 입문되니, 왕은 죄인 여당餘黨의 소위라고 일변으로 평일에 밉게 본 언문 아는 신하들을 옥에 내리어 형벌을 더하며, 언문 같은 쉬운 글이 있는 것이 병이라고 일변으로 세종대왕 때 설치한 언문청諺文廳을 파하고 여염 여자와 궐내 나인까지라도 언문을 배우지 못하도록 금하였다.

그때 마침 인수대비의 상사가 나니 왕은 거상居喪 입기가 성가시어서 삼년간 달수를 날짜로 대신하여 이십칠일 만에 상기喪期를 마치고 자기만이 그리할 뿐 아니라 삼년상을 일체로 금하였다. 이때 대전 내시로 세조 때부터 내려오는 김처선金處善이란 늙은 지사가 있었는데, 이 늙은 내시는 왕의 처사가 옳지 못한 것을 볼 때마다 진심으로 왕에게 간諫하므로 왕이 싫어하고 미워하는 터이다.

하루는 김지사가 죽음을 무릅쓰고 간하여 보려고 작정하고 종일 틈을 엿보고 있었으나, 왕이 계집들과 장난하느라고 여간하여 틈이 나지 아니하므로 나중에는 왕이 편전 마루에서 두 젊은 기생을 양옆에 끼고 있을 때 편전 뜰아래 나아가 서서

"상감마마!"

하고 소리를 지르니 왕은 깜짝 놀라 기생들 끼었던 팔을 빼어서 얼른 뒷짐을 지고 김지사를 내려다보며

"늙은것이 소리도 크다."

"말씀 아뢸 것이 많소이다. 노奴가 마마께까지 사조四祖를 섬기어오는 중에 예전 사적을 대강 들어 압니다만, 마마 하시는 일 같은 것은 고금에 없을 듯합니다."

김지사는 가쁜 숨을 돌려가지고

"부모의 삼년상 못 입게 하는 임금은 어디 있으며, 죄 없는 선왕의 후궁을 박살하는 임금은 어디 있습니까. 또……."

왕이 처음에는 저 늙은것이 망령이 나지 아니하였나 생각하고 노려보고만 있다가 자기의 죄악을 글 읽듯 하려는 것을 보고 와락 나는 분을 걷잡지 못하여 벽에 걸린 활을 떼었다. 활시위에 살을 먹이자마자 김지사를 쏘았다. 그의 갈빗대가 맞았다. 김지사는 잠깐 입술을 악물었다가

"조정 대신도 장난하듯 살육하시는 수단이니까 저 같은 천한

늙은것이야……."

또 한 살이 가슴에 맞았다. 김지사는 마당에 자빠져서

"죽어 마땅합니다. 그렇지만 마마가 오래 임금 노릇을 못하게 될 것이 한이올시다."

왕은 어느 틈에 활을 놓고 환도를 쥐고 쫓아내려와서 한칼에 김지사의 다리를 끊고, 김지사의 아픈 것 참는 모양을 들여다보면서

"일어나 걸어라."

하니 김지사는 왕을 치어다보며

"마마는 다리 없이도 걸으십니까?"

왕이 환도로 그 입을 찍었다. 그래도 김지사는 말 안 되는 소리로 무어라고 지껄인다. 왕은 이를 부드득 갈며 김지사의 배를 가르고 환도 끝으로 창자를 꺼냈다. 그래도 시원치 못하던지 김지사의 고기를 갖다가 호권虎圈 속에 있는 호랑이의 밥을 만들게 하고 김처선이란 곳 처處자까지 통용하지 못하도록 금하였다.

왕이 이것저것 금하는 영을 내릴 때마다 번번이 인심이 소동되어서 대궐 안으로부터 시골 두메구석에까지 '세상은 망한다', '나라는 망한다' 한탄하는 소리가 그치지 않건마는 왕은 나라가 망하든지 세상이 망하든지 놀고나 보리라고 결심한 것같이 밤낮 없이 계집들 데리고 놀기만 일삼는데, 대궐 후원에 서총대瑞葱臺를 쌓고 창의문彰義門 밖에 수각水閣을 세우고 또 고양 땅에 연희궁衍喜宮을 지어서 새로이 놀이터를 만들 뿐 아니라, 성균관 같

은 좋은 집을 위패位牌 조각과 몇낱 선비에게 맡겨두는 것이 합당치 않은 일이라고 위패는 집어치우고 선비는 내몰고 훌륭하게 놀이터를 만들었다. 계집들 데리고 놀기를 좋아하는 왕은 팔도 기생을 모두 뽑아 올려서 서울 안에 만여명 기생이 복작거리게 하여놓고 기생들의 뒤치다꺼리를 하느라고 백성의 재물을 턱없이 빼앗으니, 한탄하던 것이 원망으로 변하고 원망하던 것이 악심으로 변하여 사방에서 나날이 느는 것이 도적이라. 지리산 속에 대적이 있고 변산邊山 안에 적당이 있는 것은 오히려도 예사려니와 서울에서 멀지 아니한 장단長湍, 인천은 온 고을이 거의다 적굴이 되었고 장단, 인천은 또 고사하고 도성 안에도 이곳저곳에 적굴이 생기어서 밤은 말도 할 것이 없고 낮에라도 사람이 잘 다니지 못할 골목이 많았는데, 이때 남소문 안에 있던 한치봉韓致奉이의 적당은 서울 안에서 가장 유명하던 적당이다.

한치봉이는 어느 시골 한씨 집의 서자로 집안의 홀대 받기가 싫어서 서울로 뛰어올라와서 몸이 날쌔고 완력이 센 것을 믿고 갖은 짓을 다 하다가 마침내 적당의 괴수가 된 사람이니, 한씨가 처음 괴수가 되어가지고 남소문 안에서 미인계 판을 차리었을 때 경상도 선산 사는 박선전朴宣傳이란 사람을 옭아들였다가 그가 힘이 장사인데다가 무예까지 절등하던 까닭에 미끼삼아 사람을 옭아들이는 미인까지 빼앗긴 일은 있었으나, 그후로 이때까지 약 십여년간 별로 봉패˚한 일이 없이 서울 안에서 거의 횡행하다시피 하는 터이다.

한씨의 부하인 김삭불이란 사람은 이교리 유모의 아들로 어려서 이교리와 같이 자라다시피 한 사람이니, 노름에 반하여 노름판을 쫓아다니다가 한씨의 부하가 되었는데, 사람이 영리하고 약삭빠른 까닭으로 한씨가 끔찍이 사랑하여 입당한 지가 이년이 채 못 되었건만 한씨 도당 중에서는 상당한 지위를 가지고 있었다.

어느 날 한씨와 같이 이 이야기 저 이야기 하는 중에 한씨가 무엇을 잊었던 것이 갑자기 생각난 듯이

"아니 이애 삭불아, 너의 젖동생 누가 교리 다니다가 귀양갔다고 하지 않았느냐? 그 성명이 무엇이랬지?"

"그건 왜 새삼스럽게 물으시오? 알으켜드리면 상을 주실 터이오?"

● 봉패(逢敗) 낭패를 당함.

삭불이는 하하하하 웃었다.

"이 자식, 상은 되우 바라네."

삭불이는 바로 정색이나 하는 듯이 별안간 웃음을 거두면서

"당신이 꼭 하나 고치셔야 할 일이 있는데 고치지 않으십디다. 말투는 아무래도 좀 고치셔야 하리다. 무슨 잘못한 일도 없는 사람을 왜 이 자식 저 자식 하시오? 당신이 영광서 오셨소, 순천서 오셨소?"

"아따, 그 자식 수다도 하다."

"그래도 고치지 않으시오그려. 그러나 그것은 대체 왜 물으시오?"

삭불이가 눈귀에 웃음빛을 띠고 한씨 얼굴을 들여다보니 한씨

는 팔을 늘이어 삭불의 등을 툭 치며

"왜 물었느냐? 네 젖동생 교리 나으리가 맞아죽었나 하구."

"맞아죽다니요? 누가?"

"어저께 뉘게 말을 들으니까 이교리니 권교리니 무슨 교리이니 하는 것들이 뼈가 부서지도록 매를 맞아서 거의 다 죽을 지경이라더라."

"나와 친하다는 이교리는 거제로 귀양가서 지금 잘 있을 겝니다. 염려 마십시오."

삭불이는 다시 하하하 웃으며 일어섰다가 얼굴에 걱정하는 빛을 띠고 다시 자리에 앉으며 한씨를 보고 하는 말이

"이교리가 지금 죽지는 않았더라도 죽기가 십상팔구일 것이오. 지금 임금이란 것이 의심이 많은데다가 사람을 죽이는 데 수단이 난 터이니까. 내 청으로 이교리를 좀 살려봅시다, 네?"

"나는 죽일 수는 있어도 살릴 수는 없다."

한씨는 말하며 껄껄 웃었다. 삭불이는 양미간을 찌푸리며

"아니, 웃으실 것이 아니라 좀 생각해주시구려. 우리가 좀 빼돌려봅시다."

한씨는 열어놓은 창문 밖으로 침을 탁 뱉으며

"어림없는 소리다. 양반님들은 곧 죽어도 도적놈 손에서 사실 리가 없다. 그런 생각은 고만두어라."

그렇게 말하였지만, 삭불이가 갖은 정으로 청하는 데 끌리어서 한씨는 이교리를 구하여 보려고 작정하였다.

이교리 도망

그날 삭불이가 한씨와 마주 앉아서 이교리 살릴 계획을 서로 이야기하는데 한씨 말이

"야, 이교리가 화를 당할 길이 두 가지가 있다. 하나는 사약, 하나는 장하˙에 물고,˙ 또 혹은 처참을 당할지도 모르지. 그렇지만 배소에서 죽거나 서울로 압상되어 와서 죽거나 두 가지는 틀림없을 것이니까 이것을 구할 작정이면 역시 두 가지 방법을 차려야 한다."

"그렇지요. 그러니까 오늘부터라도 정원政院 소식을 잘 탐지합시다. 상감인지 땡감인지 어느 때 그 소위 전교란 것을 내릴지 모르니까. 그래 탐지해가지고 사약이거든 삼현령三懸鈴 역마보다 빨리 가는 말을 타고 도사都事 앞질러가서 살짝 빼돌리고, 압상이거든 오는 길목에 동무 한 십여명 묻었다가 집어칩시다

● 장하(杖下) 곤장으로 매를 맞는 그 자리.
● 물고(物故) 사람의 죽음을 완곡하게 이르는 말.

그려."

 삭불이는 말을 할 때 몸과 손을 가만히 두지 아니하고 '말을 타고' 할 때는 몸을 말 탄 것같이 까닥거리고, '집어칩시다' 할 때는 손으로 물건을 잡아채는 시늉을 낸다.
 한씨는 이것이 구경스러운 듯이 또는 귀여운 듯이 빙그레 웃으며 삭불이를 바라보았다. 삭불이는 자기의 꾀가 한씨 비위에 맞았나 보다 생각하여 좋아하면서
 "사람을 보고 왜 그렇게 웃으시오? 내 얼굴에 검정이가 묻었나요?"
 그리하고 또 자기가 일을 요량하는 법이 경선치* 아니한 것을 보이려고
 "일이 작고 크고 시작하기 전에 아무쪼록 주밀하게* 생각하여야 하지 않겠습니까? 빼돌리거나 집어치거나 간에 그 당자가 말을 듣지 아니하면 어찌하나요?"
 한씨는 자기가 먼저 생각한 것을 자랑하듯이
 "그렇기에 내가 말하지 않더냐?"
 "사람이 죽을 지경에 살려준다는 것을 싫달 리는 만무하지요만 그래도 그렇지 아니하니까 일이 나기 전에 내가 한번 거제를 갔다오리다. 당자가 의향이 있으면 좋고 그렇지 아니하면 거제 구경간 셈만 잡고 고만두지요."
 이리하여 삭불이는 한씨의 허락을 맡아가지고 수일 동안 준비한 뒤에 곧 거제길을 떠났다.

이때 이교리는 거제 배소에 도착한 지 벌써 이삼 삭朔이라 처음 서울서 떠날 때는 개나리 꽃잎도 돋기 전이었는데, 남방으로 내려올수록 일기가 점점 더 온화하여 거제에 도착한즉 진달래가 만발이더니 지금은 녹음이 우거지고 이른 매미의 찌르르 소리가 여기저기서 들리게 되었다. 다행히 부사府使가 까다롭지 아니한 사람이라서 이교리는 요식要式으로 군색軍索도 당하지 아니하고 또 초하루 보름의 점고* 외에는 별로 간섭도 받지 아니하여 귀양살이로는 편하다면 편하나, 일천일백리 머나먼 길에 서울 소식이 막히고 또 자기 앞에 오는 위험이 예측하기도 어려운 까닭에 때때로 궁금 답답하여 긴 한숨을 짓는 것은 면치 못할 일이었다.

어느 날 저녁때 이교리는 집안에 들어앉았기가 갑갑하던지 바닷가에 나가서 거닐며 바람을 쏘이더니 주인집 아이가 찾아나와서 서울서 손님이 왔다고 한다. 이교리는 서울 손님이란 말에 귀가 번쩍 뜨이어 두 걸음에 한 걸음으로 걸어들어와서 닫힌 방문을 열고 아무도 없는 것을 보고 주인을 부르니 주인은 어디 가서 없고 안주인이 대답하고 나오는 것을 보고 '서울 손님 어디 있느냐'고 물으니 안주인은 이웃집에 장을 얻으러 갔다 방금 돌아온 터이라 손님이 온 것까지는 모른다고 한다.

- 경선(輕先)하다
  경솔하게 앞질러가는 성질이 있다.
- 주밀(周密)하다
  허술한 구석이 없고 세밀하다.
- 점고(點考)
  명부에 일일이 점을 찍어가며 사람의 수를 조사함.
- 주저물러앉다 주주물러앉다.
  섰던 자리에서 그냥 내려앉다.

이교리는 아이의 거짓말이 아닌가 생각하여 낙심하고 방문 앞 봉당에 주저물러앉았더니* 얼마 아니 있다가 그 아이가 촐랑촐랑 앞서고 한 사람이 그 뒤를 따라들어온다. 이교리는 이 사람을 바라보고 너무 반가워서 어이가 없는지 넋잃은 사람같이 멀거니 앉아 있다가 그 사람이 앞에 와서

"문안드립니다."

하고 재치있게 하정배하는 것을 보고 그제야

"삭불아, 너 웬일이냐?"

삭불이가 미처 대답하기 전에 그 아이가 이교리를 향하여

"이 손님이 우리 찾아 나온다고 갈밭길로 가옵디다. 내가 그리 가서 데리고 왔지라오."

공치사를 한다. 아이 말이 끝난 뒤에 삭불이는

"나으리의 문안 알려고 전위하여 왔습니다."

고 이교리 말에 대답하였다.

"오래간만이다. 반갑다. 너 줄곧 서울 있었겠지? 이번에 서울서 떠났겠지?"

이교리는 말하고 삭불이의 얼굴을 보니 먼길에 지친 사람이라 피곤한 빛이 많다.

"이리 올라 앉아라."

하고 뒤미처

"너 무엇 요기나 했느냐?"

고 물었다. 삭불이는

"황송합니다만 다리가 아파서 좀 앉겠습니다."

하고 일변으로 이교리가 앉은 봉당에 올라와서 한구석에 쪼그리

고 앉으면서 일변으로 말하였다.

"아까 장터에서 요기했습니다. 음식을 먹을 수가 있어야지요. 그래도 술맛은 좋아요."

이교리는 술맛 좋다는 말에 웃으면서

"네가 제법 술맛을 알도록 술을 먹을 줄 알던가?"

하고 나서

"서울서 언제 떠났니?"

물었다.

"소인이 한 보름 전에 서울서 떠났습니다. 떠날 때 댁 문안은 알고 왔습니다. 다 안녕들 하십니다."

고 삭불이의 전하는 안부를 듣고 이교리는 고개를 끄덕이며

● 전위(專爲)
오직 한 가지 일만을 위하여 함.
● 되창문 들창.

"저녁밥이나 먹은 뒤에 서울 이야기 좀 자세히 듣자."

말하고 천천히 몸을 일어 방으로 들어갔다.

이교리가 거처하는 방은 단칸이라도 칸살이 넉넉하여 과히 좁지 아니하고 뒷들창과 앞되창을 함께 열어놓으면 바람이 잘 통하여 과히 덥지 아니하였다. 그날 밤에 삭불이는 되창문˙ 밖 봉당 위에 앉아서 방안에 앉은 이교리를 들여다보며 봄 이후 서울 이야기를 입담 좋게 늘어놓는데, 그중에도 더욱이 한번 귀양갔던 사람이 도로 잡혀와서 맞아죽는 이야기를 아무쪼록 자세히 하고 또 상감이 '이교리의 위인이 아무래도 수상하니 다시 처치하여야 한다'고 일대 간신 임사홍任士洪이에게 말한 것을 자기가 어

찌어찌하여 굴러듣게 되었다고 그럴싸하게 꾸며서 지껄였다.
　이교리는 이야기를 들으며 혹 말을 채쳐 묻기도 하고 또 혹 말이 없이 한숨만 쉬기도 하다가 삭불이의 이야기가 한참 동안 중간이 그치자
　"물어볼 말이 하도 많아서 뒷전이 같다만 너 그동안 무슨 짓 하고 지냈느냐? 여전히 노름이냐? 노름꾼은 친한 집에 발그림자를 끊는 법인가? 내가 너 못 본 지가 벌써 몇 해냐!"
　이교리는 나무라듯이 말하더니 곧 뒤를 이어
　"반갑다. 천리 밖에 있는 사람을 일부러 찾아보러 왔으니."
하고 정답게 말한다. 삭불이는
　"황송합니다."
하고서는 다시 잠시 동안 말이 없다가
　"나으리께 조용히 아뢸 말씀이 있습니다."
하고 주저주저하니 이교리는
　"조용히 할 말이 있어? 방으로 들어오려무나."
하고 문턱에서 몸을 비켜 길을 냈다. 삭불이는 방안으로 들어와서 이교리에게 핍근逼近히 앉기가 어려워서 등잔이 걸린 벽 밑에 앉으려고 하니 이교리가 이것을 보고
　"이애, 그 쇠뿔에서 기름이 듣는다. 옷에 튀일라. 이리 와 앉아라."
하여 삭불이가 이교리에게 가까이 와서 모를 꺾어 앉았다. 삭불이는 '무슨 할 말이 있느냐?' 묻는 이교리의 얼굴을 고개를

돌려 바라보며, 우선 자기 모친의 이야기를 꺼내어서 자기 모친이 이교리의 덕을 많이 보았다는 것과 자기 모친이 죽을 때 이교리를 저버리지 말라고 유언한 것이 머리에 박혀 있다는 것을 중언부언 말하니, 이교리는 삭불이가 노름빚을 많이 지고 갚아달래러 온 줄만 짐작하고

"나 같은 조불여석朝不慮夕의 인생에게 그런 말 하여 무엇하니?"

하고 한숨을 쉰다. 삭불이는 그 말의 뒤를 대어

"그 때문에 소인이 천여리 길을 전위하여 왔소이다."

말하고 나서 그다음에 한치봉의 도당에 든 이야기와 한치봉에게 신임받는 이야기와 또 한치봉을 조른 이야기를 이교리의 눈치를 보아가며 쏟아놓고 말하고 나중에

● 채치다 재촉하여 다그치다.
● 모를 꺾다 몸을 약간 옆으로 향하다.

"나으리 의향이 어떠십니까? 잠깐 소인들에게 와서 피신하셨다가 좋은 세상이 되거든 나서시지요. 나으리, 깊이 생각해봅시오."

하고 말은 생각하여 보라 하나 어조는 다시 생각할 것도 없이 동의하라는 것 같다. 이때껏 말없이 귀를 기울이고 삭불이의 이야기를 듣고 있던 이교리는

"의향? 의향?"

하고 두서너 번 입속으로 뇌고서는 한참 동안 다른 말이 없이 앉았다가 닭이 첫 홰 치는 소리를 듣고서

"이야기에 팔려서 닭이 울도록 앉았었구나. 고만 자자. 내일

또 이야기하지."

하고 목침을 베고 누우니 삭불이는 이교리의 대답을 듣고 잤으면 좋을 줄로 생각하였겠지만, 재촉할 길이 없어 등잔불을 불어 끄고 방 윗목에 누웠다. 삭불이가 늦잠이 들어서 이튿날 해가 높이 돋았을 때 겨우 잠이 깨었다. 일어나서 보니 이교리는 벌써 소세하고 봉당에서 주인집 아이와 무슨 이야기를 한다. 삭불이는 머리를 긁적거리며 봉당으로 나가서

"벌써 일어나셨습니까?"

이교리에게 인사를 한 뒤 소세하고 조반 먹고 하느라고 한참 분주하였다. 아침밥 때가 지난 뒤에 삭불이가 이교리의 방에서

"많이 생각해보셨습니까? 다른 의향이 없으실 터이지요?"

하고 이교리의 대답을 조르니 이교리는 굳센 어조로

"네 말이 고맙다만 내가 그렇게 할 수 없다."

고 간단하게 거절한다. 삭불이는 천만의외로 생각하여

"할 수 없으시다니요? 어찌한 말씀입니까. 한번 더 생각하여 보십시오."

권하다가

"더 생각할 것 없다."

고 이교리가 잘라 말하는 것을 듣고서 천여리 길에 찾아온 정성을 받아달라고, 모친의 유언을 지키게 하여달라고, 또는 한치봉이 대할 면목을 세워달라고 여러가지로 애걸하다시피 말하였건만 이교리는 종시 결심을 변치 아니하고

"천여 리 길을 찾아온 정성은 내가 고맙게 생각하고 이번 길 왔다가는 것만 하여도 어멈의 유언은 잘 지켰고 하니 너 할 일은 다 한 셈이다. 네가 한치봉이 대할 낯이야 있건 없건 내가 알은 체할 바 아니나 알은체한다면 대할 낯이 없어도 좋다."

삭불이는 어이없어 한참 잠자코 있다가

"소인더러 참말 허행虛行하란 말씀입니까?"

하고 말하는데 이교리의 고집을 딱하게 여기는 기색이 그 얼굴에 가득하다.

"허행이라니, 의향 알러 왔다가 의향 알았으면 고만 아니냐. 내 의향은 너희들 손에서 살아나느니 차라리 죽겠단 말이야. 인제 잘 알았니?"

이교리의 언성이 높아져서 주인집 식구가 기웃기웃 방안을 들여다본다. 그때 이교리가 다시 언성을 낮추어

"남이 보기에 수상할라. 오늘로 곧 떠나 올라가거라."

삭불이가 할 수 없이 그날 그대로 떠나 서울로 올라와서 한치봉을 보고 전후 사연을 말하니 한씨는 자기 말이 맞은 것을 자랑하듯이

"그러기에 내가 무어라고 하드냐?"

고 말하고 그 뒤로는 한씨나 삭불이나 자기들의 벌이할 것이나 생각하고 이교리의 말은 입에도 올린 일이 없었다.

이교리는 굳센 맘으로 삭불이를 쫓다시피 하였지만, 삭불이가 하직할 때

"나으리, 인제는 저생에 가서나 또 보입겠습니다."
절하고 돌아서 나가는 것을 보고는 그의 먹었던 맘이 갑자기 풀리었던지 무엇을 잃은 사람같이 한참 동안을 한자리에 앉아 있지 못하였다. 주인집 아이가 이 모양을 보고 있다가 이교리가 깊이 고개를 숙이고 방안에서 서성거릴 때 가만가만히 방문 앞으로 와서
"소인 문안드립니다."
하고 삭불이가 하정배하던 흉내를 냈다. 이교리가 고개를 들고 내다보더니
"이놈, 매맞는다."
빙그레 웃으면서 벼르듯이 꾸짖는데 그 아이는 저대로 또 한번 더 하정배를 흉내내고
"나으리, 인제는 저생에 가서나 또 보입겠습니다."
하고 하하하 웃는다. 이교리는 이번에는 웃지도 아니하고 꾸짖지도 아니하고 양미간을 찌푸리며 혼자서 입속말로
"저생에 가서나…… 저생에 가서나……."
하고서 고개를 세로 몇번 흔들다가 홀제˚ 또 가로 흔들었다.

그날은 저녁때가 되어도 바람기가 없어서 해가 지자마자 모기떼가 흩어졌다.

이교리가 방문은 닫아두고 부채로 모기를 쫓아가며 봉당에서 오락가락하노라니 모깃불을 놓아주려고 청솔가지를 들고 오던 바깥주인이 이교리를 보고

"오늘은 모기가 대단합니다."

하고 봉당 위에 놓였던 질화로에 모깃불을 놓으며 '왔다간 서울 손님이 누구냐' '왜 호령하여 쫓았느냐' 꼬치꼬치 물었다. 이교리가 처음에는

"유모의 아들인데 나의 안부도 알고 서울 소식도 알려주려고 온 것이야."

어물어물 대답하다가 매사에 자기에게 지성스럽게 하는 주인을 기이기*가 종시 미안하던지 자기 몸에 화가 박두한 것과 자기를 구하여 피신시키려고 삭불이가 왔던 것과 자기가 삭불이의 말을 듣지 아니한 것을 대강대강 이야기한즉, 주인은 홀제 눈을 크게 뜨며

"그렇게 의리 있는 사람을 왜 쫓으셨소?"

이교리를 시비한다. 이교리가 허허 웃으며

● 홀제 뜻하지 아니하게 갑작스럽게.
● 기이다 어떤 일을 숨기고 바른 대로 말하지 않다.

"피신하려다가 붙잡히면 화를 더 지독히 당할 것이 아닌가?"

적당 틈에 가서 피신하기가 싫어서 거절한 것은 말하지 아니하였다.

"붙잡히다니? 여기서 피신하려면 사방이 다 바다니 어디를 못 가서 붙잡히겠소? 남해를 건너가면 대마도가 지척이고 서해로 돌아서 적해赤海, 백해白海 지나가면 대국도 갈 수 있고 동해 바다로 올라가면 오랑캐 땅에는 못 가겠소? 튼튼한 배에 몇말 양식만 실으면 고만이지."

까닭도 모르고 분개하는 주인의 말을 이교리는 우습게 여기

면서

"뭍에 살던 사람이 뱃길을 알아야지."

"세상이 망했기로 의리 있는 사람이 그 사람 하나뿐이겠소? 뱃길 모르면 내가 타지. 닷새 엿새 혼자서 큰 배를 저어도 이 팔이 끄떡없소."

하고 팔뚝을 걷어 내밀며

"그 사람이 의리 많은 사람이오. 세상에는 의리가 제일이지요, 의리!"

주인이 의리란 말을 뜻도 잘 모르면서 연하여 거푸 말하였다.

"그렇지."

이교리는 그 말을 따라 힘없이 대답하고 마침 볼에 앉은 모기를 부채 안 쥔 왼손으로 때리면서

"지독하다."

"흉악하지요. 여기 모기가 섬모기라도 고성 모기와 혼인을 아니한다오."

말이 달리 돌기 시작하여 예전에 거제현령이 고성 가서 있었던 까닭에 고성 사람들이 지금까지 거제 사람을 업신여긴다는 이야기를 한참 하다가 일어서 갔다.

그때부터 사오일 지난 뒤의 일이다. 주인이 장을 보러 읍내 갔다가 장도 채 보지 않고 돌아와서 이교리를 보고

"큰일났소. 어제 서울서 무슨 벼슬이라든가, 벼슬 가진 자가 읍내 왔는데 당신을 읍에서 멀리 나가 있게 사정 썼다고 원님을

야단쳤답디다. 읍에서는 지금 수선수선입디다. 큰일났지요?"
 이교리는
 "도사라고 하지 않던가?"
한마디 묻고는 이를 악물고 말이 없다가 한참 만에
 "어제 와서 이때까지 아무 말이 없어? 괴상한데! 어렵지만 좀 가서 자세히 알고 오게."
 주인을 도로 읍으로 보내고서
 '가죄加罪를 당할 것은 거의 의심 없는 일이다. 도사가 왔다면 사약이다. 사약 아니면 압상이렷다. 만일 압상이라면 그 갖은 곤욕을 어찌 다 당할까. 형장의 고통을 당하고 죽느니 숫제 고기밥이 되지.'
 이교리가 혼잣말로 한참 중얼거리더니 홀제 얼굴에 무슨 결심한 빛이 보이며 빠른 걸음으로 바닷가를 향하여 나갔다.
 이교리가 바닷물에 몸을 던질 결심으로 바닷가에 나와서 이곳저곳을 둘러보니 한 곳은 주인집 아이가 여러 아이들과 헤엄치며 장난하고, 한 곳은 이웃 동리의 어부들이 그물을 고치며 두런거린다. 사람을 피하려는 이교리 눈에는 이곳에도 사람 저곳에도 사람, 사람 없는 곳이 없다.
 이교리는 바람을 쏘이러 나온 것같이 천연스럽게 걸음을 떼어놓아서 사람이 없는 절벽을 찾아왔다. 한참 동안 바위 위에 서서 하늘을 치어다보고 바닷물을 내려다보다가 한번 몸서리를 치고 펄썩 주저앉았다가 다시 머리를 좌우로 흔들며 서서히 일어섰다.

이교리가 두 손에 주먹을 쥐고 두 발을 모으고 몸을 솟치려 할 제 그 뒤에서
　"에헴!"
기침 소리가 났다. 이교리가 어린아이와 같이 깜짝 놀라며 겁결에 선뜻 몸을 돌치어서니 윗도리를 벗은 주인집 아이가 한손으로 괴춤을 들고 눈앞에 서 있었다.
　이교리는 아이의 얼굴을 물끄러미 내려다보며 턱을 치어들어서 저리 가라는 뜻을 보이었다. 그 아이는 이것을 본체만체하고
　"무얼 하러 오시는가 하고 가만가만 뒤를 밟아 왔지라오. 바람을 쏘이시랴거든 저기 나무 밑으로 갑시다. 여기는 뙤약볕이 막 내리쪼이니."
말하고 한손으로 이교리의 겉옷자락을 잡았다.
　"놓아라."
　"갑시다."
　"놓고 가자."
　"그랩시다."
　이리하여 이교리는 그 아이에게 끌리어 그늘진 나무 밑까지 와서 나뭇등걸에 등을 대고 비슷이 앉았다. 얼마 동안은 얼빠진 사람같이 우두커니 하늘가를 바라보고 있다가 갑자기 무엇이 생각나는 듯이 염낭끈을 끄르고 그 속에서 조그마한 종이봉지를 꺼내었다.
　그 봉지를 떼고 보니 봉지 속에 봉지가 있고 속봉지를 떼고 보

니 속봉지 속에 또 봉지가 있는데, 그 셋째 봉지 위에

　'거제배소개탁巨濟配所開坼.'

이라고 쓰이어 있다. 이교리가 놀라며 혼잣말로

　"이 사람이 귀신인가!"

하고 급히 셋째 봉지를 뜯으니 그 속에서 종이쪽 하나가 떨어진다. 그 종이쪽에는

　'주위상책,' 북방길北方吉.'

이라고 쓰이어 있다. 이교리가 조그만 종이쪽을 정신놓고 들여다보는데 그 옆에 앉아서 말없이 보고 있던 아이가

　"그것이 무엇입네까? 글자가 하나 둘 셋 일곱밖에 안 되는데 왜 그렇게 오래 들여다보십네까?"

물으니 이교리가 그제야 종이쪽을 접으며

　"나의 사주팔자를 적은 것이야."

하고 한숨을 길게 쉬었다.

　"사주가 맞습네까?"

　"맞는 것도 있지."

　"그것은 맞았습네까?"

　"앞으로 지내보아야 알지."

　"그 사주를 낸 사주쟁이는 누구입네까?"

　"나의 친구다. 그만 물어라. 대답하기가 성가시다."

　이교리는 말을 끊고 일어서서 '집으로 들어가자'고 아이를 데리고 들어오다가 읍에서 돌아오는 주인이 삽작문께 들어서는 것

● 주위상책(走爲上策)
피해를 입지 아니하려면
달아나는 것이
제일 나은 꾀임을 이르는 말.

을 보고 이교리는

"여보게!"

불러서 삽작 밖에 세워놓고 가까이 와서

"도사라든가?"

물으니 주인이 고개를 가로 흔들며

"이야기가 기오. 들어가서 합시다."

하고 세 사람이 함께 집으로 들어와서 아이는 저리 가라고 쫓아버리고 둘이 이교리의 거처하는 방으로 들어왔다.

주인이 방 윗목편에 앉아 아랫목에 앉은 이교리를 바라다보며

"세상이 망할랴니까 별놈의 벼슬이 다 있습니다. 계집들 빼앗으러 다니는 벼슬이 그게 무어요? 그것이 왔답니다. 원님도 쩔쩔매더라는걸. 한자리에 앉지도 못하고, 성명을 들었건만 잊었소. 임 무어랍디다."

이교리가 듣다가

"임사홍이라든가?"

말하니 주인이

"옳지, 임사홍이랍디다. 향교말 사홍이 김생원의 자를 생각했더면 잊지 않을걸."

하고 껄껄 웃고 또 말을 이어서

"그놈이 오늘 저녁때에는 도루 떠난답디다. 그러나 당신 일은 걱정인걸. 그놈이 참말 원님더러 당신 말을 했답디다. 내가 통인' 다니는 장줄이를 만나서 자세히 물어보았소. 그놈의 말이 당신

이 나라의 큰 죄인이라고 도망 못 가게 잘 보살피라 하고 읍내에 잡아다 가두고 객사 쓰레질 같은 것을 시키라고 하니까 원님이 네네 하며 분부대로 하겠다고 하더랍디다. 그저 당신이 사람이 고지식하지 서울서 왔던 사람 말을 들었더면 이것저것 걱정이 없을 것 아니오."

주인의 말이 끝나며 이교리는 말하였다.

"내가 지금 정신이 산란하니 나중에 다시 이야기하세."

"그리합시다. 좀 누우시오. 나도 잠깐 어디 좀 갔다 올 데가 있소."

하고 주인은 일어서 나갔다.

그날 밤 초저녁에 주인이 관솔과 불씨를 가지고 이교리의 방문 앞으로 와서 봉당 위에 화톳불을 놓으며

● 통인(通引)
조선시대에 수령의 잔심부름을 하던 구실아치.

"여보시오, 어두운 방에서 혼자 무얼 하시오? 봉당으로 나오시오."

이때껏 죽은 듯이 누워 있던 이교리가 머리를 들고 되창문으로 내다보며

"이리 들어오게. 내가 머리가 아파서 일어나기가 싫네."

목소리까지 전같이 웅장하게 들리지 아니한다. 주인은

"대단히 불편하신가 보오."

하면서 불 붙은 관솔 한 가지를 손에 들고 방안으로 들어와서 등잔에 불을 당기고 관솔을 든 채로 이교리에게 가까이 와서 그 얼

굴에 불을 비추고 들여다보니 상기된 것이 환하게 보인다.

"병환이 나셨소그려."

"아니 감기 기운이 좀 있는 것 같아. 이 사람 관솔을 끄고 거기 좀 앉게. 할 말이 있네."

"나도 할 말이 있소. 그러나 말할 기운이 있겠소?"

"그럼 감기쯤 들었다고 말할 기운까지 없겠나."

하고 이교리가 벌떡 일어앉았다.

주인은 관솔불을 꺼서 놓고 한참 이교리의 얼굴을 바라보더니

"왜 무슨 까닭으로 절벽에서 뛰엄질을 하려 하였소?"

이교리는 말이 없다.

"애놈의 거짓말은 아니겠지요?"

이교리는 역시 말이 없으나 이번에는 머리를 조금 끄덕끄덕하였다.

"그것이 무슨 일이오. 사람이 한번 죽으면 두 번 살지 못하는 것이오. 전정前程이 만리 같은 당신이 왜 죽는단 말이오?"

이교리를 시비하고 나중에 고개를 이교리에게로 기울이며

"도망하실 생각이 없소? 저번에 왔던 손님의 말이 잠깐 피하였다가 좋은 세상이 되거든 나오라고 하더라지 않았소? 그 말이 옳지 않소? 그래 생각이 없소?"

하고 은근히 물었다. 이교리는

"내가 그러지 않아도 좀 의논하려고."

말을 중간에 그치고 두 손바닥을 마주 비비면서

"섬 속에서 가면 어디로 가나?"
수단이 없는 것을 한탄하니 주인은
"배는 없소?"
이교리가 미처 생각 못하는 것을 개도하여 주듯이 말하였다.

그리하여 이교리는 도망할 생각이 있는 것을 토설˙하고 배 한 척을 얻어달라고 부탁하고, 주인이 어디까지 가든지 자기가 데려다주겠다고 장담하는 것을

"그렇지 아니해. 자네가 나를 데리고 도망한 것이 발각되는 날에는 자네 집이 망할 것일세. 설사 자네는 죄책을 감심˙한다 손 잡더라도 자네 처자가 있지 아니한가. 집에 있던 손 한 목숨을 구하려고 사랑하는 처자 두 목숨을 죽이는 것이 무슨 의리란 말인가. 자네가 같이 간다면 내가 아니 갈 터일세. 나를 구하여 줄 생각이거든 튼튼한 배 한 척만 얻어주게. 자네 배도 좋을 것일세. 내가 장난으로라도 부리어 보던 것이라 다른 배보다 나을지도 모르지."
중언부언 달래다시피 하여 간신히 그리 한다는 대답을 받았다.

- 토설(吐說)
숨겼던 사실을 비로소 밝히어 말함.
- 감심(甘心)
괴로움이나 책망 따위를 기꺼이 받아들임.

주인은 몸이 불편한 이교리가 너무 오래 앉아 이야기하는 것을 미안히 생각하여

"내일부터라도 내가 슬금슬금 준비하여 둘 것이니 그동안 몸조리나 잘하시오."
하고 일어설 때, 이교리는 준비하는 것을 남의 눈에 뜨이지 않게 하라고 신신당부하였다.

그 이튿날 이교리가 마침 방안에 누웠을 때, 이교리를 부르러 읍에서 사령이 나왔다. 주인은 나온 사령에게 술대접을 잘한 뒤에 이교리가 일전부터 병이 나서 지금 누웠으니 앓는 사람을 어떻게 데려가느냐고 걱정하니 그 사령이 제풀로

"앓는 것이야 데리고 갈 수 있나. 그대로 들어가서 원님인가 원놈인가한테 그 사연을 말하지. 원놈으로 말해도 쓸개가 빠졌지그려. 이때껏 인정을 써오다가 서울 궐자*의 말 한마디에 곧 붙잡다가 객사의 쓰레질을 시키려고 하니 말이 되나."

하고 이교리 앓는 것은 보자는 말도 없이 그대로 돌아갔다.

사령이 간 뒤에 이교리는 주인을 청하여

"한번 읍내로 잡혀가는 날이면 일은 다 틀리는 것이요, 먼 바다로 나가려고 준비하고 있다가는 잡혀가기가 쉬울 것이니 오늘 밤에 자네가 나를 고성 땅에까지 건네놓아 주겠나? 그러면 거기서부터 걸어서 어디로든지 도망할 터일세."

의논을 고치었다.

그날 밤중에 이교리가 주인집을 떠나는데 이웃 사람이 혹시 알까 꺼리어서 주인과 단 두 사람이 어두운 속에 가만가만히 바다로 나왔다.

침침한 밤중에 거제 해변에서 배 한 척이 떠나갔다.

도망하는 이교리와 도망시키는 집주인이 그 배에 탄 것이다. 때마침 불어오는 남풍에 그 배는 돛을 높이 달고 동방을 향하여

살같이 달아나니 희미한 별빛 아래에 갈라지는 흰 물결이 띠와 같이 보이었다.

주인은 이교리를 위하여 한참 배질이라도 더 하여줄 작정으로 서편에 있는 고성을 버리고 동북으로 뱃머리를 틀어서 이튿날 새벽에 웅천熊川 땅에 배를 대고 이교리를 내려놓았다. 이교리는 정한림이 써준 '북방길' 세 글자가 머리에 박힌 까닭에 북도로 도망할 것을 미리부터 마음속에 작정하였지만, 남방 한 끝에서 북도를 생각하니 아득하기가 짝이 없을 뿐 아니라 하루 양식의 준비도 없이 도망하는 몸으로 몇천리 길을 무사히 가게 될지 몰라서 걱정스러운 생각이 머릿속에 가득하였다.

그러나 자기의 기골이 남보다 유달리 튼튼한 것을 믿고 하루이틀 한데서 잠을 자고 굶으면서라도 어디까지든지 가보겠다고 결심하고 북쪽으로 올라오는데, 길을 돌더라도 촌에서 촌으로 길을 잡아서 될 수 있는 데까지 읍길을 피하였다.

- 궐자(厥者) '그 사람'을 낮잡아 부르는 말.
- 판도방(判道房) 절에서 불도를 닦는 중이 모여서 공부하는 방.
- 대궁 먹다가 그릇에 남긴 밥.

이교리가 촌 농가에서도 자고 절간 판도방˙에서도 자고 서당에서도 자고 들판이나 덤불에서 밤을 새우기도 하며, 논둑에서 기승밥도 먹고 절에서 잿밥도 먹고 서당에서 선생의 대궁˙도 먹고 한끼 두끼 굶기도 하면서 하여간 무사히 강원도 땅을 지나 함경도 땅을 잡아들었다. 이교리 생각에는

'인제는 북도를 왔다. 북방길이란 것이 어떻게 맞으려나?'

하고 얼른 안신할 곳이 나서기를 마음으로 조이면서 여전히 북

쪽으로 올라온다.

　이때 이교리가 거제 배소에서 도망한 지 달포가 넘었었다. 처음 이교리가 도망한 것이 탄로되었을 때, 거제현령은 집주인을 잡아들여 중장重杖으로 신문하였으나 칭병하고 있다가 모야무야에 도망하였다는 것 외에는 별말이 나오지 아니하였고, 거제현령의 치보˚가 경상감영으로 올라가고 경상감사의 장계狀啓가 서울로 올라와서 왕이 듣고, 왕은 화도 나고 겁도 나서 일변으로 거제현령은 파직 후에 논죄하고 경상감사는 추고˚하라고 명하고 일변으로 엄중히 기찰하여 기어코 체포하되 체포하는 자에게는 중상重賞이 있으리라고 팔도에 영을 내리었다.

　이장곤이 북도로 도망한 형적이 있다고 하여 북도의 수령 방백˚은 이 소식을 듣고 중상에 탐을 내어 포교와 장교를 길에 늘어놓은 중에 이교리는 '북방길'을 믿으면서 북도로 올라오던 것이다.

　이교리가 함경도 땅을 밟은 뒤에도 요행히 안변, 덕원, 문천, 고원 몇 고을을 무사히 지나서 영흥 땅에 들어섰다. 한 달 남짓 갖추갖추 고생한 사람으로 오뉴월 폭양이 내리쪼이는 한낮에 논틀밭틀길을 걸어가기가 쉬운 일이 아니라, 이교리는 어느 동리 어귀에 선 정자나무 밑에 마침 사람이 없는 것을 보고

　"이 정자나무 그늘에서 낮잠이나 한잠 자자."

혼자서 말을 하며 누워서 막 잠이 들랴 말랴 할 때, 사람의 말소리가 귀에 들리었다.

"이 동리에도 수상한 사람이 온 일이 없다니 이제는 어디로 갈까?"

"글쎄, 고만 읍으로 들어가세."

그 말이 수상한 데 놀라서 이교리는 잠이 달아났다. 이교리가 눈을 반쯤 뜨고 보니 기찰 다니는 장교 두 사람이 정자나무에서 몇간 아니 되는 밭모퉁이로 돌아 나온다. 일어나서 도망하려다가는 도리어 수상하게 보일 뿐이라 반눈을 도로 감고 자는 체하고 누워 있었다.

"여보게, 저기 누운 것이 이 동리 사람은 아닌 모양인데."

"자네 눈에는 낯선 사람은 다 이장곤이로 보이는 것일세. 패랭이 쓰고 베옷 입은 것이 교리 다니던 양반은 아닐세."

● 치보(馳報)
지방에서 역마를 달려 급히 중앙에 보고하던 일.
● 추고(推考)
벼슬아치의 죄과를 추문하여 고찰함.
● 방백(方伯)
관찰사.

목소리가 차차 가깝게 들리더니 두 사람이 앞에 와서 선 모양이다.

"변복은 말란 법이 있나?"

"그는 그렇지."

이교리는 인제 잡히는 것이다 생각하여 가슴이 두근거리는데

"여보게, 이 발 좀 보게."

하고 한 사람이 자기의 발을 가리키고

"아이구, 기막히게 크다."

하고 다른 한 사람이 발 큰 데 놀라서 입을 벌린 모양이다.

"이것이 소도적놈의 발일세. 양반치고 이따위 큰 발 가진 것

을 본 일이 있나?"

"양반의 발 같지는 아니해도 그래도 누가 아나?"

"아닐세. 이런 발을 가지고 과거를 하고 교리를 하여? 없는 일일세. 낯바대기도 시꺼멓고 우락부락하지 않은가. 소도적인지는 몰라도 이장곤이는 아닐세."

"아닌지 겐지 어찌 알아?"

두 사람의 수작하는 말 한마디 한마디 사이에 이교리의 살은 한 점 한 점 말라드는 것 같았다.

그 장교들이 자는 체하는 이교리 앞에서 한참 동안 저희들 마음대로 지껄이다가 필경은 발 큰 것이 양반 아닌 표적이라고 의논이 일치하여

"그만 가세."

"아무리나 하세."

가기로 작정하고

"그 자식 낮잠 잘 잔다."

"그 자식 코빼기에 똥이나 발라줄까."

욕설을 남기고서 다른 데로 가버렸다.

이교리가 한번 이 곡경을 치른 뒤에는 촌이라고 염려 놓기가 어려워서 산길로 들어섰다.

나무꾼의 자국길을 좇아서 산을 타고 골을 넘어 나가다가 나중에 길을 잃고서 헤매는 중에 해가 저물었다.

이교리는 하릴없이 무인지경인 산골에서 그날 밤을 지내는데

배고픈 것도 견디기가 어렵거니와 들짐승의 우는 소리에 간을 졸이느라고 잠 한숨을 이루지 못하였다.

이튿날 이교리가 인가를 찾아나오려고 골을 따라 내려온즉 멀지 아니한 곳에 한 동리가 나섰다. 그가 동리를 찾아가면 자연 요기할 수 있으려니 생각하고 주린 배를 움켜쥐고 차츰차츰 내려오는데, 붉은 상모 달린 벙거지가 그 동리로 가는 것이 언뜻 그의 눈에 뜨이었다.

'사령이다. 부질없다. 다른 동리를 찾아가자.'

이교리는 그 동리를 옆에 두고 그대로 지나서 다른 곳으로 향하였다. 그러나 남은 기운이 갑자기 일시에 빠졌는지 칠팔십 노인같이 지척지척 걸어간다. 그는 다른 동리를 찾으려고 사방을 둘러보나 그 동리가 외딴 동리라 다시는 동리가 없다. 그는 기운이 시진하여 귀는 울고 눈에는 보이는 것이 없었다. 한두 걸음 더 걸어나가려고 하다가 그대로 길에 엎드렸다.

이교리가 정신이 돌아나며 눈을 뜨고 주위를 살펴보려고 애를 썼다. 그러나 일식日蝕하는 날 같아서 보이는 물건이 모두 똑똑치 아니하였다. 멀지 아니한 곳에 흘러가는 물소리가 나는 것을 듣고 그 편으로 기어갔다. 얼마 아니 가서 물컹하고 손에 집히는 것이 있었다.

"밥이다!"

그가 먹으려고 자세자세 들여다보니 똥이다. 보리밥이 채 다 삭지 아니한 똥이다. 그는 낙심하고 시냇가로 기어와서 물을 움켜 마시었다.

 이교리는 정신이 깨끗하여지며 '길송장이 되는 것이다' 염려도 생기고 '북방길이 뒤쪽으로 맞는 것이 아닌가' 의심도 나섰다. 물을 마신 까닭에 목은 타지 아니하나 오장이 당기기는 일반이라 그는 아까 밥으로 속던 것을 다시 한번 가보려고 간신히 일어서서 비척거리며 걸어갔다. 가서 보니 똥은 똥이나 보리쌀알이 그대로 많이 있다. 그는 이것저것을 생각할 것도 없이 손으로 움키어가지고 도로 시냇가로 나와서 보리쌀알을 물에 일어 골라서 입에 넣어 목으로 넘기었다. 그 뒤에야 눈에 보이는 물건이 똑똑하여질 뿐이 아니라 마음에는 길이라도 걸을 것 같았다. 그러나 다리가 천근같이 무거워서 시냇가에 있는 풀밭에 누워서 넘어졌을 때, 가죽이 벗겨진 이마와 코에 비름나물잎을 뚜드려 붙였다.

 이교리는 얼마 동안 누워 있다가 천행으로 나무꾼 하나를 만나서 찬밥 한술을 얻어먹고 다시 길을 걷기 시작하여 무사히 용흥강을 건너서 어느 농가 봉당에서 하룻밤을 편히 자고, 이튿날 정평을 지나 함흥 땅에 들어섰다. 함흥 감영이 가까운 까닭에 더욱 조심이 되어서 멀리멀리 둘러보며 가는 중에, 저 건너편에서 장교들이 떼를 지어 나오는 것을 보고 소로小路에서 소로로 도망하여 어느 시냇가에 오기까지 달음질을 쉬지 아니하였다. 숨은 턱에 닿고 목은 말랐다.

 개버드나무 아래서 처녀 하나가 빨래를 하는데 그 옆에 바가지가 놓인 것을 보고 염치를 돌아볼 사이가 없이 물을 한 바가지 떠달라고 청하였다.

그 처녀는 헐떡거리는 나그네를 한번 흘끗 돌아보더니 바가지에 물을 떠서 한손에 들고 한손으로 머리 위에 늘어진 버들가지에서 잎사귀를 따서 물바가지에 띄운 뒤에 외면하며 바가지 든 팔을 내어밀었다.

이교리가 처음에는 버들잎 띄운 것을 괴상히 생각할 여가도 없이 덥석 받아서 버들잎을 불어가며 물을 다 마시고 바가지를 도로 줄 때 처녀의 얼굴을 잠깐 보니 달덩이 같은 얼굴이 복성스럽기도 하거니와 태도가 의젓하여 재상가의 딸이나 다름이 없다.

이교리는 언덕 위에 다리를 뻗고 앉아서

'왜 물바가지에 버들잎을 띄워줄까?'

처녀의 의사를 추측하여 생각하며 처녀의 곁태도를 바라보고 있었다.

이 교리인 김서방이 도집강의 강호령을 받고
명석말이 매를 맞게 되었다.
매를 맞는 것도 유만부동이다.
명석말이에 볼기를 맞는 것은
회초리로 종아리 맞는 것과는 물론 다르고
형문으로 정강이를 맞고
난장으로 발끝을 맞는 것과도 서로 같지 아니하여
어려서부터 늙어 죽기까지
양반으로 당할 까닭이 없는 일이다.

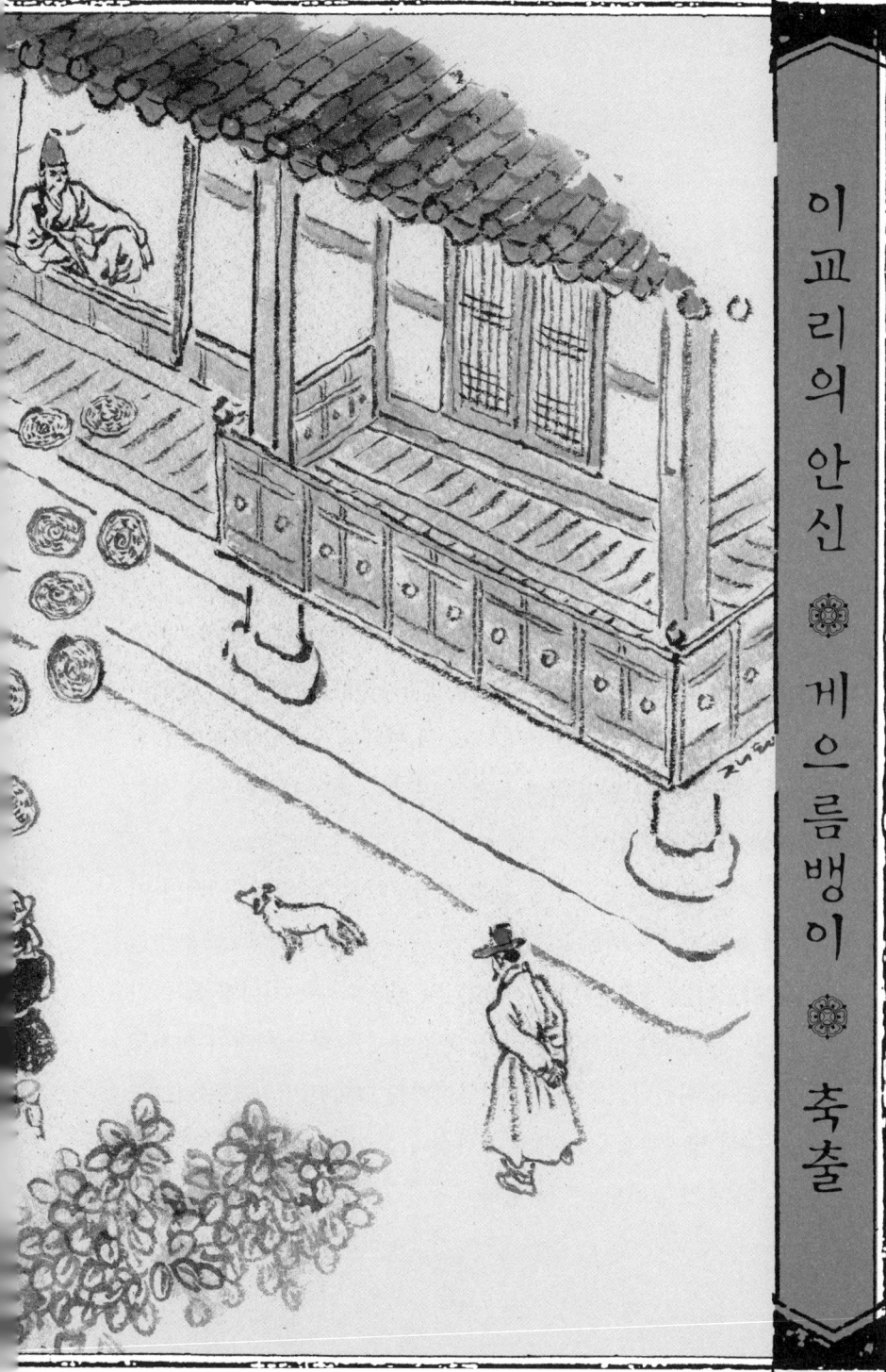

이교리의 안신 ◈ 게으름뱅이 축출

이교리의 안신

그 처녀는 분홍 모시적삼에 청베치마를 입었는데 적삼은 낡아서 군데군데 미어졌고 치마는 승새가 굵어서 어레미집˚ 같으니 구차한 집 처자인 것이 분명하고, 또 빨래하는 손을 보더라도 살이 희기는 희나 결이 곱지 못하고 마디가 굵으니 험한 일을 하는 표적이 드러난다.

'저런 처자에게 장가를 들고 시골구석에 묻히어 지냈더면 이런 죽을 고생도 아니할 것이지.'

이교리는 팔자한탄하다가 자기의 한숨소리에 처녀가 혹 돌아볼까 생각하여 방망이 소리가 그칠 때에는 한숨을 땅이 꺼지도록 크게 쉬었다. 그 처녀는 방망이질을 그치면 비비고 쥐어짜고 또다시 방망이질을 시작하고 한숨 쉬는 사람이 가까이 있는 것은 아는 것 같지도 아니하였다.

이교리가 처녀에게 말을 붙이고 싶으나 혹 무안을 볼지 몰라서 할까말까 주저하다가 방망이가 쉬는 틈에 처녀에게로 고개를 내밀며

"날 좀 보아."

하고 반말을 붙이니 그 처녀가 돌아본다. 시원한 눈 속에는 총명이 가득하고 천연스러운 얼굴에는 웃는 모양도 없고 성내는 기색도 없다.

"버들잎은 무어야?"

이교리는 할 말이 없는 것보다도 그 버들잎이 종시 알고 싶었던 것이다. 처녀는 웃는 듯 마는 듯하게 웃고 말이 없이 다시 방망이를 잡는다. 이교리가 처녀의 대답을 듣지 못하고 또 지싯지싯˚ 말을 붙이다가는 견모˚가 될 뿐이라고 생각하여 입을 다물고, 앉았던 자리에 드러누워서 아까 허둥지둥 쫓겨오던 모양과 지금 방망이 소리를 들으며 누워 있는 모양을 함께 머릿속에 그리어보고 지금같이 다리가 아프고 몸이 무거워서는 곧 잡힌다 하여도 도망하지 못할 것이라고 생각하였다.

● 어레미집
피륙의 짜임이 굵고 성긴 것을 비유적으로 이르는 말.
● 지싯지싯
남이 싫어하는지 아랑곳하지 않고 제가 좋아하는 것만 짓궂게 자꾸 요구하는 모양.
● 견모(見侮)
업신여김을 당함.

어느 틈에 해는 너웃너웃 지게 되고 빨래도 끝이 났다. 처녀는 빨랫가지를 자배기에 주워담고 밥 담았던 바가지를 그 위에 놓고 나서 머리 위에 또아리를 얹고 자배기를 들어 이려는데, 종일 빨래질에 팔에 알이 배었던지 자배기를 드는 모양이 남보기에도

거북하다. 처녀의 거동을 보고 있던 이교리가 언덕에서 쫓아내려와서 자배기 드는 것을 부축하여 머리 위에 얹어주니 처녀는 또 웃는 듯 마는 듯 웃고 말이 없이 돌아서 간다.

 시내에서 활 한 바탕이 착실히 되는 곳에 외딴집이 있다. 멀찍이 처녀의 뒤를 따라온 이교리는 그 집 삽작 밖에 와서
 "주인 좀 보입시다."
주인을 찾으니 나이 사오십 되어 보이는 사나이가 안에서 나오며
 "무슨 일로 찾소?"
하고 이교리의 아래위를 훑어본다. 이교리가
 "집 없는 과객으로 하룻밤 자자고 왔소."
온 뜻을 말하니 그 사나이가 곧 대답을 아니하고 안을 향하여
 "과객이 와서 하룻밤 재워달라는데 어찌할까?"
물어서, 거센 여인의 목소리로
 "어디 재울 데 있소?"
하는 것을 듣고 그제야
 "잘 데 없소, 다른 데로 가오."
하고 쫓는다.
 "하룻밤 자고 갑시다."
 "잘 데 없다니까그래."
 "좀 자고 갑시다."
 "아따, 잔소리 말고 가오."
 "사람의 집에서 사람이 못 잔단 말이오?"

"사람의 집이면 다 당신의 집이오?"

삽작 밖에서 '자자', '못 잔다' 시비판이 벌어졌을 때, 안에서 얼굴이 둥글고 넓적한 심술스러운 여인 하나와 빨래하던 어여쁜 처녀가 내다보고서 그 처녀가 고운 목소리로

"어머니!"

불러가지고 그 여인에게 무어라 무어라 말을 하더니 그 여인이

"여보, 저렇게 염치없이 모리악˙ 쓰는 이는 처음 보겠구려. 말하기 귀찮거든 아무데서나 하룻밤 재워 보내오."

사나이에게 말하니 그 사나이는

"그럴 테면 진작 재워 보내자지."

혀를 툭툭 차고 나서 이교리를 보며

"과객질을 유년 해보았구려. 들어오."

볼멘소리를 하였다.

- 모리악
머리악. 기(氣)를 쓰다.
- 모코리
대, 싸릿가지 등으로 엮어 만든 그릇.
- 삼한갑족(三韓甲族)
예로부터 대대로 문벌이 높은 집안.

그 집 주인은 아랫방이 불 안 때는 방이라 덥지가 않다고 과객을 인도하여, 이교리가 그 아랫방에 들어와서 보니 이 구석 저 구석에 버들 일거리가 늘어놓였다. 다 만든 모코리,˙ 동고리도 있고 날개를 꾸미지 아니한 키바탕도 있다. 이교리는 선뜻

'백정의 집이구나.'

짐작하고 자기가 삼한갑족˙의 양반으로 백정의 집에 와서 자는 것을 창피하게 여기거나 또는 옥당 문관의 신분으로 백정의 집에 와서 자게 된 것을 한심하게 생각하느니보다도

'그 처자가 백정의 딸이라니 개천에서 용 나는 격이다.'

처녀의 본색이 미천한 것을 의외 일로 생각하며

'그 처자의 그 버들잎이 본색을 가리키는 군호˚이었구나.'
처녀의 의사를 자기 마음대로 추측하고 그 총명을 기특하게 생각하였다.

그날 밤에 이교리가 자는지 마는지 하게 한잠을 자고 나니 골치가 패는 듯 아프고 몸이 오그라들도록 오한이 나서 큰 키를 한줌만 하게 뭉치고 머리를 부둥키고 누웠다가 외기外氣가 싫은 까닭에 억지로 일어나서 초저녁에 덥다고 열어놓았던 창문을 간신히 닫고, 그리하고 다시 누운 뒤에는 한기가 돌다 신열이 났다 하는 통에 어디가 아픈지도 모르고 정신없이 앓으며 반밤을 지내었다.

이튿날 식전이다. 그 집 식구들이 모두 일어났을 때, 아랫방의 창문이 닫히고 과객의 기척이 없는 것을 괴상히 생각하여 안여인이 그 사나이더러

"여보, 과객 좀 깨우. 과객질하는 신세에 늦잠은 다 무어야."
그 사살을 끝내자마자 집 뒤에 있는 가죽나무에서 여러 까마귀들이 야단스럽게 우는 것을 듣고 아래윗니를 탁탁 맞히며 침을 세 번 뱉으니 그 사나이도 여인을 따라서 침을 튀튀 배앝고 아랫방 창문 밖으로 와서

"여보!"
소리를 지르며 문을 왈칵 열고 보더니, 바로 여인 있는 편으로 고개를 돌리고

"큰일났소! 과객 죽었소!"

소리를 친다. 여인은

"죽다니?"

처녀는

"죽다니요!"

하고 모두 창문 밖으로 와서 참말 죽었나 하고 들여다들 보니 과객은 그 큰 엄장˙에 네 활개를 벌리고 가슴을 풀어젖히고 눈을 감고 누웠는데, 죽은 사람 같기도 하나 이따금 '응응' 하는 앓는 소리가 들린다. 여인이 사나이더러 불러보라고 하여

"여보 여보!"

여러번 불러보았으나 대답은 없고 '응응' 소리만 들릴 뿐이다.

● 군호(軍號)
서로 눈짓이나 말 따위로 몰래 연락함. 또는 그런 신호.
● 엄장
풍채가 좋은 큰 덩치.
● 거조(擧措)
어떤 일을 처리하기 위한 조치.

과객이 죽은 것이 아니라 앓는 것인 줄은 알았으나 큰일은 일반이라 내외간 공론이 시작되었다.

"저걸 어떻게 하오?"

"길에 내다 버립시다."

"누가 드나?"

"당신이 들지 누가 들어. 내가 부축해주리다."

참말로 내다 버릴 거조˙를 차리려고 하니 옆에 있던 처녀는

"인정에 차마 어떻게 그렇게 해요?"

그 부모의 하는 말을 딱하게 여긴다. 그 여인이 딸에게 손으로 삿대질을 하면서

"요년아, 네가 어제 공연히 불쌍해 보이느니 무어니 해서 재운 까닭에 큰일을 내놓고 또 무슨 소리냐!"
화를 내니 사나이가
"그 애야 무슨 죄가 있소."
여인의 심사를 거스르지 않을 만큼 딸을 두둔하고
"화는 고만 내고 우리 얼른 저 반송장이나 처치합시다."
아내의 비위를 맞추려고 한다. 여인은 그가 딸 역성 들리는 데 비위가 틀리어 화를 더 내며
"여보, 당신은 말도 마오. 죽지도 않은 것을 왜 죽었다고 소리 질렀어. 나는 놀라서 가슴이 덜컥 내려앉았소."
사나이에게로 돌려붙는 것을 사나이가
"아따, 잘못했소."
피하니까 다시 딸에게로 화를 돌리어
"너는 집에서 궂은일이 나도 좋겠니?"
야단한다. 처녀는 부드럽게 '어머니' 불러가지고
"그럴 것이 무어 있어요? 아랫말 작은아버지더러 좀 와보라고 하시지요. 약 몇첩 써서 나을 병 같으면 고쳐주는 것도 적덕積德 아니에요?"
여인은 '적덕'이란 딸의 말을 뇌면서도 나중에 사나이더러
"어떻게 하겠소?"
물으니 그 사나이가 딸의 말이 근리하다˚ 하여 내외간에 공론을 다시 하고 의약 묘리 잘 아는 그 아우를 불러다 보인 뒤에 병이

할 수 없다거든 그때 내다버리기로 하였다.

"아랫말 네가 갔다오너라."

그 딸을 보내면서도 여인은

"요년, 팔자에 없는 송장만 치게 돼봐라."

딸을 벼르고 그 사나이는

"내괴, 식전부터 까마귀가 야단이야."

하고 또 침을 퉤퉤 배앝았다.

처녀가 간 뒤 한 식경이 지났다. 그 내외가 번갈아가며

"그만하면 올 터인데."

"그만하면 올 터인데."

하고 기다리던 차에 처녀가 혼자 돌아왔다. 처녀의 입이 미처 떨어지기도 전에 그 여인이

"너 어째 혼자 왔니?"

혼자 온 것을 나무라는 듯이 물으니

"작은아버지가 집에 아니 계십디다. 그래서 고원댁 오빠를 가보고 좀 찾아서 뫼시고 오라고 했지요. 나는 어머니 아버지가 기다리실까봐 먼저 왔세요."

처녀는 청하러 갔던 삼촌과 같이 오지 못한 것을 발명하여˚ 대답하였다.

아랫방 병자는 앓는 소리조차 없어지고 시각이 위태할 것 같은데, 의원 아우는 좀처럼 오지 아니하여 주인 사나이가 여러번 삽작 밖을 내다보았다. 그가 나중번에 내다보다가 들어오며

● 근리(近理)하다
이치에 거의 맞다.
● 발명(發明)하다
죄나 잘못이 없음을 말하여 밝히다.

"저기 돌이하고 같이 오는군."
선성을 놓으니 그 여인은 안방문 앞에 놓인 들마루에 앉았다가 일어서며

"돌이란 놈은 왜 오나? 저의 집에 나무나 해주지 않고."
하고 혀를 찼다. 조금 있다가 주인의 아우와 돌이라는 떠꺼머리 총각이 앞서거니 뒤서거니 들어오더니 주인의 아우는 바로 사나이에게로 와서 인사하며

"어떤 손이 와서 앓는다지요?"
묻고 총각은 처녀를 보고

"너의 작은아버지를 뫼셔왔으니 인제 상급이 있어야지. 염낭이나 하나 지어다고."
조롱한다. 여인은 먼저 자기를 아는 체하지 않는 데 심술이 나서 돌이를 불러세우고

"며칠 만에들 보면서 인사 한마디가 없단 말이냐! 아지미 대접은 알뜰히 한다. 그리하고 실없는 소리도 분수가 있지. 남이야 걱정이 있거나 말거나 실없는 소리만 하면 제일이란 말이냐! 너도 나이 이십이니 지각 좀 차려라!"
꾸짖는데 시동생까지도 껴잡아넣으니 돌이가

"고모님, 잘못 되었소이다. 차후에는 지각을 차리겠소이다."
사과하고 주인의 아우도 빙그레 웃으며

"아주머니, 날새 안녕하십니까?"
인사한 까닭에 여인의 심술은 즉시 풀리었다. 주인의 아우가 아

랫방에 와서 병자의 모양을 살펴보고 그다음에 또 맥을 짚어보더니 하마터면 탈이 날 뻔하였다고 하며, 약낭 끈을 끄르고 우황청심환 한 개를 내어 동변˚이 없으면 온수라도 좋다고 온수에 개어서 병자의 입을 어기고 흘려넣었다.

아랫방 문을 닫아두고 나와서 식구들이 아침을 먹으려고 할 제 여인이

"아침 좀 잡수."

시동생에게 밥을 권하니 주인의 아우는

"먹고 왔습니다. 어서들 잡수세요."

하고

"봉단아!"

● 동변(童便) 사내아이의 오줌.

처녀를 불러서

"나 물이나 한 그릇 떠다 다오."

하여 물그릇을 막 받아들자, 아랫방에서

"애구애구, 물 좀 주십시오."

하는 병자의 갈라진 목소리가 들리니까 주인의 아우가 그 물을 먹지 않고 그대로 가지고 일어선다. 봉단이가

"작은아버지 잡수세요. 다시 떠다 주지요."

무심히 말하는 것을 그 삼촌이 물끄러미 보며

"네가 갖다 먹이려느냐?"

하고 물그릇을 내주려는 체하니 봉단이는

"아니에요, 작은아버지도."

하고 얼굴을 붉힌다.

　주인의 아우가 그 물그릇을 가지고 가더니 병자를 먹이고 와서
　"물그릇을 뺏어가다시피 받아가지고 한숨에 다 키어버리던걸."
여럿에게 휘뚜루˙ 들으라고 말하고 특별히 형수에게 대하여 말을 붙인다.
　"아주머니, 앓는 손의 얼굴을 잘 보셨소?"
　"잘 보고말고요."
　"얼굴이 사내답지요? 천정天庭이 번듯하고 코도 좋고 입도 좋고 눈이 또 썩 좋아. 아까 물 받아먹을 때 눈을 뜨는데 앓던 사람이라 열기가 없을 뿐이지 눈만 보아도 초초한˙ 인물이 아닌 표가 납디다. 그렇지 않아요? 그 골격도 사내답지요?"
　"상판대기가 과객질할 사람 같지는 않습니다만 그래도 과객질이나 하고 돌아다니니."
　"일시 과객질이야 무슨 상관이 있겠세요?"
　수숙간에 왕래하는 말을 듣고 있던 그 형이 일시 과객질이란 말을 타내서
　"아니다. 과객질은 유년 해본 사람이더라. 일시가 다 무어냐."
말하니까 지각 차리느라고 이때껏 잠자코 있던 돌이가 참례參禮를 들어
　"나 보기엔 과객질보다도 한량질 해먹는 사람 같은데요."
저의 고모부 말이 당치 않은 듯이 말한다. 주인의 아우는 형의

말이나 돌이의 말이나 모두 접어놓고 조카딸더러
"너 보기엔 어떻더냐?"
묻다가 그 얼굴 붉히는 것을 보고 무슨 의미가 있는 듯이 '허허허' 웃으니, 봉단이 부모와 돌이는 아무 의미도 없이 모두 그 웃음에 끌리어 웃었다. 봉단이의 얼굴은 더 붉어졌다.

인사불성하고 앓던 이교리가 청심환 한 개에 기운이 통하고 가미삼금탕加味三禁湯 몇첩에 대세가 돌리어서 그날로 드나드는 사람을 알아볼 뿐이 아니라 사람을 보면 머리를 들썩거리며 '미안하다', '감사하다' 말하게 되었다.

며칠 동안 이교리가 병을 조리하는 중에 주인 집의 일을 자연히 많이 알게 되었으니, 주인의 성명이 양주삼楊周三인 것과 봉단이가 주인의 무남독녀로 지금 나이가 십팔세인 것도 알았고, 주인

- 휘뚜루 닥치는 대로 대충대충.
- 초초(草草)하다 갖출 것을 다 갖추지 못하여 초라하다.
- 결찌 어찌어찌 연분이 닿는 먼 친척.

의 아우 주팔周八이가 의약뿐이 아니라 문식文識이 있는 까닭에 근처 양민들이 백정학자라고 별명지어 부른다는 것과 주인 처질妻姪 돌이가 성이 임林가요, 돌이의 아버지가 고원 가서 장가든 까닭에 결찌*끼리 고원댁이라고 택호로 부른다는 것도 알았다.

이교리가 자기는 서울 사는 김대건金大乾이란 사람으로 어느 대가大家에서 하인 노릇하다가 애매한 죄명을 쓰고 쫓겨나서 홧김에 팔도강산을 구경다닌다고 거짓말로 본색을 감춘 까닭에 그 사람들은 모두 이교리를 김서방이라고 불렀다.

이교리인 김서방이 긴 이야기를 할 만큼 병이 나으니까 김서방의 서울 이야기를 듣느라고 아랫방에는 사람이 비지 아니하였다. 주팔이는 김서방과 연상약할˙ 뿐이 아니라 유식한 것이 마음에 맞아 두 마장이나 되는 아랫말서 하루 두서너 번씩 보러 오고, 돌이는 김서방의 언어거동이 점잖아서 비위에 맞지 아니하나 못 듣던 이야기를 듣는 데 팔리어서 매일 저녁으로 놀러왔다.

김서방은 이 집을 떠나서 갈 데도 없거니와 여러 사람들과 정분이 생기고 더욱이 봉단이가 있는 까닭에 이 집을 떠나갈 마음도 없었다. 봉단이의 어머니가 혹 불시에 축객령逐客令이나 놓지 아니할까 속으로 겁이 나서 그 여인이 간혹 서울일을 물으면 정성껏 대답하고 또 재미스러운 이야기와 웃을 만한 말로 환심을 사려고 애쓴 결과, 가라는 영이 내리기는 고사하고 조밥은 먹을 것이 있으니 몸이 소복되도록˙ 안심하고 있으라는 특별한 혜택을 입게 되었다.

어느 날 초저녁에 그 집 식구들과 주팔이와 돌이가 마당에 멍석을 깔고 앉아서 이 이야기 저 이야기 서로 이야기하는데, 이야깃거리가 변변치 아니하여 이야기판이 심심하여지니까 봉단이 어머니가

"김서방을 불러내서 우스운 소리나 좀 지껄이라고 합시다."
말하고 곧
"김서방!"
부르니 주인이

"바깥에 나와 오래 앉았어도 괜찮을까?"

김서방의 병이 채 다 낫지 아니한 것을 염려하여 말하는 것을

"무얼 젊은 사내자식이 그것쯤 어떨라구."

말대꾸를 하며 일변

"이리 좀 나오."

소리를 질렀다. 김서방이

"네."

하고 나오는데 어지러운 까닭으로 걸음이 비슬비슬하였다.

  김서방이 나오려는 것을 보고 봉단이는 어느 틈에 슬그머니 몸을 일어 들마루에 올라가서 등잔불을 켜놓고, 하다 둔 고리짝을 겯기 시작하였다.

  김서방이 나와 앉아서 가끔 들마루 편을 바라보며 봉단이 어머니가 하라는 대로 또 서울 이야기를 시작하였다가, 근래 서울은 팔도에서 기생들이 올라와서 계집 천지가 되고 서방 있는 계집들도 염치가 없어져서 두 번 세 번 시집을 간다고 이야기하니 턱을 치어들고 듣던 돌이가

"제기, 서울이나 갈까부다. 장가 좀 들어보게."

말하여 그 말에 여러 사람들은 모두 웃었다. 주팔이는 웃으면서

"여보 김서방, 당신 아내는 다시 시집 못 가게 단단히 두고 왔소?"

물어서 그 묻는 말에 여러 사람은 또다시 웃었다.

  김서방은 자기가 삼년 전 스물여섯까지 돌이같이 떠꺼머리로

- 연상약(年相若)하다 나이가 엇비슷하다.
- 소복(蘇復)되다 원기가 회복되다.

있다가 간신히 장가를 들었는데, 아내의 얼굴이 반주그레한 탓으로 곧 상전 양반에게 빼앗기고 지금은 아내가 없다고 이야기하니 다른 사람은 들을 만하고 있고 돌이는 남의 일일망정 분하여한다.

"여보, 계집을 빼앗기고도 가만히 있었단 말이오?"

"그럼 양반을 어떻게 하나?"

"양반의 배때기엔 칼이 안 들어가오? 양반을 어떻게 하나라니 당신의 키가 아깝소."

김서방은 안 나오는 웃음을 억지로 웃었다.

그럭저럭 이야기판이 식었다. 무엇을 생각하는 모양이던 주팔이는 너무 오래 바깥에 나와 앉아서 몸에 이롭지 못하다고 김서방을 권하여 방으로 들여보낸 뒤, 김서방이 아내가 없다니 사위로 얻으면 어떻겠느냐고 형수와 형에게 말을 비친즉 형은 대답이 없이 그 형수의 얼굴을 바라보고 형수는 말없이 고개를 외칠 뿐인데 돌이가

"누이를 갖다가 또 빼앗기라고?"

분기忿氣가 남은 어조로 말을 한다. 그리하니까 주팔이는

"너는 잠자코 있거라!"

돌이를 제지하고 형수의 기색을 보며

"이담날 다시 이야기합시다."

뒤를 두고 말을 그치었다.

며칠 뒤에 주팔이가 조용히 형과 형수를 대하여 사윗감으로

김서방보다 더 나은 사람을 고를 수 없을 것이니 불계하고˚ 혼인하라고 권하였다. 주삼의 아내는 사람이 거세기는 하나 지각이 많은 시동생의 말을 남편의 말보다도 더 중하게 여기는 터이라 그 권을 받아

"아재 말대로 그년의 혼인을 정합시다."

말하게까지 되었는데 주삼이는 그 아우의 권유요, 그 아내의 말이지만 선뜻 허락하기를 주저하였다.

"나이가 너무 틀려. 스물아홉하고 열여덟하고."

"여보, 데릴사위는 나이 좀 지긋한 것이 좋소."

"형님, 사내 나이 많으면 나중에 같이 늙게 되지요."

그 아내와 그 아우의 말이 이유는 각각 다르더라도 사나이의 나이 많은 것을 좋다기는 일반이라 주삼이가 나이 틀리는 것을 탈잡다가 말이 몰리니까

● 불계(不計)하다
옳고 그름 등을 따지지 아니하다.

"그래도 막중대사를 그렇게 경솔히 정할 수가 있나. 좀더 생각해보지. 그리고 우선 김서방의 의향이 어떤지도 알아야지."

저편에게 장가들 마음이 있는가 없는가 알아보고서 말하자고 한다.

"의향이 무슨 의향이야, 감지덕지할 터이지."

"가죽신에 짚신날이 소용 있나? 김서방도 우리네와는 다른 사람이라 그 의향을 알 수 없지."

"저는 삼정승 육판서의 자식인가? 무슨 말라죽을 의향이야! 싫다거든 고만두지."

"그러자니 창피하지."
"우리가 창피한가? 제가 고약하지. 다 죽은 것을 우리가 살려주지 않았는가베."
내외간에 쓸데없는 말이 왔다갔다하는 것을 주팔이가 듣다 못하여서
"그것일랑 내게 맡기시오. 내가 창피치 않게 물어볼 것이니."
하고 말을 가로막고
"지금이라도 물어보리까?"
하고 형과 형수의 얼굴을 번갈아 치어다보니 주삼이는
"아무케나 하려무나."
고개를 끄덕이고 주삼의 아내는
"그 자식이 두말만 하거든 다리를 퉁겨 내쫓읍시다."
눈썹을 일으켰다.
주팔이가 아랫방으로 내려가서 김서방을 보고 이말저말 수어하다가
"만일 우리 형님이 봉단이를 당신 준다면 당신이 어찌할 터이오?"
물으니 김서방은 아 입을 벌리고서 한참 대답이 없더니
"어찌하다니요?"
뒤잡아 묻는데, 그 묻는 것이 묻고 싶어 묻는 것이 아니라 아무 말도 없이 앉았기가 겸연쩍어서 엄적*으로 묻는 것 같았다. 주팔이는 웃으면서

"봉단이가 싫지 않지만 뒷생각 없이 선뜻 장가든다기가 어려울 것 아니오?"
남의 속을 뚫고 들여다보듯이 말하니 김서방은 한번 고개를 숙였다가 다시 치어들며

"나로는 두말할 것이 없소. 나 같은 사람을 줄는지들 모르지."
말하는데 얼굴에 무슨 결심하는 빛이 보이었다. 주팔이는

"잘 알았소. 이따라도 또 오리다."
하고 몸을 일어서 나갔다. 이교리인 김서방은 주팔의 말이 아니라도 뒷날 생각이 없지 않았지만, 목전 안신安身하는 데 제일 상책이라고 생각하여 두말이 없다고까지 단언하게 된 것이다. 그러나 쉽사리 단언하도록 결심하게 된 것은 봉단에게 마음이 끌리었던 까닭이다. 주팔이가 형을 보고

● 엄적(掩跡)
잘못된 형적을 가려 덮음.

"김서방은 두말이 없답디다."
하니 그 형수가 내달아 말하였다.

"그렇지, 당초에 두말이 있을 게요?"

이리하여 김서방과 봉단의 혼사가 결정되고 주팔이가 날을 받아 칠월 칠석날로 혼인 날짜까지 작정되었다. 주삼이 내외는 말할 것도 없고 주팔이와 돌이도 혼인 준비 하느라고 여러 날 동안 분주히 지내다가 혼인 전날 밤에 돌이가 들마루에 앉았는 봉단의 옆에 와서 가까이 앉으며

"봉단아, 너는 내일이면 어른이구나. 어른 되었다고 오래비

대접을 조금이라도 나쁘게 하면 너 대신으로 김서방을 경쳐놓을 테다!"
너털웃음을 웃고서
"이애, 그러나저러나 김서방이 아내가 없다더니 그것이 멀쩡한 거짓말이래. 네가 첩노릇할 일이 딱하다."
봉단이는 김서방과 혼인을 정하게 된 것이 마음에 싫지는 아니하여도 김서방이 아내가 있지 아니한가 의심은 없지 아니하던 터라, 지금 돌이의 말이 자기를 조롱하는 실없는 소리인 줄은 알지마는 그 의심은 속으로 더하여졌다.
그날 밤에 봉단이가 자다가 갑자기 병이 났다. 날은 거의 샐 때가 되었는데 봉단이는 머리를 동이고 누워서 앓는 소리를 그치지 아니하니 주삼의 아내는
"이 일을 어찌하면 좋은가?"
법석을 벌이고 주삼이는
"공교한 일이지. 평일에 병이 없던 아이가 하필 혼인 전날 밤에 병이 나다니, 내일 대사는 다 지냈다. 할 수 없이 날짜를 물리는 수밖에 없다."
쓴입맛을 다시고 또 주팔이는
"신열이 좀 있어도 대단치 아니하고 맥은 아무렇지도 아니한데 괴상스럽다."
의심을 마지 아니하였다. 부모와 삼촌이 모두 봉단의 좌우에 둘러앉아 그 얼굴을 들여다보면서

"무엇이 체했느냐, 속이 아프냐?"

"감기가 들었느냐, 머리만 아프냐?"

여러가지로 물어보아도 봉단이는 대답이 없었다. 나중에 주삼의 아내가

"뜬것*이 들린 것이오. 그렇기에 이렇게 갑자기 병이 나지."

말하자 봉단이가 별안간 정신기가 좀 나는 듯이 그 어머니를 치어다보며 꿈을 꾸고 병을 얻었으니 뜬것이 분명하다는 뜻을 말하였다.

"무슨 꿈이냐?"

"꿈 이야기 좀 해라."

다투어 말하는 그 아버지나 삼촌은 본체만체하고 봉단이는

"어머니!"   ● 뜬것 떠돌아다니는 못된 귀신.

불러가지고

"아까 꿈에요."

하고 꿈 이야기를 시작하였다.

"늙은 할망구 하나가 날이 시퍼런 칼을 쥐고 이 방으로 들어오더니 '이년 너를 죽이러 천릿길을 쫓아왔다' 대번에 호령합디다. 무서운 마음을 참고 '무슨 죄인지 죄나 알고 죽어지이다' 빌며 말하니까 '내 딸이 있는데 내 사위를 빼앗아가는 년은 죽여 마땅하다!' 또 호령합디다. 부끄러운 마음을 참고 '저의 부모가 아내 없단 말을 듣고 정한 일이랍니다' 발명하니까 '거짓말을 곧이듣다니 죽일 년이다!' 여전히 호령합디다. 그제는 마음에 좀

분한 생각이 나서 '거짓말을 했든지 곧이를 들었든지 간에 내게야 무슨 아랑곳이 있습니까?' 말을 불쾌히 하였더니 '요년, 무슨 앙탈이냐! 죽어봐라!' 소리를 지르며 칼을 들고 달려듭디다. 잠이 깨며 곧 한전˚이 나고 머리가 아프기 시작했어요. 지금도 머리가 정신없이 아파요."

 병난 사연을 말하여 꿈 이야기를 마치었다.

 "가위가 눌렸던 것이구나."

 "의심을 하면 울타리에 널린 치마가 허깨비의 옷자락으로 보이는 법이야. 네가 의심을 가졌던 것이지."

 주삼이 형제가 봉단에게 말하고 있는 틈에 주삼의 아내는 몸을 일어 방 밖으로 나갔다. 한참 동안이나 지나도 다시 들어오지 아니하니까 주팔이는 그 형수가 김서방의 방에 가서 해거˚를 부리고 있지 아니한가 의심하여

 "아주머니가 어디를 갔을까? 나가보고 오리다."

하고 방에서 나오다가 마침 그 형수가 무엇을 두 손에 들고 삽작 밖으로 나가는 것을 보고 부정 풀러 가는 줄을 짐작하면서 그 뒤를 따라갔다. 주삼의 아내는 길가에 있는 어두컴컴한 풀밭머리에 가서 동향東向하고 서더니

 "물 우에 김첨지

 물 아래 김낭청

 동무들과 같이 가소

 걸게 먹고 빨리 가소

가지 않고 지체하면
엄나무 말뚝 무쇠 두멍˚에
세상 구경 못하리니
여율령 어서 가소
쐑쐑."

하면서 바가지에 담은 묽은 조죽을 내끼얹고 또 왼발을 구르면서 식칼을 세 번 내던지고 그리하고 돌아서 들어온다.

"여보 아주머니!"

주팔이가 부르니

"애구, 깜짝 놀라겠구려!"

하고 우뚝 선다.

● 한전(寒戰) 오한이 심하여 몸이 떨림.
● 해거(駭擧) 괴상하고 얄궂은 짓.
● 두멍 물을 길어 담아두고 쓰는 큰 가마나 독.

"김낭청이고 김첨지고 고만두고 나를 따라 김서방한테나 가봅시다. 그러나 아주머니는 말을 듣기만 하시오."

그리하여 수숙이 같이 아랫방으로 와서 자는 김서방을 깨워가지고 주팔이가 봉단의 병난 이야기와 봉단의 꿈 이야기를 대강대강 말하고서

"의심이 있었던 까닭에 꿈도 꾸고 병도 난 것이니 그 의심을 풀어주어야 할 터인데……."

하고 수단 없는 것을 걱정한즉 김서방은 자기의 아내를 상전에게 빼앗긴 것은 조금도 의심할 것이 없는 사실이라고 중언부언하고, 만일 이것이 거짓말이면 발설지옥拔舌地獄에 떨어져 죽어

도 한가˚를 아니한다고 맹세를 치며 말하였다. 주팔이는

"우리야 어디 의심하오마는 나이 어린 계집애라 그렇소그려."
하고 도로 나와 윗방으로 오는 길에 그 형수에게 말하였다.

"지금 들은 말씀을 한마디 빼지 말고 봉단이에게 들려주시지요."

주팔이가 형수와 같이 방으로 들어와서 봉단을 보고

"아까와 좀 어떠냐?"
물으니까 봉단이는 말이 없고 주삼이가

"앓는 소리를 아니하니 그만한 것 같다."
하고 대신 대답하였다. 주팔이는 형수를 돌아보며

"죽 쑤어 버린 효험이 당장에 났습니다그려. 그렇지만 김서방의 맹세만은 못하리다. 김서방의 말을 좀 자세히 들려주시지요."

봉단의 어머니가 김서방이 맹세치며 하던 말을 다소간 보태어 옮기었다. 봉단이는 스르르 눈을 감고 혼곤히 잠이 든 것같이 누웠더니 혼인날인 칠석날 아침해가 높이 돋았을 때, 씻은 듯 부신 듯 일어났다.

"대사를 받은 날에 지내게 되니 불행중 다행이다."

"네년 덕에 잠 못 자고 눈이 아파 죽겠다."

기뻐하는 부모를 대할 때는 봉단의 얼굴에 미안히 여기는 기색이 많았으나

"김서방의 맹세가 당약當藥이다."

조롱하는 삼촌을 볼 때에는 봉단이가 부끄러움을 참지 못하여

얼굴을 붉히었다.

해가 미처 한낮 때 못 되어서 초례청의 준비도 다 되었고 신랑 신부의 치장도 다 되었다. 준비니 치장이니 하여야 별것이 없었다. 주삼이 내외가 주팔의 주장을 좇아서 여간 것은 모두 제폐除廢하였다. 마당에 차일 치고 멍석 깔고 멍석 위에 새 돗 펴고 돗자리 위에 주팔의 글씨로 '도지단 복지원道之端 福之源'이라 써 붙이고 정한 사발에 정화수를 가득히 떠서 깨끗한 소반에 올려놓은 것이 초례청의 준비였으며, 망건을 쓰고 초립을 쓰고 청베도포에 붉은 술띠를 둘러 띤 것과 큰 다리 작은 다리를 꼭지꼭지 한데 묶어서 큰 머리 명색을 틀어얹고 한삼汗衫 달린 겹저고리에 긴 치마를 늘인 것이 신랑 신부의 치장이었다.

또 대사를 지내는 주삼의 집이 외딴집일 뿐 아니라 가근방에 사는 주삼의 결찌가 많지 못하던 까닭에 대사의 구경꾼도 몇사람이 못 되었다. 말하자면 구메혼인˚이나 별로 다름이 없었던 것이다.

● 한가 원통한 일에 대하여 하소연이나 항거를 함.
● 구메혼인 널리 알리지 않고 하는 혼인.

초례 절차도 주팔이가 간단하게 정하여 그날로 초례청인 마당에서 교배交拜를 마치고 신방인 건넌방에서 방합례를 지내고 그날 밤으로 신방을 차리게 되었다. 해가 지고 저녁밥이 끝난 뒤에 신방에는 황초 한 쌍을 켜서 놓고 떡 고기 늘어놓은 상 한상을 차려놓고 나이 지긋한 여인 하나가 신부를 데리고 들어와서 일어섰던 신랑과 마주 대하여 앉히어 놓고 문을 닫고 나갔다.

이교리인 김서방은 연분이란 정한 것이 있는 게다, '북방길'이

이 연분을 가리킨 것이구나 속으로 생각하며 어여쁜 신부의 얼굴을 바라보고 앉았다가 신부에게로 가까이 가서 정수리를 누르는 큰 머리를 떼 내려주고 빙그레 웃으면서 신부의 발을 끌어낸다. 맨발질하던 마당발이라 버선이 모양 없다. 신랑이 발을 잡고 버선을 벗기려고 하니 신부는 치마 밑으로 오므렸다. 오므리면 끌어내고 끌어내면 오므리고 신랑은 가도家道를 이 발에서 세우려는 듯이 짐짓 끌어내고 신부는 편심偏心을 이 발로 드러내려는 듯이 굳이 오므린다. 바깥에서 이 모양을 엿보던 신방 지키는 사람들이 웃음을 참지 못하여 낄낄 소리를 내니 김서방은 한번 소리를 내어 웃고 발을 놓고 일어서서 부집게로 촛불들을 집어 끄고 부스럭부스럭 신부의 옷을 벗기었다.

  이튿날 돌이가 일지一支 중 젊은 사람을 두서넛 데리고 와서 '자리보기'한다고 한참 동안 야단법석을 벌이었다. 김서방의 족장足掌을 때려 색시 훔친 죄를 물어보겠다고 돌이가 얼쩡거리다가

  "신랑 다는 것이 총각놈에게 당치 않은 일이다."

고모에게 야단도 만났으려니와 김서방같이 큰 사람에게 손걸기가 엄청나서

  "족장만은 용서하자."

그만두고 김서방과 봉단이를 등을 대어 묶어놓고 갖은 조롱을 다 하였다. 돌이의 법석 바람에 주삼이 집의 술 몇병, 떡 몇그릇, 도야지고기 몇접시가 없어졌다.

혼인 지내고 오는 손님을 치른 뒤에는 주삼이가 김서방을 데리고 가근방에 사는 일지를 찾아보러 다니었다. 그리하여 김서방은 주팔의 집에 가서 쇠가죽 다루는 것도 구경하고 돌이의 집에 가서 돌이의 늙은 아버지에게 버들 벗기는 법도 이야기 듣게 되었다. 돌이의 어머니는 골골하는 병객이나 돌이의 아버지는 육십 넘은 늙은이가 기운이 좋아서 젊은 사람만 못지아니하던 것이다. 그 기운 좋은 늙은이가 김서방을 보고

"돌이란 놈이 집에 좀 붙어 있었으면 나도 나다닐 틈이 있겠는데, 병객 하나만 남겨두고 집을 비울 수가 있어야지. 틈 있거든 놀러와서 재미있는 서울 이야기나 좀 들려주소. 나도 시골 이야기를 들려줄 것이니."

● 일수(逸秀) 빼어나게 우수함.

돌이 아버지는 고담이 일수˙라고 같이 갔던 주삼이가 김서방에게 말하였다.

며칠이 지나지 아니하여서 봉단이가 남 보는 데서는 김서방과 서로 말을 하지 아니하여도 단둘이 있어서는 정답게 속살거리고 더욱이 베개 위에서 이야기할 때는 재미가 참깨같이 쏟아졌다.

어느 날 저녁에 김서방이 주팔에게 놀러갔다가 밤이 든 뒤에 돌아오니 그의 젊은 아내가 마당에 맷방석을 깔고 혼자 앉아서 동고리를 만들며 기다리고 있다가 삽작문을 열어주면서

"인제 오세요?"

인사하고 뒤를 따라 들어오며

"내가 하던 일을 조금만 더 하면 끝을 마치겠으니 먼저 방에 들어가 주무세요."
하는 것을 김서방이
"좀 있다 같이 들어가지."
하고 머리에 동였던 수건을 끄르고 면빗질을 하며 아내가 일거리 잡는 옆에 와서 가까이 붙어앉았다.
"혼자 앉았기 무섭지 않아?"
"무섭긴 무에 무서워요."
"도깨비."
"나는 도깨비를 본 적이 없는데요."
"그러면 호랑이."
"호랑이도 말만 들었세요."
이렇게 입으로 말대답을 하면서도 손은 여전히 재빠르게 놀리어 동고리테가 한 테 두 테 늘어가니, 김서방이 이것을 들여다보고 있다가 묻는 말이
"하룻밤에 동고리를 서너 개 만들 수 있소?"
"서너 개를 어떻게 만들어요. 내가 남의 두 몫 일을 한다고 남들은 칭찬하지만 긴긴 밤에 한 개 반이나 만들까요."
"장인 장모는 초저녁부터 끼고 자는 것이 일이신가?"
"당신은 별걱정을 다 하시오."
봉단이는 잠깐 남편에게 눈을 흘기었다.
밤이 이슥하여질수록 바람은 더욱 선선하고 달빛은 더욱 밝

다. 김서방이 아내의 얼굴을 들여다보며

"홑적삼 하나 입고 춥지 않소?"

하고 등을 만져보는 체하다가 살짝 꼬집으니 봉단이는 가만히

"아야!"

하고

"두 번만 추우냐고 물으시다가는 사람의 등에 살점을 남기지 않으시겠소."

골이 난 모양으로 김서방을 뒤에 두고 돌아앉아서 김서방이

"잘못했소. 도로 이리 돌아앉으우."

청하여도 들은 체 만 체하고 부지런히 일만 한다. 김서방이 달을 치어다보며

"달이야 참 밝다. 별이 하나 둘 셋……."

별 수를 세다가 종시 싱겁던지 그만두고 조그만 버들 끄트럭을 봉단의 볼에 닿을 듯 말 듯하게 쥐고서

"애구, 이것 보게."

갑자기 무엇을 보고 놀라는 체하여 봉단이가 돌아보다가 볼이 버들에 찔리었다. 봉단이가 김서방의 버들 쥔 손을 뿌리쳐 치우면서

"점잖지도 못하시우."

나무라니 김서방은

"어여쁜 사람 앞에서는 점잖은 이의 머리가 자라목같이 들어가는 법이야."

잘한 체하고 웃는다. 그때 마침 안방에서 기침소리가 나는 것을 듣고 봉단이는

"어머니가 깨시면 잔소리를 하실지 모르니 소리내서 웃지 마시오."

나직이 말하였다. 김서방이 웃음을 그치고 한참 말이 없이 앉았다가 아내의 일이 끝나는 것을 보고

"인제 방으로 들어가지. 가만히 있어. 내가 다 치우지."

하며 일어서서 버들채 흐트러진 것을 묶어서 봉당 위에 세우고 아내더러 일어나라고 한 뒤 맷방석을 말아서 처마 밑에 들여놓고 다 만든 동고리를 들고 섰는 아내를 뒤로 가서 번쩍 안고 아랫방으로 향하는데 안겨 가는 봉단이는

"이게 무슨 짓이세요."

하며 달 아래 그림자를 부끄러워하고 안고 가는 김서방은

"치우자면 이렇게 다 치워야지."

하며 다시 웃음을 시작하였다. 방에 들어와서 자리 보고 누운 뒤에 봉단이가

"너무 실없이 굴지 마세요. 남의 눈에 뜨일까봐서 마음이 조마조마해요."

소곤소곤 말을 하니 김서방이

"네, 말씀대로 하오리다."

하고 왼손가락으로 살그머니 아내의 턱을 치어들었다.

"이런 짓을 마시란 말이에요."

"녜, 말씀대루 하오리다."

하고 다시 그 손가락으로 아내의 겨드랑이를 간질였다.

"당신이 하우불이 시요그려."

"상지불이는 어떤가? 문자를 쓰는 품이 백정학자의 교훈이 많으시오그려."

"학자면 학자이지 백정학자란 건 다 무언지. 미친놈들이지."

"여보, 과하오. 그러면 버들학자라고 할까?"

"지각 좀 채리세요."

"어른더러 지각을 차리라니 버릇없어 못쓰겠군. 버들학자 좋지 않아? 처음 만날 때 가르쳐준 것이니."

"누가 가르쳐요?"

"왜 버들잎으로 군호했었지?"

● 하우불이(下愚不移) 어리석고 못난 사람의 기질은 변하지 아니함.

"군호는 다 무어요? 딱도 하시오. 그때 당신 모양이 보기에 하도 황당하기에 급히 자시지 말라고 일부러 버들잎을 띄웠지요, 군호는 무슨 군호."

이렇게 내외가 재미있게 속살거리다가 닭울때가 되어서 간신히 잠들이 들었다.

게으름뱅이

　이튿날 봉단이는 다른 때나 일반으로 일찍부터 기동하였지만 김서방은 늦잠을 자고 아침밥 때에야 일어났다. 장모가 눈살을 찌푸리며
　"우리가 화초사위로 두고 볼 처지가 못 되니까 인제는 일을 좀 해봐야지, 해가 한나절까지 자빠져 잠이나 자서야 쓰나!"
하고 잔소리 마디나 좋이 하더니 그날부터 일을 시키기 시작하였다. 처음 며칠 동안은 내외가 버들일하는 옆에서 잔심부름을 시키고 고리를 트는 법, 키를 겯는 법, 이 법 저 법을 가르치고 우선 키바탕을 겯어보라고 맡기는데 처음 솜씨에 시초와 끝은 어렵다고 장인이 곁다 둔 것을 내주었다. 버들잎을 물고 죽을 처지에 태어나지 아니한 김서방이 팔자에 없는 버들잎을 물게 되니 일이 잘될 까닭이 없다. 회창회창하게 가는 채를 골라서 뽑다

가 분지르고 씨로 먹이는 채를 날로 놓은 노끈에 얽히게 하여 분질러서 키는 한 뼘도 곁지 못하고 버들채는 줌˙으로 분질렀다. 장인이 이것을 보고

"이 사람 고만두소. 공든 채가 아까웨."

하고 일거리를 빼앗아가니 김서방은 무안한 것을 감추려는 듯이

"손이 굳어서 잘 되지 않아요."

발명하였다. 말썽 많은 장모가 듣지 않았으면 모르되 듣고서는 가만히 있을 일이 아니라

"손이 아니라 두툼발인가? 방망이로 쳐 이겨서 풀솜같이 만들지 굳은 게 걱정이야?"

김서방을 망신 주고

● 줌 주먹.
● 자심(滋甚)하다 더욱 심하다.

"아따, 처음이라 그렇지."

사위 두둔하는 주삼이를

"처음을 보면 끝도 알지. 사위 봉양하려면 늙게 신세가 고될 판이야. 잔소리 말고 정신이나 차려요!"

두말 못하게 윽박았다.

 이로부터 김서방이 장모에게 박대받기 시작하여 나날이 자심한˙ 구박을 당하게 되었다.

 김서방이 잠시라도 편히 앉았으면 그 장모는 없던 심정이 저절로 나는 듯이 무슨 일이든지 불러 시키고 시킨 일이 마음에 맞지 아니하면 욕설을 예사로 내놓았다. 주삼이도 구경은 아내의 편이라 김서방을 구박할 때는 장모가 선봉대장 격이요, 장인이

후진중군後陣中軍 격이었다.

　주팔이가 종종 와서 보고 유세객˚의 구변으로 형수와 형을 달래지만, 그 힘이 오래가지 못하므로 항상 봉단이가 김서방을 싸고도느라고 애를 썼다. 그리하자니 따라 볶이는 것이 봉단의 신세라 남모르게 눈물 흘릴 때가 많건마는, 그래도 남편과 둘이 서로 대하면 웃음도 웃고 실없는 장난도 자아내고 하여 지성으로 그의 마음을 위로하였다. 김서방은 젊은 아내의 얼굴이 야위고 팔목이 가늘어지는 것을 가엾게 생각하여 장모의 마음을 사보려고도 하였으나, 살이 끼었던지 사이가 종시 좋아지지 아니하여 나중에는 나는 나대로 할 터이니 너는 너대로 하라는 뱃심을 가지지 아니하지 못하였다.

　그러나 그 장모가 심악하다고만 말하지 못할 점도 없지 않아 있었으니, 김서방이 일치고 힘들여 하는 일은 하나도 없었다. 배우지 못한 일을 억지로 하노라니 서투르기도 하겠지만, 모든 일을 마음에 하치않게 여기는 것이 남의 눈에 보이었다. 우선 버들일만 하여도 밤저녁에 봉단이가 손을 붙잡고 가르치다시피 하였으니 어지간하면 며칠 안 지나서 잘은 못하더라도 시늉만은 내련마는 달포가 지나도록 봉단의 입과 손을 빌리게 되고, 나무를 해오라면 종일 산에 있다가 다저녁때 내려오되 큰 키에 짊어진 나무가 까치집만밖에 아니 되어 봉단이까지 어이없게 하고 또 거름을 쳐내라면 맞빨이밖에 없는 고의적삼에 더러운 칠을 하여 봉단의 수고를 끼치고야 말게 되니 데릴사위로 놓고 보면 주삼의 아내가 아니라도 장모로 될 사람이 없지 아니할 것이다.

  김서방이 일손이 느릴 뿐이 아니라 게으름을 부리어서 조만한 잔소리가 아니면 당초에 일을 잡지 아니하는 까닭에 주삼의 아내가 게으름뱅이라고 별명을 지어서 김서방을 부를 때에

  "게으름뱅이 게 있나?"

하면 김서방도

  "네."

대답하게 되었다. 처음에는 주삼이 내외 외에는 이 별명을 쓰는 사람이 별로 없던 것이 차차로 가근방에 퍼져 나중에는 게으름뱅이 사위가 조명*이 나서 주팔이까지도 김서방보고 농담하려면

  "게으름뱅이 사위."

부르게 되었다. 이 별명을 입에 올리지 아니하는 사람은 오직 봉단이 하나뿐이었다.

* 유세객(遊說客) 자기 의견을 선전하며 다니는 사람.
* 조명(嘲名) 남들이 빈정거리는 뜻으로 지목하여 부르는 이름.

  어느 날 밤에 봉단이가 김서방과 마주 앉아서 수수께끼로 마음을 위로하는데 '장도 장도 못 먹는 장이 무어냐, 강도 강도 못 건너는 강이 무어냐' 서로 걸고 풀고 하다가 김서방이

  "뱅이 뱅이 못 쓰는 뱅이가 무언가?"

걸고 봉단이에게 풀라고 하니 봉단이는 잠깐 양미간을 찌푸리다가 얼른 다시 펴며

  "못 쓰기는 누가 못 쓴대요? 게으른 데는 게을러도 게으르지 않은 데도 있겠지요. 그렇지 않아요? 그렇지요?"

하고 소명한* 눈 속에 웃음을 머금었다.

김서방 내외가 자려고 누워서 겉잠도 채 들지 아니하였을 때 햇불빛이 창에 비치며 삽작 밖에서 인기척이 났다. 김서방이

"화적인가?"

의심하며 일어나려고 하니 그 아내가

"가만히 누워 계세요."

남편을 말리고

"우리 집에 무슨 화적이 들겠소."

하고 자기부터 천연하게 누워 있다. 조금 있더니 삽작문을 열어 젖히는 소리가 나고 뒤미처 안방문 앞에서 두런두런 사람의 말소리가 났다. 봉단이는 그제야 비로소 일어나서 벗어놓았던 치마를 찾아 입은 뒤에 창문을 바스스 반쯤 열고 내다보더니

"고원댁 오빠요?"

소리를 높여 물으며 바깥으로 나가고 김서방은

'돌이가 어째 밤중에 왔노?'

의심하며 그대로 누워 있었다.

돌이의 목소리가 들리고 또 장모와 장인의 말소리가 들리고 얼마 있다가 여러 사람의 신발소리가 나고 또 삽작문 닫는 소리가 나더니 아내가 방으로 들어오며

"주무세요?"

묻는다. 이때껏 자는 것같이 누웠던 김서방이

"아니."

하고 일어앉으며

"돌이가 어째 왔든가?"

물으니 봉단이는 등잔불을 다시 켜며

"고원댁 아주머니가 지금 곧 운명하실 것 같대요. 그래서 어머니를 뫼시러 왔세요. 아버지하고 내외분이 다 가셨세요."

대답하였다.

그날 밤은 젊은 내외 두 사람이 마주 앉아서 마음놓고 웃고 이야기하다가 밤을 밝히다시피 하고 이튿날 김서방이 코가 비뚤도록 늦잠을 자고 나 보니 해는 벌써 아침때가 기울었고 봉단이는 집안을 깨끗하게 치워놓고 앉아 있다. 김서방은 너무 늦게까지 잔 것이 염치없어 머리를 긁으며

"오늘이야말로 별명을 들어 싸군."

● 소명(昭明)하다
사리를 분간함이 밝고 똑똑하다.

혼잣말하듯 하니 봉단이가 세숫물을 떠다 주며

"얼른 세수하시고 점심 좀 잡수시지요. 나는 배가 고파요."

하고 상글상글 웃었다.

돌이가 상제 되는 덕에 김서방은 단지 며칠 동안이라도 장인 장모의 잔소리를 듣지 않고 맘 편히 지내었다.

주삼 내외가 상가에서 돌아오던 날 저녁때 주삼의 아내가 양식이 없어진 것을 보고

"연놈이 들어앉아서 밥만 해 처먹었니? 양식이 어째 이렇게 없어졌니?"

야단치는 것을 봉단이가

"한 끼에 두 끼 밥 먹지 않았어요."

조금 불쾌히 대답하였더니 그 어머니가 하늘이 낮다고 뛰면서
"이년, 서방맛을 되우 안다. 그 게으름뱅이가 양식 도적놈이야! 감추려면 감추어지니?"
욕설을 내놓다가 봉단의 눈에서 눈물이 쏟아지는 것을 보고
"쪽쪽 울기는 왜!"
하고 혀를 차면서도 딸을 불쌍히 생각하였던지 욕설은 그치고
"여보, 원수의 양식이 떨어지게 되었구려. 내일 장날 키 죽°이나 갖다 내서 서속 몇말을 바꾸어와야겠소. 죽을 채우자면 키가 몇 개나 부족이오?"
주삼을 보고 물었다.
"만든 것이 반 죽밖에 없어."
하는 남편의 대답을 듣고 딸을 돌아보며
"우리가 둘을 맡을 터이니 둘은 네가 맡고 나머지 하날랑은 게으름뱅이더러 밤 내로 결어놓으라고 해라. 못해놓으면 내일 아침밥은 다 먹을 게니 알아 하래라!"
구별하는데 봉단이가 상을 찌푸리며
"나는 오늘 골머리가 아파 일 못하겠어요. 만일 억지로 하라시면 하나나 맡지요."
앙탈하다시피 하여 주삼이 내외가 세 개를 맡고 젊은 내외가 각각 하나씩을 맡게 되었다.

일거리를 각각 나눠가지고 방으로 들어간 뒤에 김서방은 봉단이 전하는 장모의 말을 듣고

"나는 내일 아침밥을 안 먹을 작정하지. 밤을 꼬박 새우더라도 다 겪기는 틀렸으니까."
하고 채를 골라놓는 아내의 시중을 들어주다가
"골머리가 아프다더니 어떻소?"
하고 머리를 짚어보려고 하니 봉단이가 살그머니 짚으러 오는 손을 막으면서
"관계찮아요. 개수를 줄이려고 아프다고 했어요."
하고 잠깐 방그레 웃었다.
"꾀병이 일쑤구려."
"언제 누가 꾀병합디까?"
"우리 혼인 전날 밤에는 그게 무슨 병이오? 능청스럽게 꿈 이야기까지 꾸며가지고. 보기에는 그렇지 않으면서도 하는 짓은 여……."

● 죽
옷, 그릇 따위의 열 벌을 묶어 이르는 말.

"여…… 무어요?"
"호."
"잘하시오 잘해. 당신 그러다간 지각 나자 망령 나겠소."
젊은 내외의 속살거리는 말은 밤이 이슥토록 그치지 아니하였다. 이튿날 식전에 주삼의 아내가 아랫방에서 나온 키 두 개를 한두 번 뒤치고 젖히고 하더니
"서방 대신 해주려고, 여호 같은 년 아프다고 어미를 속여!"
딸에게 귀먹은 욕을 해붙이었다.
김서방이 아침밥을 먹은 뒤에 그 장모가 부르더니 장인과 같

이 가서 장을 보아오라고 하여 김서방은 키 한 죽과 고리 몇 짝을 지게에 짊어지고 주삼의 뒤를 따라가게 되었다.

 함흥은 대처라 장이 크다. 각 촌에서 모여드는 장꾼들이 길을 메워 가는데, 그중에는 숯짐이며 장작짐을 지고 가는 두메 사람도 있고 새끼 걸빵으로 곡식 말이나 무명 필을 걸머지고 가는 촌 농군도 있고 소를 네댓 바리˚ 혼자서 몰고 가는 소장수도 있다.

 "감사 행차냐? 길 중간을 잡고 오게. 키짐 저리 비켜라!"

 소장수의 볼멘소리에 김서방은 놀라서 길을 피하다가 등에 잘 붙지 아니하는 지게가 삐딱하며 길 옆으로 오던 농군의 머리가 킷불에 스치었다.

 "이 자식, 정신 차려!"

농군의 호령을 듣고 김서방은 미안한 뜻을 말한다는 것이

 "다쳤어?"

무심히 반말을 하였더니 그 농군이 대번에 얼굴을 붉히며

 "이놈의 새끼! 백정놈이 반말은…… 버릇을 배워라!"

하고 껑청 뛰어 김서방의 뺨을 갈겼다. 김서방이 난생처음으로 당하는 일이라 기도 막히거니와 슬그머니 분이 나서 그 농군을 떠다박지르니

 "백정놈이 사람 친다!"

농군이 외치며

 "백정놈이 사람 치다니?"

 "백정놈이 무어 어째?"

하면서 두메 장꾼이며 촌 장꾼들이 김서방 옆으로 모여들었다. 활 반 바탕가량이나 앞섰던 주삼이가 이때 마침 길가 밭고랑에서 똥을 누다가 밑도 채 씻지 못하고 괴춤을 움켜쥐고 쫓아와서

"이 사람, 무슨 짓인가?"

일변 김서방을 나무라며

"몰라서 그렇소이다. 난뎃사람을 사위로 얻었더니 위인이 데퉁궂어 걱정이올시다. 용서하여 주십시오."

농군에게도 절을 하고 여러 사람들에게도 절을 하고 꾸벅꾸벅 정신없이 절을 하였다. 주삼의 절 덕으로 뭇매질이 나지 않고 여러 사람이 헤어지는데

"백정의 사위놈이 양민에게 손을 대다니 무엄하기도 짝이 없지. 도대체 세상이 망했어."

● 바리 마소의 등에 잔뜩 실은 짐을 세는 단위.

소장수가 지껄이니까 그 농군은 더러운 손자국을 털어 없애려는 것같이 옷을 털며 지껄이는 소장수를 쳐다보고 나서

"제기, 간밤에 꿈자리가 사납더니 마수걸이로 창피 보았네."

혼자 중얼거리었다.

그때부터는 주삼이가 가끔가끔 뒤를 돌보아 김서방이 조금만 떨어지면

"빨리 오게."

불러가지고 앞뒤에 붙어 가는데, 김서방의 고개는 줄곧 아래로 숙었다. 읍 어귀에 들어서자, 주삼이가 길을 비켜 우뚝 섰다. 뒤에 오던 김서방이 따라서 멈추고 고개를 들어보니 갓을 쓰고

소매 달린 옷을 입고 지팡이를 짚은 한 오십 된 채수염 자리 하나가 아이 하나를 뒤에 딸리고 천천한 걸음으로 이편을 향하여 걸어온다. 김서방은 길 옆에 비켜서고 주삼이는 몇걸음 앞으로 나가다가 채수염 자리가 가까이 온 뒤 허리를 구부리고 공손히
　"집강執綱 나으리, 주삼이 문안드립니다."
하니, 수염 자리가 구부린 주삼의 등을 내려다보며 대답은
　"오오."
뿐이다. 그 수염이 그대로 지나가려고 몇걸음 나가다가 무슨 생각이 나는 듯이 돌아서며
　"이애, 그동안 댁의 따님이 근친을 와서 계시다가 수이˚ 가실 터이다. 그런데 댁 안에서 엿을 담을 그릇이 없다고 하시더라. 이삼일 안에 동고리 몇벌을 댁으로 가져오너라."
주삼에게 분부한다. 주삼이가
　"네에."
대답하고
　"저기 가지고 오는 것이 있었는데 물건을 보시겠습니까?"
말하여
　"어디 이리 가져오너라."
수염의 분부가 떨어진 뒤
　"여보게, 짐을 이리 가지고 오게."
김서방을 가까이 오라고 불렀다. 김서방이 지게를 버티어놓는 것을 보고

"문안 여쭙게. 향교말 도집강 나으리시어."
일러주며 곧 일변으로 수염에게

"사위올시다."
여쭙는다. 김서방이 말없이 허리를 구부리는데 고개는 치어들리었다. 그 고개가 수염의 비위에 맞지 아니하던지

"오오."
한마디도 없이

"그놈 낫살이나 먹었구나."
하며 수염을 쓰다듬고 주삼이가 지게에서 내려놓는 동고리를 아이더러 집어오라 하여 받아들고 보더니

"이것은 장치구나. 굵어 못 쓰겠다. 맞춤으루 해오너라."
말은 주삼에게 하고 물건을 아이에게 도로 준다.
그리하고 주삼이를 바라보며

● 수이 쉬이.
멀지 아니한 가까운 장래에.

"네 아우놈 지금도 공부하느냐?"
묻고서 미처 대답도 듣지 않고

"백정놈이 공부하여 무엇하노."
또 수염을 쓰다듬으며

"허허, 허허."
틀스럽게 웃고 돌아서서 다시 천천한 걸음을 내놓았다.

주삼이가 초장에 행패 잘하기로 유명한 감영 장교 하나를 만나서 고릿벌과 킷개를 공히 빼앗기고 파장머리에 나머지 물건으로 콩과 서속 몇 말을 바꾸어서 김서방에게 지워가지고 어두컴

컴한 때 집으로 돌아왔다. 저녁상을 치운 뒤에 주삼이가 아내와 마주 앉아서 김서방의 봉변하던 일을 이야기하고

"내가 조금만 늦게 갔어도 뭇매질이 났지."

괴춤 쥐고 쫓아간 공로를 자랑하니 그 아내는 사위가 봉변하여 가엾다고는 말할 생각도 아니하고

"졸가리'가 성해서 걱정이든가 경을 치든 말든 가만히 내버려두지 않고."

시비를 말렸다고 도리어 남편을 나무랐다. 주삼이는 너털웃음을 웃으면서

"여편네란 종시 소견이 부족해. 사람이 경을 치면 물건이 성할까."

꾸벅꾸벅 절한 것이 사위보다도 물건을 중히 여긴 까닭이라고 말하였다.

  일기가 추워졌다. 사람마다 겹옷을 입고 오륙십만 된 사람이면 도톰한 가을 차렵을 입을 때다. 김서방은 아직도 홑것을 입고 식전 저녁으로 벌벌 떨고 지내는데, 남의 이목도 좀 보아야 하지 않느냐고 주팔이가 형수에게 간곡히 말하여 새 무명으로 겹옷을 짓게 되었다. 그러나 그 옷을 짓는 동안에 장모의 입에서 나오는

"키는 경치게도 크다."

"안팎 쉰댓 자나 드니 옷도적놈이다."

이따위 말에 김서방의 귀는 따갑기도 하고 가렵기도 하였다.

  김서방이 새옷을 얻어 입던 날이다. 전날부터 아프다고 머리

를 동이고 다니던 주삼이가 김서방을 불러서

"도집강이 아랫말 사람 편에 동고리 재촉을 하고 오늘 안으로 가져오라더라네. 내가 갔으면 좋겠으나 몸살이 나서 못 가겠으니 자네 좀 갔다오소. 향교말 가서 도집강 댁이 어디냐고 물으면 어린아이라도 잘 알 것일세. 고리를 받고서 쌀말을 주거든 황송합니다 하고 받아가지고 오소. 그리고 내가 아파 누웠단 말도 잊지 마소."

이르는데 옆에 있던 장모는

"새옷 값으로 남이 주는 쌀이나 잘 가지고 와야 해."

쌀을 내버리고 오기나 할 것같이 미리 사살하고 봉단이는 김서방의 뒤를 따라 삽작문 밖에까지 나오면서

● 졸가리
'종아리'의 방언.

"고분고분히 구세요. 첫째 말씨를 조심하세요. 혹 또 봉변하시리다."

김서방의 언어행동이 공손치 못한 것을 걱정하여 다정한 말소리로 신신히 당부하였다.

김서방이 도집강의 집을 찾아왔다. 문간에 들어서서 사람을 찾으려고 이리저리 둘러보자니

"누가 왔나부다. 좀 내다봐라."

큰방에서 도집강의 목소리가 나고 아랫방에서

"네."

대답소리가 나며 하인인지 머슴인지 세차 보이는 사나이 하나가 뛰어나왔다. 그 사나이가 김서방의 아래위를 훑어보더니

"어디서 왔어?"

반말을 하건마는 김서방은 존대하여 뺨 맞는 법이 없으리라 생각하고

"양주삼이게서 동고리를 가져왔습니다."

대답하였다. 그 사나이가 큰방 앞에 나아가서 이 뜻을 말하자, 큰방 창문이 열리고 도집강이 내다보며

"인제 가져왔단 말이냐! 주삼이놈 어디 있느냐?"

말에 체증기가 있다. 김서방이 뜰 앞으로 나아가서

"주삼이는 앓아 누워서 대신 왔습니다."

하고 허리를 구부리니 도집강이 한번 큰기침하고

"동고리 몇 벌이냐?"

"세 벌이올시다."

"이리 가져오너라."

하여 그 사나이가 두 손으로 드리는 동고리를 받아가지고 위짝과 밑짝을 한두 번씩 들었다 놓았다 하더니

"일껏 맞춤으로 해 바치란 것이 이 모양이란 말이냐!"

말에 호령기가 있고

"이나마 그대로 두고 가래라."

하고 창문을 갑자기 도로 닫았다. 김서방은 두고 가라고 하지만 쌀 주기를 바라고 주저주저하고 섰다가

"왜 아니 가고 섰어?"

묻는 사나이의 옆으로 가까이 가서

"쌀은 아니 주십니까?"

말하였더니 창문이 화닥닥 열리며

"그놈 무엇이라니? 쌀? 이따위로 물건을 해 바치고 쌀을 달라?"

하고 동고리들을 집어서 마당으로 동댕이치며

"이놈, 무엄한 놈 같으니! 쌀을 달라?"

개 꾸짖듯˙ 꾸짖는데 김서방은 아내의 고분고분하라는 말을 생각하고 속을 썩이어서 붉어진 얼굴빛을 보이지 아니하려고 고개를 숙이며 공손히

"잘못했습니다."

사과하였더니 도집강이

"이놈, 그래도 무슨 잔소리야!"

● 개 꾸짖듯 한다
체면은 조금도 보지 않고
마구 호되게 꾸짖다.

호령하고 아무개를 불러라, 멍석을 말아들여라, 매를 해오너라, 채수염을 흔들며 야단치기 시작하였다.

이교리인 김서방이 도집강의 강호령을 받고 멍석말이 매를 맞게 되었다. 매를 맞는 것도 유만부동이다. 멍석말이에 볼기를 맞는 것은 회초리로 종아리 맞는 것과는 물론 다르고 형문刑問으로 정강이를 맞고 난장亂杖으로 발끝을 맞는 것과도 서로 같지 아니하여 어려서부터 늙어 죽기까지 양반으로 당할 까닭이 없는 일이다. 당할 까닭이 없는 일을 꼼짝없이 당하게 된 김서방이 기가 막히어 얼빠진 사람같이 서 있자니

"그놈을 거기 꿇려 엎지 못한단 말이냐!"

도집강의 호령이 내리며 그 수하 사람들이 달려들어서 상투를 잡고 끌어다가 뜰 앞에 꿇리었다.

　김서방이 분한 것도 참고 부끄러운 것도 참고 또 가소로운 것도 참고 찬찬한 어조로 발명하여 보았다.

　"동고리를 갖다 드리라고 해서 가지고 왔고 쌀을 주시거든 받아오라고 해서 주시지 않느냐고 하인에게 물어본 것이 무슨 죄입니까? 대체 양반은……."

발명이 미처 끝나지 못하여 도집강의 입에서

　"그놈의 주둥이를 쥐어지르지 못하느냐!"

하고 호령이 떨어지며 세차 보이던 사나이가 주먹으로 김서방의 볼을 쥐어질렀다. 김서방은 아픈 것보다도 창피에 창피를 더 당하지 아니하려고 입을 다물었다.

　"그놈을 올려매라!"

도집강의 호령 한마디에 거행하는 군들이 김서방을 끌어다가 말아놓은 멍석 위에 잡아 엎지르고 무명바지를 무릎께까지 까뭉개었다.

　"되우 쳐라!"

　"그게 무슨 매질이냐! 박아 쳐라!"

　연하여 신칙하는 매가 하나, 둘, 열 개에 그치었는데 김서방은 엄살 한마디도 아니하고 곱게 맞고 일어났다.

　도집강은 '죽을 때라 잘못했습니다', '살려줍시사' 비는 소리를 못 들어서 양반의 세력이 깎인 것같이 생각하였던지

"그놈은 저 기둥에 붙들어매놓고 주삼이놈을 가서 잡아오너라. 앓아 누웠거든 떠메어서라도 잡아오너라!"
수하 사람에게 분부하여 보내더니 보리밥 두어 솥 지을˙ 동안이나 지난 뒤에 주삼이가 죽을상을 하고 잡히어 들어왔다. 도집강의 불호령 소리가 주삼의 애걸하는 소리를 내리누르며 주삼이는 김서방이 맞던 멍석 위에 너부죽이 엎드리게 되었는데, 주삼이가 발버둥질을 치니까

"잔뜩 동여매라!"
라는 호령이 내리고 주삼의 팔다리가 새끼로 동여매지니까

"매를 쳐라!"
호령이 내리었다. 매가 늦은 볼기살에 떨어질 때마다 주삼이의 입에서 '애구, 애구' 소리가 입에 벅차게 쏟아져서 '되우 치라'는 호령이 없이 매 열 개를 맞고, 나중에 장독杖毒 예방으로 짚신발이 맷자리를 밟아 비빌 때에 주삼이는 고통을 이기지 못하는 듯이 앞머리를 멍석에 비비었다.

"너의 사위는 관가로 보내서 더 족칠 것이나 십분 용서한다. 동고리는 가지고 가거라!"
도집강이 호령기가 남은 목소리로 이르니 쭈그리고 앉은 주삼이가

"황송하온 말씀이오나 해 바친 물건을 도루 가지고 가옵느니 이 자리에서 매를 열 개 더 맞아지이다."

● 신칙(申飭)하다
단단히 타일러서 경계하다.
● 보리밥 한 솥 짓기
보리밥 한 솥을 지을 정도의 시간이란 뜻으로 얼마간의 시간적 사이를 이르는 말.

애걸하다시피 하여 동고리는 바치고 쌀은 구경도 못하고 김서방과 함께 도집강의 용서를 받았다.

　주삼이는 다리를 끌고 김서방은 고개를 숙이고 도집강의 집에서 나오니 주삼의 아내가 남편의 뒤를 쫓아와서 문밖에 서 있다가 뒤에 나오는 김서방을 붙잡고

　"이 자식, 이 길로 다른 데로 가거라! 내 딸이 사위 없겠니? 관비 박지, 관비 박아. 염려 마라. 너 같은 사위 두었다간 우리가 비명에 맞아죽겠다. 천하에 망할 자식! 우리 따라오지 말고 어서 다른 데로 가!"

　장모의 욕설에는 귀가 익은 김서방이지만 당하기가 어려웠다. 그러나 하릴없이 그 내외의 뒤를 따라가노라니 얼마 아니 가서 주삼의 아내가 돌쳐서며

　"이 자식, 다른 데로 가라니까 왜 따라와! 오면 집에 발 들여놓게 할 줄 아니? 어서 다른 데 가서 빌어 처먹어! 그래도 안 갈 테냐!"

하며 김서방을 떠다민다. 김서방이 주삼이가 혹시 무슨 말을 할까 하고 주삼의 얼굴을 바라다보나 주삼이는 입을 떼지 아니한다.

　"갈 데가 있어야지요. 그리하고 가더라도 봉단이하고 같이 가야지요."

김서방이 말을 하자 주삼이 아내의 손이 번개같이 김서방의 귀 밑에 올라오며

　"무엇이 어쩌고 어째! 봉단이하고 같이 가? 봉단이는 내 딸이

야. 경칠 자식, 망할 자식! 쇠껍데기를 쓰고 도리질을 칠 놈의 자식!"

갖은 욕설이 다 나왔다.

　김서방이 주삼의 아내에게 잔생이* 곤욕을 당하고는 뒤를 따라올 용기가 없어졌다. 한참 동안 우두커니 섰다가 길 옆 풀밭에 주저앉아 하늘을 쳐다보며 긴 한숨을 쉬기도 하고 멀리 가는 주삼 내외를 바라보며 쓴입맛을 다시기도 하였다. 그러나 김서방은 열 번 고쳐 내쫓긴다 하여도 갈 데는 주삼의 집뿐이라 무슨 별 생각이 있으랴. 봉단이를 가서 보고 전후사정을 이야기해야겠다, 또 주팔이를 만나보고 신세 조처를 의논해야겠다, 이리 생각하고 몸을 일어서 주삼이 내외를 멀찍이 따라왔다.

* 잔생이 지지리, 아주 몹시, 지긋지긋하게.

　주삼의 집에서 활 두서너 바탕이 착실히 되는 곳까지 주팔이가 나오다가 형과 형수를 만나게 되었다. 주팔이는 마침 형의 집에를 왔다가 혼자 울기만 하고 있는 봉단에게 대강 사정을 듣고 향교말을 향하여 오던 것이다.

　"형님 오시는구려."

　반갑게 형에게로 쫓아오니 형은 한두 번 고개를 끄덕이고 형수는 내달으며

　"사람이 까닭없이 경을 쳐도 분수가 있지 않수? 매 열 개에 헐장 한 개 없습디다. 바깥에서 매질 소리를 듣고 있자니 사람이 치가 떨려 어디 견디겠습디까? 도집강인지 부집강인지 그 늙은

녀석이 무슨 원수요? 물건은 거저 먹고 사람은 초죽음을 시키니 도대체 사위 하나 망한놈을 얻었다가 죽을 봉변 다 하오그려."
남은 말할 틈이 없도록 혼자 길게 떠들었다. 주팔이가 말이 없는 틈을 간신히 얻어가지고

"김서방은 어디 있습니까?"

"쫓아버렸소."

"쫓다니요?"

"그럼 그 자식을 그냥 둬요?"

"그럴 수야 있습니까?"

말 몇마디를 주고받고 한 이후에 그 형수의 긴 사설이 또다시 시작되었다.

"그럴 수라니요? 그 자식 때문에 고생도 많이 했고 참기도 많이 했소. 이런 일이 없더라도 인제는 더 참지 못하겠소. 아재 탓 하는 게 아니지만 사내답게 생겼느니, 사위 재목으론 더 고를 수 없느니 하던 그 자식이 허울이 하눌타린˚ 줄이야 누가 알았소. 그런 망할 게으름뱅이가 천하에 또 어디 있겠소. 일을 저지르지 않는대도 첫째 게으름뱅이를 집에 두고 먹이고 입히지 못하겠소. 그중에 그 자식이 봉단이하고 같이 간다지요. 사람이 귓구멍이 막혀 죽겠지. 그래 귀싸대기를 한번 훑어주었더니 아무 말도 못합디다. 우리가 오다가 돌아보니까 길가에 주저앉았습디다. 만일에 그 자식이 또 쫓아와서 집에 발을 들여놓으면 다리뼈다귀를 퉁겨줄 작정이오."

이때껏 듣고만 있던 주삼이가

"고만 집으로 가세나. 가서 이야기하지."

아내의 말을 가로막고 앞서서 몇걸음 나갈 즈음에 입맛만 다시고 섰던 주팔이가

"여보 형님, 먼저 가시지요. 나는 이따가 오리다."

뒤에 떨어지며

"아주머니, 다시 생각을 잘해보시지요. 그리고 차차 이야기하십시다."

형수에게 말하니 형수는

"다시 생각할 일이 다 따로 있지요."

머리를 뒤흔들며 형의 뒤를 따라갔다.

주팔이는 김서방의 일이 궁금하여 찾아가보려고 뒤에 떨어진 것이다. 나오던 길로 얼마 더 나오지 아니하여 풀기 없이 걸어오는 김서방을 만났다. 김서방에게 전후곡절을 자세히 듣고 나서

"공으로 동고리를 빼앗으려는 자에게 쌀 말을 하였으니 그런 풍파가 아니 날 리 없지. 대체 양반이란 것이 행세가 양반이라야지 날도적들이 양반은 무슨 양반일꼬? 그러나 도집강 같은 것은 부족괘치˚야. 날도적의 소굴은 서울이지그려."

주팔이가 김서방의 소조˚를 가엾게 여기는 끝에 양반 논란이 나온 것이건만, 서울 양반인 이교리에게는 이 역시 소조라 이교리인 김서방이 주팔의 말을 듣고 얼굴이 붉어지며 간신히

● 허울이 하늘타리
겉모양은 괜찮으나
실속이 없음을 이르는 말.
● 부족괘치(不足掛齒)
더불어 말할 가치가 없음.
● 소조(所遭)
치욕이나 고난을 당함.

"그렇지요."

대답하고

"그런데 내 일은 어찌하여야 좋을까요?"

자기의 앞일을 의논하니 주팔이가 입맛을 다시며

"그렇지 않아도 지금 형수를 보고 말을 하였지만, 형수의 성미가 성미라 얼른 말을 들을 것 같지 아니하니 며칠 동안 내게 와서 지내보소. 어떻게 하든지 말썽 없이 되겠지."

말하여 김서방을 데리고 오다가

"봉단이를 보려다간 형수 손에 큰코다치기 쉬울 게니 형님 집으로 올 생각 말고 바로 우리게로 내려가소. 나는 잠깐 다녀갈 것이니."

말하여 김서방은 자기 집으로 보내고 혼자 형의 집에 와서 집안이 너무 조용한 것을 괴상히 생각하면서 삽작문 안에 들어섰다.

축출

주팔이가 윗방 문을 열고 본즉 형은 누워 있고 형수는 방을 훔친다.

"인제 오시우?"

인사하는 형수에게

"네."

대답하고

"봉단이는 어디 있습니까?"

물으니 형수는 머리를 흔들며

"난 모르지요. 그년이 이 방을 훔치다가 말고 새촘하고 나가더니 다시는 들어오지 아니하니까 어디 가서 눈물을 짜내는지도 모르지요."

"아주머니가 김서방의 말을 하신 게구려?"

"방을 훔치면서 그는 왜 아니 오나요 묻기에 쫓아버렸다고 말했더니 맹랑스럽게 걸레를 톡 내던지고 나갑디다."
　주팔이는 형수와 말하던 것을 그치고 봉단이를 찾으려고 집안을 둘러보다가 아랫방 문을 와서 열었다.
　봉단이는 머리를 싸고 누워서 문 여는 소리가 나도 꼼짝달싹 아니하다가
　"이애 봉단아!"
부르는 주팔이 목소리를 듣고야 겨우 일어앉는데, 얼굴에는 눈물 흔적이 있고 얹은머리는 풀어져 내려왔다. 주팔이가 방으로 들어오려고 하니까 봉단이는 두 손으로 머리를 걷어 얹으며 아랫목 자리를 주팔에게 비켜주고 삼촌이 무슨 말을 하려나 기다리는 것같이 주팔의 얼굴을 치어다보았다. 주팔이가 김서방에게 들은 전후 사실을 이야기하고
　"김서방은 죄도 없이 도집강에게 매를 맞고 죄도 없이 네 어머니께 내쫓겼다. 그 사람의 일도 딱하고 가엾지만 대체 너는 어찌할 셈이냐?"
조카딸의 의견을 물으니 봉단이는 눈물이 맺거니 듣거니 하며
　"지금 그가 어디 있습니까? 바깥에 왔습니까?"
김서방의 있는 데를 알려고 묻는다. 주팔이는 그때 마침 바깥에서 형수의 기척이 나는 것을 듣고
　"그 사람도 사람이지 여기 오려고 하겠느냐? 정히 갈 데가 없으면 서울로라도 도루 가겠지."

봉단이 묻는 말에 동이 닿을 듯 말 듯한 대답을 하고서 한번 기침을 하더니 앞창문을 열고 가래를 배앝다가 마당에서 무슨 치임개질*을 하는 체하고 있는 형수를 보고

"아주머니!"

불러서

"이리 오시지요."

방으로 들어오라고 권하였다.

"언제 들어가고 말고 할 새가 있어요? 저녁을 해야지."

"벌써 저녁할 때가 되었나요? 나도 집에 좀 가봐야겠군."

하며 주팔이는 일어서서 형수에게 들리지 아니할 만큼 나직이

"아직 며칠 동안 내게 와서 있으라고 했다. 말썽 없게 되고 안되기가 제일 첫째 네게 달렸어."

* 치임개질 벌여놓았던 물건들을 거두어 치우는 일.

말끝을 힘지게 맺고 봉단이를 내려다보았다. 봉단이는 외손을 벌려서 엄지가락과 장가락으로 관자놀이께를 누르니 자연히 손바닥으로 얼굴이 가리어진다. 그리하고 나서

"저를 만나보기 전엔 어디로든지 가지 말라고 해주세요."

삼촌에게 부탁하니

"그것은 내게 부탁도 할 것이 없다. 그 사람 역시 너를 보기 전엔 어디로 갈 생각이 없는 모양이더라."

주팔이는 말이 끝난 뒤에 멀찍이 서 있는 형수에게도 들릴 만큼

"사람은 몸 성한 것이 제일이야. 몸조심해라."

봉단에게 이르며 방 밖으로 나갔다.

그날 저녁에 봉단이는 밥짓는 데도 내다보지 아니하고 밥 먹는 데도 내다보지 아니하고 아랫방에 누워 있었다. 저녁이 끝나고 어두컴컴한 뒤에 그 어머니가 방으로 들어와서

"이애, 자니?"

하며 봉단의 몸을 흔들다가 자지 않는 표가 나니까

"어디가 아프냐?"

하고 머리를 짚어보면서

"어지간만하거든 일어앉아서 나하고 이야기 좀 하자."

말하니 봉단이는 대답이 없이 일어나 앉았다. 봉단 어머니가 등잔불을 켜놓고 앉아서 딸을 타이른다.

"게으름뱅이를 내쫓은 것이 부모라도 야속하냐? 그 자식의 지저구니*로 말하면 백번 내쫓아도 마땅하고 내쫓은 것이 조금 과하다고 하더라도 이왕 그렇게 된 것을 다시 불러들일 수가 어디 있니? 쏟아 엎지른 물은 다시 담지 못한단다. 너같이 소견이 넉넉한 애가 그거야 벌써 잘 알고 있을 테지. 게으름뱅이 생각 마라. 너의 삼촌은 나더러도 다시 생각해보라고 하더라만 다시 생각할 것이 무어냐? 천하에 사내가 게으름뱅이 하나뿐이란 말이냐? 게으름뱅이는 질동이니까 깨져도 아깝지 않다. 놋동이 사위를 얻어주마. 나이도 알맞고 난밖 사람이 아닌 서방이 좋지 않겠느냐? 서방과 손그릇은 손때 먹일 탓이란다. 정만 들이고 보면 첫서방이나 둘째서방이나 매일반인 법이다."

봉단이가 잘 듣지도 아니하는 말을 끝이 없이 지껄이는 판에

주삼이가 어느 틈에 일어나서

"무슨 이야기들이야?"

하며 창문을 열고 들어섰다.

주삼이가 '아이구' 하고 거북살스럽게 앉더니 아내와 딸의 얼굴을 번갈아 바라보다가 딸을 보고

"너의 어머니 하는 일이 종시 생각이 부족해. 게으름뱅이는 내쫓아도 좋지마는 너더러 말이나 한번 할 것인데."

하고 잠깐 아내를 돌아보며

"홧김에 미처 생각을 못한 것이지만."

뒤를 두고 말을 이어

"말도 없이 한 것이 너는 야속할 터이지. 그렇 ● 지저구니 짓거리. 지만 이왕 그렇게 된 일이니 네가 마음을 삭여라."

점잖게 말하는 품이 미리 말만 하였다면 봉단이가 저녁밥을 안 먹을 까닭이 없을 것같이 생각하는 모양이다. 봉단이는 말을 듣는지 마는지 고개를 숙이고 앉았을 따름이요, 주삼의 아내는 봉단을 향하여

"부모 자식 사이에 간격이 있을 턱이 있니? 야속하거든 야속하다고 말을 해라. 너도 어미 애비가 하루 편히 못 지내고 죽도록 고생받이만 하게 되면 마음에 원통할 터이지?"

하고 잠깐 남편을 돌아보며

"서방과 무쇠솥은 새것이 언짢다지만 너만한 인물이면 서방 없이 늙겠느냐? 또 감영 관비로 들어가도 게으름뱅이 데릴사위

보다는 나을 게다. 눈초리가 처진 감사나 만나게 되면 남부럽지 않게 호강을 할 것이요, 예방비장의 눈에 들면 음식을 나눠먹을 게니 너도 좋고 우리도 좋지……."

봉단이가 듣다 듣다 듣기가 싫어서 눈살을 찌푸리며

"머리가 아파서 누워야겠어요."

하고 앉았던 자리에 쓰러져 낯을 벽에 대고 누우니 뒤에 앉은 주삼이 내외는 서로 얼굴을 바라보고 있다가 주삼의 아내가 괘씸한 일을 억지로 참는 듯이 '응' 하고 남편과 함께 일어서 나갔다.

가을 긴긴 밤이 지나가고 이튿날 아침때가 되었다. 주삼이 내외는 아침밥을 먹는데 봉단이는 그림자도 보이지 아니하였다. 어제 아랫방에 누운 채로 오늘도 일어나 나오지 아니한 것이다. 주삼이는 딸이 굶는 것을 걱정하여

"조죽이라도 쑤어서 그애를 먹게 하지."

말하였으나 그 아내는 자애 많은 어머니가 도리어 범범한 사나이같이

"몇 끼나 굶나 가만히 내버려두고 보지. 제가 좋아 굶는 것을 누가 성가시게 먹어라 먹어라 한단 말이오."

하고 자기 먹을 밥만 먹고 있다.

아침때가 훨씬 지난 뒤에 봉단이는 그 부모가 방에 들어앉은 틈을 타서 슬그머니 집에서 빠져나와 아랫말로 내려왔다. 여러 끼를 굶은 까닭이든지 또는 너무 속이 상한 까닭이든지 머리가 내둘리고 걸음이 잘 걸리지 아니하여 평일 같으면 한두 번 왔다

갔다할 만한 동안에 간신히 주팔의 집에를 당도하게 되었다. 이 때 김서방은 주팔이와 같이 뜰 위에 놓인 들마루에 앉아서 이런 이야기 저런 이야기 하는 중에, 삽작문께 들어서는 해쓱한 봉단의 얼굴을 보고 벌떡 일어섰다. 일어서기는 하였으나 박힌 듯이 서서 있고 주팔이는 뜰아래로 쫓아내려가서

"너 오느냐?"

하며 비실거리는 봉단을 붙들고 올라왔다.

"여기 좀 앉으려무나."

들마루에 앉히려고 하니 봉단이는 고개를 흔들어 싫다 하고 숙모의 방으로 들어갔다. 주팔의 아내는 나이가 주팔이보다 칠년 위일 뿐이 아니라 하나 기르지 못하는 아이 여러번 낳기에 사람이 곯아서 봉단의 어머니보다도 더 늙어 보이고, 거기다가 병객病客이라 조만한 일이 아니면 꿈쩍거리지 아니하고 방에 들어앉았는 사람이다. 질녀의 몇 끼 굶은 이야기를 듣고

"그래서야 몸이 부지하느냐?"

하고 나무라면서 바깥으로 나와 한참 꾸물거리어서 되지 않은 조죽 한 그릇을 쑤어가지고 들어왔다.

봉단이는 죽을 먹은 뒤에

"작은어머니, 나를 좀 눕게 해주세요."

하여 얼마 동안 누워 있다가 주팔이가 김서방과 같이 방으로 들어오매 봉단이가 일어앉는데, 앉아 있는 봉단의 눈에도 눈물이 어리고 서 있는 김서방의 눈에도 눈물이 어리었다.

"하룻밤이 십년 같더냐? 봉단이 너는 여자라 연약한 심장에 눈물 흘리기 쉽지마는, 김서방 자네는 늠름한 대장부가 눈물을 흘리다니 남 보기 창피치 아니한가?"

 주팔이가 소리를 높여 웃으며 손으로 김서방의 어깨를 치니 김서방은 겸연쩍은 것을 감추려고 억지로 웃으면서

 "누가 눈물을 흘려. 실없는 소리 고만두어요."
하며 앉을까 말까 주저하는데 주팔이가 그 아내를 눈짓하여 밖으로 내보내고 봉단이를 내려보며

 "만일 아주머니가 아시고 쫓아오신다면 나도 난처하거니와 너의 일에 이롭지 못할 것이니 조금만 쉬어가지고 올라가거라."
말하고 다시 김서방을 돌아보며

 "십년적회十年積懷를 잠시라도 풀어보지."
하고 웃으면서 자기 역시 밖으로 나갔다.

 김서방이 봉단의 옆으로 와서 너무 가까이 붙어앉으려고 하니 봉단이는 말이 없이 몸을 움직이어 조금 사이를 비키었다. 김서방이 면구스러울 만큼 봉단의 얼굴을 들여다보다가

 "하룻밤 새 환형幻形이 되었구려. 이리 좀 누우."
하며 자기의 무릎 아래를 가리키니 봉단은 잠깐 머리를 흔들어 싫다는 뜻을 보이고 입을 열어 나직한 목소리로

 "장독이나 없으세요?"
물으며 양미간을 곱게 주름잡는다. 김서방은 장독이 없다는 뜻으로 고개를 끄덕이고 나서

"여보, 내가 말씨를 조심 아니해서 그런 봉변을 한 것이 아니오. 동고리만 받고 다른 말이 없이 가라기에 그대로 오려다가 남이 주는 쌀도 가지고 오지 못했다고 장모에게 구박받을 것이 생각나서 쌀 말을 하였었소. 말을 하나도 쌀을 주지 않느냐고 넌지시 하인에게 물어보았는데 그것이 죄목이 될 줄이야 누가 알았겠소."

분분히 발명하며 봉단을 돌아보니 봉단이는 손으로 턱을 고이고 윗니로 아랫입술을 지그시 물고 있는데, 눈물방울이 옷깃에 떨어진다. 김서방이 얼마 동안 말이 없이 앉았다가

"내가 당하는 것은 나의 팔자니까 하릴이 없지마는 이래저래 어린 아내의 맘을 상하게 하니 사내 쳇것으로 염의˙가 없어." ● 염의(廉義) 염치와 의리.

혼잣말하듯이 말을 하며 봉단의 턱 고인 손을 만지려고 하니 봉단이는 살그머니 손을 옆으로 치우면서 김서방을 돌아보고

"어디로 갈 생각은 마세요."

당부하는데 말보다도 그 눈이 더 은근히 당부한다. 이때 밖에서 큰기침소리가 나더니 주팔이가 문을 열고 들여다보며

"해가 점심때가 기울었다. 집에 가봐라. 그리고 굶는 것이 장사가 아니니 밥을 먹도록 해라."

말하니 봉단이는

"네."

대답하고 슬며시 김서방을 돌아보며

"가겠세요."

하고 일어섰다.

　김서방이 봉단의 뒤를 따라나섰다. 봉단이가

　"고만 들어가세요."

말하면

　"들어가지."

대답하면서도 차츰차츰 따라왔다. 아랫말서 거의 중간이나 넘어 왔을 때 봉단의 어머니가 멀리서 휘적거리며 내려오는 것이 봉단의 눈에 뜨이었다. 봉단이가

　"저기 오는 이가 어머니 아니라고?"

하며 손가락으로 가리키니 김서방이

　"그렇구먼. 잠깐 어디로 비켰다가 지나가신 뒤에 갑시다그려."

하여 내외 두 사람이 사잇길로 빠져서 시냇가로 나왔다.

　버들잎은 이미 떨어졌고 시냇물은 보기에도 차도록 맑아졌다. 가을 여편네의 집안일이 바쁜 까닭인지 빨래꾼 하나가 눈에 보이지 아니한다. 내외가 맘놓고 어깨를 겯고 시냇가로 올라오다가 처음 대면하던 빨래터에 와서 김서방이 봉단의 손목을 쥐며

　"여기가 우리에게 연분이 깊은 곳이라 잠깐이라도 앉았다 갑시다그려."

말한즉 봉단이도 싫다고 아니하여 언덕 위 풀밭의 양지바른 곳을 골라서 두 사람이 나란히 앉았다. 첫째로 김서방의 눈이 가는

곳은 봉단이가 잎사귀를 따던 버들가지다. 가지는 전과 같이 늘어졌으나 성하던 잎사귀는 지금 다 떨어지고 다만 누른 잎새 하나가 매달려서 가는바람에도 지금 곧 떨어질 것같이 한들한들한다. 김서방은 손으로 그 잎새를 가리키고 봉단을 돌아보며

"전날 그 잎새는 당신의 근본을 드러낸 것이 아닐지라도 오늘날 저 잎새는 나의 신세를 그려낸 것이오. 당신은 부모가 있고 친척이 있고 또 나중에……."
하고 말을 그쳤다가 다시 이어서

"당신에게는 나 하나 있고 없는 것이 대사가 아니지만, 나는 그렇지 아니하여 당신에게서 떨어지면 다시 붙을 곳이 없는 사람이오."
신세를 한탄하니 봉단이가 성난 눈초리로 김서방을 흘겨보며

"당신이 말이오, 무어요? 당신이 그런 말을 진정으로 한다면 나는 당신을 잘못 믿었소."
하고 입술을 악물었다가 다시 김서방의 얼굴을 치어다보며

"당신이 나를 못 믿으시는 게지, 사람의 맘을 몰라주어도 분수가 있습네다."
하고 두 손으로 낯을 가리고 울음을 내놓았다. 김서방이 처음에는 어찌할 줄 몰라서 어리둥절하다가 나중에는 울지 말라고 봉단의 어깨도 흔들고 봉단의 얼굴을 치어들고 옷소매로 눈물도 씻겨주었다.

"내가 말을 잘못했어. 울지 말고 내 이야기나 좀 들어주어."

하여 봉단의 울음을 그쳐놓고 김서방은 자기의 근본과 신세와 모든 것을 이야기하는데 자기가 김서방이 아니요, 이교리인 것은 물론 말하고 자기가 다른 아내가 없는 것도 빼지 않고 말하였다. 김서방의 이야기가 끝난 뒤에 봉단이는

"좋은 세상이 되면 다시 나가실 수 있겠지요?"
물어서

"암, 그렇지."
하는 김서방의 대답을 듣더니 한참 동안 말이 없이 앉았다가 김서방을 향하여 시름없이 묻는다.

"대체 양반도 없고 백정도 없는 세상은 없나요?"
얼마 동안 김서방이 말이 없이 앉았다가 두 다리를 뻗고 두 팔을 벌리고 기지개를 켜더니 한 팔을 봉단의 무릎에 감고 비슷이 누웠다. 봉단이가 손으로 김서방의 머리를 긁어주며 눈으로 먼 하늘을 바라보고 있다가 팔이 감긴 무릎을 가만히 흔들면서

"여보세요, 좀 일어나 앉으세요. 인제는 내 이야기를 들어주세요."
정이 드는 듯한 목소리로 말하니 김서방은

"무슨 이야기?"
하며 벌떡 일어앉았다. 봉단이는 무릎을 도사리고 얼굴빛을 고치고 나서

"당신이 녹록한 사나이가 아닌 것은 미리부터 짐작한 바이지마는 삼한갑족의 양반인 것만은 생각지 못한 일입니다. 그런 줄

을 미리 알았더면 뒷일을 한번 더 생각하였을 것인데, 그리 못한 것이 당신에게 속은 셈입니다. 당신은 잠시 액회厄會를 면하시려고 만리 전정을 생각지 않으실 리가 없으셨겠지요? 좋은 세상이 되는 날에는 백정의 사위가 우세거리요, 망신거리지요? 그때 나를 어찌하실 생각이세요?"

봉단이가 한 마디 묻고 김서방의 눈치를 엿보고 두 마디 묻고 김서방의 얼굴을 살핀다. 김서방은 얼굴에 웃음을 띠고

"나는 무슨 재미있는 이야기나 들려준다구."

하고 힘없이 팔을 들어 봉단의 어깨에 깊이 걸치며

"남편에게 좋은 세상이면 아내에게도 좋을 것이고 아내에게 좋지 못한 세상이면 남편에게도 좋지 못할 터이지."

하며 걸친 팔의 손가락 등으로 봉단의 볼을 간지르듯 문지르니 봉단이는 가만히 그 팔을 잡아 어깨에 내려놓으며

"서울 양반에게 좋은 세상이 시골 백정의 딸에게 좋을는지 누가 알아요? 도리어 좋지 못할는지도 모르지요."

하고 긴 한숨을 짓는다. 김서방이 정색하며

"여보!"

불러놓고 잠깐 동안 말이 없다가 맘에서 우러나오는 듯한 말로

"장래에 좋은 세상이 올는지 말는지 지금으로는 모르는 일이거니와 설혹 온다손 잡더라도 그대를 버리고 나 혼자 누릴 생각은 없소. 저기 하늘이 내려다보시오."

하며 손을 위로 치어들어 하늘을 가리키니 봉단이는 김서방의

얼굴을 이윽히 바라보고 있다가

"나는 하늘보다도 당신을 믿습니다."

말하는데 새침하던 얼굴에 웃음이 떠돌았다. 김서방이 다시 정색하며 아까와 같이

"여보!"

불러놓고 한참 동안 말이 없으니 봉단이는 김서방이 무슨 말을 하려나 의심스럽게 생각하며 그 입이 떨어지기만 기다리고 있는데 김서방이 한번 점잖게 기침하고 나서 입을 열어 말한다.

"장모가 당신을 낳지는 못하였을 것이고 토하여 놓은 모양이야. 그러한즉 장모는 토끼로다."

하고 껄껄 웃으니 봉단이는 말을 기다리던 보람이 없어졌다.

"실없으시기도 하시오."

"내가 다른 사람에게 실없는 소리 하는 것을 언제 들어보았나?"

"내게 실없으신 건 체모 손실 아닌가요?"

"어린 아내에겐 실없는 소리 좀 해도 괜찮은 법이야."

김서방은 너털웃음을 웃고 봉단이는 상글상글 웃었다.

내외가 해 가는 줄도 모르고 웃고 지껄일 때, 앉은 뒤에서 사람의 발짝소리가 났다. 두 사람이 놀라서 일시에 뒤를 돌아보니 주팔이가 온다. 봉단이가 일어서며 김서방도 따라 일어섰다.

"이것이 무슨 짓들이야!"

주팔이가 말하며 내외 앞에 와서

"한참 찾았다. 에, 이 사람."

하고 김서방을 보고 웃더니 봉단이를 바라보며

"너의 어머니가 너를 찾아오셨기에 와서 다녀갔다고 말했더니 집에도 오지 않았고 길에서도 만나지 못하였다고 하시고 돌이의 집에까지 가셨었다. 나는 거기 아니 갔을 것을 짐작하지마는 아는 체하기가 어려워서 아무 말씀을 아니했었다. 거기 가서 허행하고 오시는 길에 다시 내게 들르셔서 한걱정을 하시기에 내가 너를 찾아 보낼 것이니 염려 마시라고 말씀하여 어머니를 집으로 가시게 하고 이리저리 찾아나선 길이다. 얼른 집으로 가거라. 너무 늦었다. 그리하고 나로서 너에게 어머니를 속이라고 말하기는 어렵다만 김서방 만났단 말은 어머니께 하지 마라. 어머니가 더 역정이나 내시면 너만 괴로울 것이다. 머리가 아파서 잠깐 냇가에 와서 바람 쐬였다 하려무나. 어서 가거라. 내일 아침때 내가 올라가마."

● 치골(癡骨) 망령된 말을 하는, 요량 없고 어리석은 사람을 낮추어 이르는 말.

주팔이가 봉단이를 쫓아보내다시피 돌려보낸 뒤에 김서방의 어깨를 치고

"치골˙ 노릇 작작하고 다니소."

웃으면서 김서방과 함께 아랫말로 내려왔다.

그날 저녁때가 지난 뒤다. 김서방이 시름없이 앉았는 것을 주팔이가 딱하게 여기어서

"쓸데없이 걱정하고 앉았느니 나와 같이 마을 가세."

하여 김서방을 끌고 나서려고 하니 김서방은

"뉘 집에를 가?"

하고 갈 생각이 적은 모양을 보이었다.

"돌이 아버지의 고담이라도 들으러 가지."

"내가 여기 와서 있는 것을 돌이네 집에서 알면 장모도 알게 될걸."

"속이려 한들 길래야 속일 수가 있나? 그러고 내일 아침에는 내가 형님과 형수를 가서 보고 말하려는 작정인즉 지금 돌이 집에서 안대야 밤중에 고자질하러 갈 사람은 없을 게니 염려 마소."

김서방은 마침내 주팔에게 끌리어 돌이 집에 놀러왔다.

돌이는 일지의 집으로 놀러가고 돌이 아버지가 혼자 방에 누웠다가 두 사람을 보고 반색하며 이리 앉아라, 저리 앉아라, 홀아비 늙은이가 긴긴밤에 심심하여 죽겠는데 잘들 왔다, 반갑다, 고맙다, 한바탕 호들갑을 떨고 나서 김서방을 바라보고

"아까 누이가 잠깐 왔었는데 무어 쫓느니 쫓았느니 하기에 말이 되느냐고 조만히 타일러 보냈지만, 워낙 길들지 아니한 생마 같아 콧등이 여간 세어야지."

하고 주팔이를 돌아보며

"자네 말은 어렵게 여기는 터이니까 자네가 말 좀 하게."

하고 다시 김서방을 바라보며

"콧등이 센 깐으론 뒤는 싹싹한 사람이지. 저 사람이 말이나

하면 무어 일없이 되지그려."
하고 허허허 웃음을 내놓았다.

　얼마 뒤에 주팔이가 이야기나 한자루 하라고 늙은이에게 청한즉

　"이야기를 하라, 무슨 이야기를 하나? 우리 조상 이야기나 김서방에게 들려줄까? 주팔이 자네는 귀에 젖도록 들은 이야기라 재미가 없을걸."

하고 늙은이는 또 허허 웃었다. 주팔이도 웃으면서

　"나 아니 들은 이야기가 무어 있겠소? 아무 이야기나 하시오. 보물이나 또 한번 구경합시다그려."

하니 늙은이는

　"자네가 이야기에 쐐기나 치지 말게."

하고 이야기를 시작하였다.

　"우리는 본래 강원도 통천 사람으로 우리 증조할아버지 때에 북도 경성鏡城으로 이사가서 가근방 이리저리 옮겨다니며 몇 대를 살아오다가 우리 아버지가 함흥으로 이사를 왔어. 함흥 올 때 나는 나이 열살 안이었고 봉단 어머니는 낳기 전이니까 한 오십년가량이나 되었지. 그까짓 햇수는 따질 것이 없고 경성으로 이사간 할아버지의 아버지 되는 고조할아버지 때 이야기가 정작 이야기야. 우리 고조할아버지는 터지게 잘났던 것이야. 말 잘 타고 활 잘 쏘고 한 끼에 대됫밥을 먹지 않으면 출출하다고 했다니까 기운도 장사던 것이야. 이 할아버지가 통천서 살 때 최장군이

란 이하고 이웃해서 살았는데 젊었을 때부터 정분이 여타 자별하게 지냈던 것이야. 최장군이 유명한 장군이 되어서 경상도 합포로 벼슬살이를 가게 된 때 그 부인이 태중이라 따라가지 못하고 집에 있었는데, 부인은 그 뒤에 사내아기를 낳고 곧 산후더침으로 작고를 했었어. 최장군이 이 소식을 듣고 그 아기를 길러달라고 우리 할아버지에게 부탁하니까 평일 정분에 싫달 길이 없어서 그때 돌이 갓 지난 우리 증조할아버지의 젖을 노나먹여가며 친자식이나 다름없이 길러냈는데, 이 아들이 그 아버지보다도 더 유명한 최장군이 된 사람이야. 이 아들 최장군은 어려서부터 힘이 장사고 활을 잘 쏘고 해서 우리 할아버지와 같이 사냥을 다니는데 토끼, 노루 할 것 없이 닥치면 놓치지 않더라지. 그중에 놀라운 일은 열서너 살 되었을 때 하루 혼자 활을 메고 나가더니 얼마 뒤에 돌아와서 무슨 검은 줄이 있는 누런 짐승 하나를 잡아놓았다고 해서 여러 사람이 무엇을 잡아놓았나 하고 따라가서 본즉, 큰 송아지만 한 호랑이 한 마리를 한 살에 쏘아넘겼더라지. 그래서 여러 사람이 모두 놀랐더래. 그게 누구든지 놀랄 일이 아니야? 최장군이 아잇적에 쓰던 활이 지금도 우리 집에 있지. 우리 집의 보물이야."

하고 늙은이는 일어서서 시렁 위에 얹은 궤 하나를 들어 내려서 뚜껑을 고이 열고 종이로 싼 활을 모시듯 들어내서 싼 종이를 펴고 김서방에게 보이면서

"이것이 우리 집의 보물이야."

말하였다. 이때껏 '그러세요, 그러세요' 하며 이야기만 듣고 있던 김서방이

"그 최장군이 최윤덕崔潤德 최정승이구려."

말한즉 늙은이가 최장군의 이름을 어찌 다 아느냐고 놀라며 서울 사람이란 다르다고 칭찬하고서

"그래 우리 할아버지가 불원천리不遠千里하고 그 아버지 최장군에게로 데려다 주었었는데, 뒷날 아들 최장군은 대군을 거느리고 압록강을 건너가서 대공을 세운 일까지 있었다데. 이 최장군이 병마절도사로 경성 와서 있을 때 우리 증조할아버지가 경성으로 이사를 갔던 것이야."

이때 방문이 열리며 돌이가 들여다보고

"손님도 오고 조상님도 나오셨군."

● 처네
이불 밑에 덧덮는 얇고 작은 이불.

하더니 방으로 들어와서

"조상님은 뫼셔놓고 손님하고 엿이나 잡수시오."

하며 얻어가지고 온 엿봉지를 풀어놓았다. 이리하여 늙은이의 이야기는 중간에 그치었다.

이튿날 아침때 주팔이가 형의 집에 와서 보니 윗방 아랫방 할 것 없이 방문은 모두 닫히었고 집안이 괴괴하여 사람이 없는 것 같다. 윗방 문을 열어본즉 형은 없고 형수가 포대기 같은 처네 쪽을 덮고 누웠다가 문 여는 소리에 놀라 일어나며

"아재요? 잘 왔소. 어젯밤을 반짝 새우고 하도 곤하기에 눈을 좀 붙이고 아재에게 가려고 했더니 마침 잘 왔소. 이리 들어와

이야기 좀 들으시오."
하고 처네를 치운다. 주팔이가 밖에 서서
　"형님은 어디 가셨소?"
물으니 그 형수는
　"아니 글쎄, 들어와 이야기를 들으시라니까 그러오."
방으로 들어오라고 재촉하여 주팔이가 자리에 앉자마자 그 형수가 이야기를 시작한다.
　"어제 봉단이가 냇가에 있는 것을 불러 보내셨다지? 집에 와서 저녁밥 먹기까지는 천연스럽게 별말 없던 아이가 저녁을 먹고 난 뒤에 저의 아버지와 나를 보고 김가를 도로 불러달라기에 내가 좀 나무랐더니 두말 아니하고 일어서서 아랫방으로 갑디다그려. 그런데 일어설 때부터 눈치는 달랐었어. 그년의 눈치가 수상하다구 우리 내외가 말까지 하였었지. 일어서 나간 뒤에 불과 얼마 동안 안 되어서 형님이 아랫방에서 무슨 소리가 나는 듯하다고 가본다고 나가더니 아랫방 문을 열자마자 큰일났다고 소리를 지릅디다. 겁결에 맨발로 뛰어가 보니 그년이 목을 맸습디다. 시렁에 목을 맸습디다. 곧 끌러놓았지만 벌써 얼굴이 새파랗게 질렸지요. 주무르고 문지르고 해서 간신히 기운을 돌렸는데, 그년이 정신을 차린 뒤부터는 울고불고하며 죽게 내버려두라고 몸부림을 치며 야단이지요. 그리고 나중에는 미친년 날뛰듯 하는구려. 수건이고 노끈이고 칡껍질이고 무엇이고 눈에 보이는 대로 집어다가는 목에 대고 동이려고 하니 가만 내버려둘 수가 있어야지. 형님하고 나하고 그년을 붙들고 앉아서 밤을 새웠소. 형님은 지금도 그년을 지키고 앉았지요. 대체 이 일을 어쩌면 좋단 말이오? 딸자식이라고 하나 있는 것이 저 모양이니 그야말로 죽으라고 내버려둘 수도 없고 기가 막히오그려."

하고 그 눈에 눈물이 도는 것 같았다. 주팔이는 봉단이가 꾀를 쓴 것이로구나. 자기가 입이 닳도록 말하여야 형수의 고집이 풀릴지 말지 생각하고 왔었는데, 지금 형수가 봉단의 꾀에 빠졌으니 남은 고집쯤은 풀기가 쉬우리라 생각하며

"큰일날 뻔했습니다그려. 그래도 미리 구하셨으니 천만다행입니다. 사람이 열에 뜨이면 미친 것 같고말고요. 봉단이가 소명한 아이라 조만한 일에야 미친 것같이 날뛰도록 되겠습니까? 제 맘에는 꼭 맺힌 것이 있어 그런 것이니까 그것을 풀어주어야지요."

● 상득(相得)하다
서로 뜻이 맞아서 잘 통하다.

말하고 걱정하는 빛을 보이니, 그 형수는 아직도 김서방을 불러들일 생각이 없는 것 같아서

"그년의 맘에 맺힌 것이라면 잘난 서방이겠지. 모든 것이 김가 망한놈의 탓인 것을 생각하면 사람이 분통이 터져 죽겠구려."

열을 내며 고개를 외로 친다. 사위가 장인 장모의 맘에 들고 안 드는 것은 둘째나 셋째 일이고, 첫째가 딸 내외 상득하냐˙ 아니하냐 볼 것인데 사위가 맘에 들지 않는다고 상득한 내외의 사이를 억지로 떼려는 것은 옳지 않은 생각일 것이라고 주팔이는 완

곡하게 말을 하여 그 형수가 주팔의 말에 귀를 기울이게 되었다. 주팔이는 그 형수의 입에서 김서방을 불러오자는 말이 나오도록 하려고

"아주머니가 잘 생각해서 처단하셔야 합니다."
하고 대답을 기다리다가 형수가 입맛만 다시고 있는 것을 보고 아랫방에를 가보고 오겠다고 일어서 나가려고 하니 형수는

"에이."
소리 한마디를 내고서

"그애 아버지를 오시래서 의논을 작정합시다."
하여 주팔이가 방문을 열고 아랫방을 향하여

"형님, 형님."
불러서 주삼이가 윗방으로 올라오는데 머리는 헙수룩하고 눈알은 붉었다. 주삼이가

"너 왔구나!"
아우가 온 것을 든든히 여기며

"이야기 들었겠지? 어떻게 하면 좋겠나?"
아우의 소견을 묻는다. 주삼의 아내가 수숙간의 의논한 말을 대강 남편에게 들려주고

"게으름뱅이 그 자식을 다시 불러들여야 될 것 같소."
말하며 불쾌한 심정을 억제하려는 듯이 방문을 열고 침을 뱉으니 주삼이는 따라서 침을 뱉고

"나도 그렇게 생각했더니 잘들 생각했군. 사위 내쫓다가 딸

죽이겠어."

김서방을 불러들일 의논이 쉽사리 작정되었다. 주팔이가 어제 저녁때 김서방이 자기 집에 왔더라고 말하고 어젯밤에 돌이 집에 놀러간 것과 지금 자기 집에 있는 것을 말하니 주삼이는 그 아우를 보고

"찾아다니지 않겠으니 잘되었다. 지금 네가 가서 데리고 오너라."

말하여 주팔이가 김서방을 데려오게 되었다.

돌이가 첫날밤에 옷 벗긴다는 말만 들었지
어떻게 벗기는지를 몰랐던 까닭에
애기의 옷을 속들이 발가벗기려고 들어서
속적삼의 단추가 쪼개지고 속속곳의 고름이 떨어졌다.
애기가 손으로 밀막아서 잘 벗기지 못하게 하니까
돌이가 무식스럽게 애기의 팔목을 꽉 쥐었다.

반정 ◈ 상경 ◈ 두 집안

반정

 김서방이 다시 처가로 들어온 뒤에 집안에 있어서 게으름뱅이란 별명을 듣고 밖에 나가서 백정 사위란 손가락질을 받는 것은 전이나 다름이 없었다.
 그해 겨울, 독한 돌림감기로 사람이 많이 상하였다. 주삼이 집의 중늙은 내외 젊은 내외 네 식구는 다행히 무사하였으나 주팔의 집에서는 주팔의 아내가 죽고 돌이 집에서는 돌이의 아버지가 죽었다.
 주팔이는 상처한 뒤에 아내가 누累 중에 큰 누라고 재취할 생각이 없어서 그의 오막살이 살림을 걷어치우고 형의 집에 기식하게 되었고, 또 돌이는 상제 된 뒤에 당시 금법으로 삼년상을 입지 못하였으나 전 같으면 겹상제의 몸이라 성취˚가 급한 것이 아니라고 주팔이가 말을 일렀을 뿐이 아니라 당사자가 이쁜 색시를 만나기 전에는 총각으로 늙어도 좋다고 장가를 들지 아니하여 떠꺼머리총각이 혼자 살림하기 어려워서 고모의 집에 기식하게 되었는데, 돌이의 집이 방이 많은 까닭으로 주삼이가 외딴 마을집을 비워두고 돌이 집으로 이사하였다.

세 집이 합솔한 뒤에 김서방은 장모의 구박 외에 간간이 돌이의 퉁명을 받지만, 봉단의 위로와 주팔의 두둔을 함께 받게 되어 모든 것이 합솔 전만 못하지는 아니하였다. 그러나 그의 신세는 들면 박대요, 나면 천대라 그가 뱃심을 부리며 하루를 보내고 구역*을 참으며 이틀을 보내는 동안에 지리한 세월이 지나가서 김서방이 주삼의 집에 데릴사위 노릇한 지 이제 삼년이 되었다.

기러기 남으로 날아가고 국화꽃이 피려 하는 구월 초생이다. 어느 날 저녁때 돌이가 읍에 갔다 돌아와서 방에도 들어오지 아니하고 마당에 선 채

"다들 이리 나와 이야기 좀 들으시오."

소리를 지르니 저녁밥을 먹고 방에들 들어앉았던 주삼의 내외와 김서방이 무슨 일이 났나 하고 아래윗방에서 각각 방문을 열고 내다보았다. 이때 주팔이는 영흥 땅에 볼일 보러 가서 집에 없고 봉단이는 밤다듬이하려고 일지의 집으로 홍두깨를 빌리러 가서 집에 없었다. 주삼의 아내는 돌이가 소리지른 데 화증을 내어

"갑자기 미쳤니? 무슨 소리를 그렇게 지르니! 사람이 초풍을 하겠구나."

돌이를 나무라니 돌이가 무정지책無情之責을 듣는 데 속이 상한

● 성취(成娶)
장가를 들어 아내를 얻음.
● 구역(嘔逆)
욕지기.

듯이 입을 삐죽하고

"내가 무슨 소리를 질렀어요? 아주머니는 공연히 남을 나무라는구려. 미치기는 읍내 사람들이 모두 미쳤습디다."

나무람을 받고 발명하는 동안에 이야기하려던 홍심이 꺾인 듯이

"읍이 법석한 소문을 이야기할랬더니 고만두시오."

하고 자기 방으로 가려고 할 때, 주삼이가

"이애!"

불러서

"무슨 소문이냐?"

물었다. 돌이는 조금 불쾌한 기운이 있는 말로

"무슨 소문이 무어요. 읍내는 지금 야단법석입디다."

하고 주삼의 방으로 가까이 와서

"새 상감이 났다고 옥문을 열어젖히고 죄인들을 내놓고 야단인데 옥에 갇히지 않았던 사람들도 경사가 났다고 들떠서 부중府中 안이 와글와글합디다."

주삼이가 미처 무어라고 말하기 전에 김서방이 자기 방에서 뛰어나와서 돌이에게 말하는데

"무어, 새 상감? 이야기 좀 자세히……."

뒤를 채지 못하도록 말이 급하니 돌이는 어기어 천천히

"그래요, 새로 상감이 났대요."

하고 웃으며 김서방의 모양을 바라보았다. 돌이가 어기대는 바람에 김서방도 찬찬한 말로

"새 상감이 나다니, 국상이 나고 새 임금이 섰단 말이지?"
물으니 돌이는 고개를 가로 흔들고
"국상은 무슨 국상. 국상이 나면 천하상을 불게? 망한 상감은 내쫓기고 새로 상감이 났대."
"새 상감이거나 헌 상감이거나 우리에게야 무슨 상관이 있어? 망한 상감이 내쫓긴 건 해로울 것이 없지만 경사가 났다고 뛸 것까지야 없지그려."
"읍 사람들 하는 꼴이 하도 우습더라니. 김서방, 내일이라도 들어가 구경 좀 하라구."
혼자서 내리 지껄이고 김서방은 한참 동안 얼빠진 사람같이 아무 말이 없이 서 있다가 미친 사람같이 홀제 껄껄 웃으며 도로 자기 방을 향하여 성큼성큼 걸어갔다. 돌이는 김서방의 뒤에 손가락질하며
"뛰는 사람들보다도 한술 더 뜨네."
하고 주삼의 아내를 향하여
"아주머니, 내 밥 어디 있소?"
물어
"너의 방 윗목에 상을 차려놓았다."
하는 대답을 듣고서 돌이도 자기 방으로 들어갔다.
그날 아랫말에서 읍에 갔다온 사람이 돌이뿐이 아니었다. 그 사람들의 입에서 임금 갈리었다는 소문이 퍼지기 시작하여
"세상이 변했단다."

"천하 죄인을 모두 백방˚했답디다."
와 같은 말이 잠깐 동안에 동네를 돌았다. 봉단이가 얻으러 갔던 홍두깨는 얻지 못하고
"잠깐이라도 앉았다 가야지."
하는 그 집 여편네에게 붙잡히었다가 뜻밖의 소문을 얻어듣고 급히 집으로 돌아와서 그 어머니를 보고
"그 집에서 쓴답디다."
홍두깨 못 얻어온 것을 말하고 곧 뒤를 이어서
"오빠 왔세요?"
돌이 온 것을 물으니 그 어머니가
"왔다."
대답하고
"홍두깨가 없으니 오늘 밤 다듬이는 다했구나."
일이 밀리는 것을 걱정하는데, 봉단이는 듣고 온 소문이 진적한가˚ 알려는 맘이 급하여
"무슨 소문 들었다고 이야기합디까?"
묻고 그 어머니가 대답도 하기 전에
"오빠더러 물어볼까?"
말하니 그 어머니는 봉단의 얼굴을 바라보며
"물어보긴 뭘 물어보아. 읍내서는 야단이라더라."
신통히 여기지 않는 나무람과 대수롭게 생각지 않는 대답을 함께 끼어 하였다.

봉단이가 자기 방에 들어오니 김서방이 번듯이 누워서 물끄러미 바라보며 몸을 조금도 움직이지 아니한다. 봉단이가 서서 김서방을 내려다보며

"사람이 들어오는데 어쩌면 저렇게 모른 체하고 누워 계시오?"

성을 내는 듯이 나무라나, 김서방은 말이 없이 손으로 자기 누운 옆을 가리키어 앉으라는 뜻을 보일 뿐이다. 봉단이가 김서방에게 가까이 와서 쪼그리고 앉으면서

"어디가 아프시오?"

물으니 김서방은 고개를 흔들며 봉단의 손을 덥석 쥐고 일어앉는다. 앞으로 기울어지는 봉단의 몸이 김서방의 품으로 들어가니 김서방은 그대로 끌어안으려는 듯이 한 팔을 봉단의 뒤로 돌리다가 고만두고 봉단을 일으켜 앉힌다. 봉단이가 김서방의 눈치를 보며

● 백방(白放)
죄 없음이 밝혀져 잡아두었던 사람을 놓아줌.
● 진적(眞的)하다
참되고 틀림없다.

"서울 소문을 들으셨소?"

물은즉 김서방은 고개를 끄덕이고 나서

"여보."

하고 입을 열어

"서울을 가야 할 터인데 어찌할까 생각 중이오."

말을 하니 봉단이는

"내일이라도 나하고 같이 떠나십시다."

하고 방긋이 웃는다. 김서방이 손을 맞비비고 앉았다가

"내가 읍에를 들어가서 진적한 소문을 알아보고 감사를 볼밖에."

하고 양미간을 흉상스럽게 찌푸리고 머리를 긁으니 봉단이가 얼굴빛을 고치며 걱정스러운 듯이

"감사를 보아도 좋겠세요? 감사를 보실 수 있겠세요?"

연거푸 묻고 김서방의 얼굴을 들여다보니 그의 얼굴빛이 불그레하여 술취한 사람과 같다.

"감사를 보는 수밖에 없어. 내가 내일 식전 일찍이 읍에를 갈 테야."

"아침도 아니 잡숫고?"

"아침은 먹든지 말든지."

"감사를 본다면 어떻게 하고 가실 테요?"

"어떻게라니?"

"의관을 아니해도 좋은가요?"

"아, 참말! 의관을 어찌하나?"

"그러기에 보세요. 아침 일찍이 못 가세요."

"아침 일찍이 가든 못 가든 의관을 어찌하면 좋아? 내가 쓰고 왔던 망건이 있지?"

"있을걸요."

하고 봉단이가 손그릇 속에서 망건을 찾아내니 앞뒤 당, 편자 할 것 없이 곰팡이가 앉고 좀이 집어서 거의 손을 대기가 어렵게 되었다. 망건은 그나마 손질하여 쓰기로 하고 또 도포는 혼인 때

입던 것을 쓰기로 하더라도 정작 의관 중에 중요한 갓이 없다. 김서방이 한걱정을 하다가 봉단이가

"내가 돌이 오빠를 졸라서 하나 얻어보리다."

말하여 겨우 안심이 되었다.

봉단이가 김서방을 따라서 그날 밤을 뜬눈으로 새우고 이튿날 식전에 돌이를 보고 정답게 '오빠, 오빠' 하며 갓 하나를 얻어달라고 조르니 돌이가 처음에는

"갓은 무엇할라나?"

"김서방이 감사를 보러 가?"

"감사를 보려다가 볼기나 맞을라구?"

하며 듣지 아니하다가 나중에는 졸리다 못하여서 • 양⋅갓양태.
갓모자의 밑 둘레 밖으로
"누이의 청으로 하나 얻어보지." 둥글넓적하게 된 부분.

하고 얻으러 나갔다. 주삼의 내외가 이것을 알고 주삼이는

"감사를 보다니, 세상이 변하였다니까 감사가 길가의 개똥같이 굴러다닐 줄 아는 게로군."

빈정거리고 주삼의 아내는

"볼깃살이 가려운 게다. 지랄한다."

욕설하나 둘이 다 말리지는 아니하였다. 돌이가 양⋅이 쪼개지고 모자가 찌부러진 갓 하나를 얻어왔다. 김서방이 노끈 당줄로 그 헌 망건을 어름어름 만져 쓰고, 또 노끈 갓끈으로 그 헌 갓을 졸라 쓰고 구기어 주름투성이가 된 청베도포를 입고 띠는 띠지 아니하고 초군 짚신을 신고 읍에를 가려고 나섰는데, 이때 해는 벌

써 아침 새때가 기울었었다.

 김서방이 함흥읍에 들어와서 소문이 적실한 것을 안 뒤에 다시 생각하기를 보기 어려운 감사를 보려느니 힘이 덜 들 원을 보리라 하고 홍살문 안을 들어섰는데, 이때 해는 벌써 점심때가 지났었다. 한참 동안 삼문三門간에서 어리대다가 사령 하나를 보고
 "원님을 보러 왔으니 서울 손님이 왔다고 통기하여 주게."
해라는 못하고 하겟말을 붙였더니 그 사령은 한번 흘낏 김서방의 꼴을 보고
 "서울 손님은 다 무어야?"
하며 김서방을 한옆으로 떠다박질렀다. 김서방이 두말 못하고 물러서서 삼문 안을 멀리 바라보고 있다가 늙은 아전 하나가 문 안으로부터 나오는 것을 보고 앞을 막아서서
 "여보, 나는 서울 사람인데 원님을 좀 보아야겠으니 통기해주실 수 있겠소?"
 김서방이 아까 하게로 낭패를 본 뒤라 하오를 깍듯이 하고 좋은 대답이 나오기를 기다렸다. 그 아전이 한참 물끄러미 김서방을 보더니
 "이 사람, 저리 비키소."
하고 손을 저어서 길을 틔우라고 하나, 김서방이 그대로 서서 꼼짝도 아니하니까 삼문 밖에 있던 군노 한 사람을 손짓하여 불러서
 "이 양반의 말을 좀 들어봐라."

하여 김서방을 군노에게 떠맡기고 옆에 있는 길청˚으로 들어갔다. 김서방이 다시 그 군노를 보고 자기가 원님을 보러 왔다는 뜻을 말하고 또 자기는 서울 손님이라고 말하니 그 군노가

"무어, 서울 손님? 너울 손님은 어떻구? 손님 좀 볼라는가?"
하며 바른손을 김서방의 코밑에 내밀더니 곧 다시 끌어들여서 손바닥에다 침을 뱉어가지고 눈에 불이 나도록 김서방의 뺨을 쳤다. 김서방이 백정의 사위 된 뒤 삼년간에 못 당할 곤욕을 다 당하여 곤욕에는 집이 나다시피 되었건만, 이번에 맞은 뺨은 살점이 떨리도록 분하였다. 여짓 맞손질을 하려다가 속으로

'참아라, 조금만 더 참아라.'

생각을 돌리어서 분을 억제하고 그 군노를 피하여 홍살문 밖으로 나오며 원 볼 방책을 생각하였다.

● 길청 군아에서 구실아치가 일을 보던 곳.

김서방이 '하늘천 따지' 소리가 나는 어느 집을 찾아들어가서 주인에게 인사를 청한즉 주인은 숙식하고 가려는 과객인 줄로 알고 대번에

"내 집에는 잘 데가 없소."
하고 상을 찌푸리더니

"잘 데 없는데 재워줍소사 말하지 않을 터이니 고만두시고 글씨 안 쓴 종이쪽 하나만 주시오."
하는 김서방의 말을 듣고서 상을 펴며

"어디 종이쪽이 있을라구?"

하고 노끈을 꼬리고 베어놓은 것 같은 좁은 쪽종이를 찾아주었다. 김서방이 그 종이를 받아들고 먹 찍은 붓을 빌려달라 하여 전前 교리 이장곤이 보이러 와서 밖에서 기다린다는 뜻을 써가지고 그 집에서 나와서 다시 홍살문 안을 들어섰는데, 이때 해는 거의 승석때가 다 되었다. 김서방이 삼문 앞 큰길가에 서서 문안에 들락날락하는 사령, 군노의 얼굴을 모조리 살펴보다가 그중에서 사람이 순하여 보이는 사령에게로 가까이 가서

"내가 책방冊房과 서로 아는 터인데 청할 일이 있어 왔으니 이것을 좀 들여주겠소?"

하고 종이쪽을 내보이니, 그 사령이 선뜻 받아들기는 하였으나 들어갈 맘은 나지 않는 것 같아 보이더니 마침 안에서 나오는 아이를 보고

"이애, 방자야. 이 양반이 책방과 아는 터수란다. 이 종이쪽을 갖다 책방 좀 주려무나."

방자가 볼일이 있어 밖에 나가는 길이라고 다시 들어가지 아니하려다가 사령이 우기는 바람에 종이쪽을 받아가지고 돌아서려고 할 때 김서방이

"이애, 책방이 그것을 보고 무슨 말을 하나 좀 들어다 다오."

부탁하니 방자가

"거기서 기다리구려."

퉁명스럽게 대답하고 들어갔다. 김서방은 삼문 밖 한구석에 쪼그리고 앉아서 방자 나오기만 기다리고 있는데, 얼마 뒤에 나오

는 방자는 기다리는 김서방을 찾지도 아니하고 그대로 가버리려고 큰길로 나선다. 김서방이 일어서 쫓아가서

"책방이 무어라시디?"

물으니 방자는 성이 가신 듯이

"지금 책방 서방님이 안전께 불려서 동헌에 가 계시기에 통인 보고 들여달라고 주고 왔으니까 좀더 기다려보시구려."

하고 다시 말 물을 사이가 없이 잰걸음으로 가버렸다. 김서방이 하릴없이 앉았던 구석에 다시 와 쪼그리고 앉아서 이때나 소식이 있을까, 저때나 소식이 있을까 눈이 빠지도록 기다리나 소식은 나오지 않고 해는 벌써 저물었다.

방자가 귀찮아서 통인을 주지 아니하였나? 통인이 잊고 책방에게 전하지 아니하였나? 책방이 보고 원을 보이지 아니하였나? 또는 원이 보고도 귀찮아서 본 체하지 않는 것인가? 김서방이 이리 생각도 하고 저리 생각도 하는 중에 삼문 안에서

"사령 부르랍신다."

는 소리가 들리며 문간에 있던 사령들이 '녜이' 긴대답을 하며 거위목같이 고개를 내밀고 병아리같이 종종걸음을 쳐서 문안으로 들어갔는데, 이때 땅거미가 다 되었었다.

등촉이 휘황한 함흥 동헌에 관원 두 사람이 나란히 같이 앉았다. 한 사람은 원인 줄 알려니와 한 사람은 누구인가 묻지 않아도 알 것이다. 그 사람이 다른 사람이 아니라 곧 낮때에 거지꼴

로 삼문 밖에서 어리대던 김서방이다. 원이 '전 교리 이장곤이 밖에서 기다린다'고 쓰인 종이쪽을 보고 일변 의관을 정돈하며 일변 이교리 나리를 인도하라고 수통인을 내보냈었다. 수통인이 나갔다 들어와서

"이교리 나으리가 아니 계십디다."

말하니까 원이 괴상히 생각하여 사령을 불러서 종이쪽의 출처를 묻고 이교리 나리가 어디 계신가 알아 들이라고 분부하였다. 사령이 나와서 쪼그리고 앉았던 김서방을 보고

"이교리 나으리가 어디 계시어?"

뻣뻣하게 묻다가 내가 이교리노라고 나서는 김서방을 보고 사령은 어찌 놀랐던지 한참 동안 말구멍이 막히도록 기가 질렸다. 나중에 잠깐만 기다리시라고 공손히 말하고 들어가더니 통인이 문간으로 나오고 책방이 문안에서 인도하여 들이고 원이 뜰아래서 맞아올려서 김서방이던 이교리가 동헌에 앉게 되었다.

　이교리가 원과 수인사하고 조정 소식을 대강 들은 연후에 그동안의 소경력을 대강대강 이야기하니, 원도 놀라고 책방도 놀라고 통인도 놀라고 이야기 듣던 사람으로 놀라지 아니하는 사람이 없었다. 원이 우선 의관을 바꿀 일이 급하다고 자기의 입을 의복과 자기의 여벌 관망冠網을 내어다가 이교리를 주었다. 이교리가 다시 세수하고 관망을 바꾸어 쓰고 의복을 갈아입고 나니 신수 좋은 관원이라, 옆에 있던 사람들은 아까 보던 폐포파립˚ 속에 저러한 인물이 감추어 있었던가 자기의 눈을 의심하지 아

니할 이 없었다. 이교리가 처음 도망하던 때 벌써 삭탈관직을 당하였을 것은 미리 짐작하고 있었지만, 원에게 사실을 들어 알고는 자기가 교리 칭호를 가지는 것이 외람한 일이라고 말하여 원은 이급제라고 부르고 통인 등속은 이급제 나리라고 부르게 되었다. 이급제가 지금 원과 같이 앉아서 담화하는 중이다. 원이 자기가 들은 대로 반정反正 이후 서울 소식을 자세히 이야기하는데

"주상 전하께옵서는 진성대군晉城大君으로 잠저潛邸에 계실 때부터 성덕이 드러나신 터이지만, 우선 폐주廢主 연산군을 처치하옵신 것만 보더라도 요순의 자품資稟이 백왕百王에 탁월하옵신 것을 알겠습디다. 정국공신˚들 중에 그중에도 더욱이 폐주에게 총애를 받다가 반정 당일에 반연˚으로 돌아붙은 공신들이 폐주에게 사약하자고 주장했더라는데 위에서 말씀이 의義로는 군신이요, 정情으로는 형제라, 그리할 수 없다고 하옵셔서 교동喬桐에 안치하게 되었답디다. 서울 안에 그 많던 기생들을 더러는 공신에게 나눠주시고 나머지는 모두 고향으로 내려쫓으셨답디다. 선성先聖 위패를 다시 성균관에 봉안하시고 또 언문 금법과 삼년상 금법 같은 부당한 금법을 모두 폐지하셨답디다. 무오년과 갑자년에 화를 당한 사람들은 대개 다 신원˚이 되었다는데, 노형도 지금 무사히 생존한 것을 위에서 아시게 되면 특별한 은전이 계실 것이오."

이급제가 원의 이야기를 듣고만 있다가 말 틈을 타서 알던 친

- 폐포파립(敝袍破笠)
해진 옷과 부서진 갓. 초라한 차림새.
- 정국공신(靖國功臣)
조선시대에 연산군을 내쫓고 중종을 추대한 공신들에게 내린 훈호.
- 반연(攀緣)
무엇에 이르기 위한 연줄.
- 신원(伸冤)
가슴에 맺힌 원한을 풀어버림.

구의 일을 묻기 시작한다.

"정희량 정한림이 살았나요, 죽었나요?"

물으니 원은

"정한림 일이야 괴상하지요."

하고

"죽기는 풍덕서 강에 빠져 죽었다는데 시체를 못 찾은 까닭인지 죽지 않고 살아 있다는 소문이 낭자하지요. 죽지 않았으면 노형같이 나올는지 모르지요."

하고 허허 웃는다. 이급제는 속으로 생각하기를

'정희량이 죽지 않았을 터이지. 친구에게 피신할 것을 가르쳐 준 사람이 자기가 얼뜨게 죽었을 리 없지.'

하고 자기가 거제 바다에서 자살하려던 광경과 '북방길'이란 정한림이 적어준 것을 믿고 북도로 도망할 때, 도중에서 고생하던 경상景狀이 꿈같이 생각이 나서 말이 없이 앉았다.

"무얼 그렇게 생각하시오?"

하는 원의 말에 비로소 생각을 그치고 적이 웃으면서

"아니오."

하고

"권달수 권교리는 어찌 되었나요?"

물으니

"응, 권교리? 죽었지요. 참혹히 맞아죽었지요. 박수찬 같은 아까운 젊은 친구도 참혹히 맞아죽었으니까."

하고 원은 박은이와 서로 친하여서 풍월까지 같이 지어본 일이 있다고 말을 한다.

"그러면 이행이도 아시겠구려."

"이응교 말씀이오? 좌상안면座上顏面은 있지요."

"그 사람은 어찌 되었나요?"

"이응교는 운수 좋은 사람이라 지금 살았지요. 처음에 충주로 귀양갔다가 박수찬 옥사에 연루로 잡혀 올라가서 죽을 뻔하고 살았지요. 그 뒤에 관노로 박혀 함안咸安 가서 있다가 또다시 잡혀 올라가서 노형이 가셨던 거제로 귀양을 가셨지요. 근일 소식은 못 들었지만 그동안 벌써 풀렸겠지요. 그 사람의 팔자가 기구하다면 기구하지만 구경 말하자면 운수 좋은 사람이지요."

• 증직(贈職) 죽은 뒤에 품계와 벼슬을 높여주던 일.

잠깐 수작이 동안이 그치었다가 이급제가 갑자기 생각나는 듯이

"그 유명한 김처선이 증직*되었답디까?"

물으니 원은

"아아. 내시 김지사 말씀이지? 증직되었단 말 못 들었소."

대답한다. 이와같이 두 사람의 묻고 대답하는 이야기는 그쳤다 이어졌다 끝이 없이 나가고 밤은 들어 퇴등 때가 지났다.

그날 밤 이급제의 사처는 책실冊室의 방으로 정하였었다. 이급제가 원에게 잘 자라고 인사하고 일어설 때, 원이 내아에 들어가려고 같이 일어서며

"오늘 곤하시지 않겠소?"

물으니 이급제는 머리를 흔들며

"곤하다니요. 곤할 까닭이 있어야지요. 그렇지만 영감이 너무 오래 앉아 계시게 되면 미안하여서 일어섭니다."

하고 이야기를 더 하면 좋을 듯한 의사를 보이었다. 그리한즉 원이

"내가 조금 있다 사첫방˙으로 가리다."

하고 등불을 켜들고 있는 통인과 책방을 시켜서 이급제를 사처로 인도하게 하였다.

원이 이급제의 사처에 와서 좌정한 후에 내아에서 주안상이 나왔다. 두 사람은 상을 앞에 놓고 앉고 상머리에는 그날 밤 이급제에게 수청 들 기생이 앉았다. 이급제가 오래간만에 기생이 부어주는 술을 마시며 백정의 집에서 사위 노릇하는 동안에 받은 박대와 천대를 자세히 이야기하고 나중에

"내가 고리백정의 식구가 되어서 갖은 천대를 받고 지내는 동안에 천대받는 사람의 억울한 것을 잘 알았소이다. 이렇게 말하면 어폐가 있을지 모르나 천대하는 사람이 사람으로는 천대받는 사람보다 나으란 법이 없습니다. 백정에도 초초치 아니한 인물이 있다뿐이겠소? 영감도 이것만은 알아두시오. 천인도 사람입니다. 도연명陶淵明이 종을 사서 아들에게 보내며 이것도 사람의 아들이니 잘 대접하라고 했다더니 천인도 사람의 아들이니까 우리가 잘 대접할 것입니다."

하고 옆에 있는 기생을 돌아보며 술을 쳐라 하니, 원이 술 치는 기생을 보고

"너는 사람의 아들이 아니지만 사람의 딸이니까 오늘 밤에 이급제 나으리께 잘 대접을 받아라."

하고 한바탕 웃고 나서

"여보, 백정에 인물이 있다니 그 인물을 무엇하오?"

하고 이급제를 돌아보니 이급제는 거나한 술기운에

"할 것이 없으면 도적질이라도 하지요. 백정의 집에 기걸한 인물이 난다면 대적 노릇을 할밖에 수 없을 것이오. 내가 억울한 설움을 당할 때에 참말 백정으로 태어났다고 하고 억울한 것을 풀자고 하면 무슨 짓을 하게 될까 생각해본 일이 여러번 있었소이다."

• 사첫방 손님이 묵는 방.

이급제의 말이 여기 미쳤을 때, 영창문 밖에서 고양이가 '야웅 야웅' 소리를 하니 기생이 일어서 영창문을 열치고

"이 괴, 이 괴."

하고 쫓는다. 이급제가 다시 말을 이어

"괴가 쥐를 잡지요. 그렇지만 큰 쥐가 괴를 잡는 데도 있답디다. 사람도 쥐에게 물리는 일이 있지 않소? '이 괴' 한마디면 괴가 무서워 피하는 사람을 쥐가 무니 쥐라구 우습게만 볼 것이 아닙니다."

원이 빙글빙글 웃는 것을 보고 이급제는

"웃으실 말이 아닙니다."

하니 원은 갑자기 웃음을 거두며

"아니오, 나는 노형 말씀을 웃은 것이 아니오. 괴 말이 나니까 장순손張順孫의 일이 생각이 나서 혼자 웃었소."

"장순손이라니, 과거한 성주星州 사람 말씀이오? 그 사람의 얼굴이 도야지와는 근사하지만 괴와야 같기나 한가요."

원은 '아니오' 하고 일전에 서울 친구에게 편지로 알았다고 장순손의 이야기를 시작하였다.

"연산군이 총애하던 성주 기생이 있었는데, 종묘 제향의 준여'로 궐내에 들어온 도야지 머리를 그 기생이 보고 웃었더라는구려. 연산군이 그 웃는 데 의심을 내어가지고 웃는 까닭을 대라고 종주먹을 대니까 그 기생의 말이 저의 골 사람 장순손의 얼굴이 도야지 머리와 같아서 장도야지라는 별명이 있는데, 지금 도야지 머리를 보고 우연히 생각이 나서 웃었다고 했더니, 연산이 장가가 너의 애부愛夫로구나 하고 화를 내서 장순손을 잡아올리라고 도사를 보냈다오. 장순손이가 그 집에서 잡혀 올라오다가 함창 공갈못을 지날 때에 괴 한 마리가 지름길로 건너가는 것을 보고 압상하는 도사더러, 내가 과거 보러 가는 길에 괴가 길을 건너더니 등과하게 되었는데, 지금 괴가 저 길로 건너가고 또 저 길이 마침 질러가는 길이니 저리 가자고 해서 지름길로 조령鳥嶺까지 왔을 때 반정이 되어서 죽지 않게 되었다오. 그런데 잡아오지 말고 목을 베어 올리라는 명을 받아가지고 뒤미처 도사가 또 내려갔었는데, 그 도사는 큰길을 좇아 상주尙州로 들어가서 서로 만나지 않게 되었다니 구경 괴의 덕을 본 것이 아니오?"

이야기를 끝마치고

"장순손이가 반정된 뒤에 춤을 덩실덩실 추었다고 시비하는 사람이 있답디다. 그렇지만 일이 춤이라도 추게 되지 않았소?"

장순손의 이야기 끝에 운수 이야기가 나오고 운수 이야기 끝에 술수 이야기가 나왔다. 이야기가 이와같이 변하여 나가는 중에 밤이 깊어졌다. 원이 술상을 치우게 하고 이급제에게 그만 취침하라고 말을 하고 동헌으로 돌아갔다.

이튿날이다. 원의 대접이 융숭한 까닭에 이급제는 자리에서 일어나며부터 먹는 빛이다. 사첫방에서 자릿조반으로 양즙을 먹고 늦은 조반으로 깨죽을 먹었고, 동헌에 가서 열두 접시 쌍조치의 갖은 반상으로 아침밥을 먹고, 국수장국, 떡, 실과를 늘어놓은 다담상으로 점심을 먹었다.

- 준여(餕餘) 제사를 지내고 제상에서 내린 음식.
- 보장(報狀) 어떤 사실을 상관에게 보고하던 공식 문서.

점심이 끝난 뒤에 이급제가 원을 보고 관아에서 오래 묵는 것은 공사의 방해라 나가겠노라 말하니 원의 말이 오늘 보장˙을 감영으로 올려보냈은즉 감사가 곧 서울로 장계할 것이나, 조명朝命이 내려오기까지는 한동안 기다려야 할 것인데 아중衙中에서 묵는 것이 비편하면 읍중에 사처를 정하여 주마고 하고 뜰 위와 뜰아래에 섰는 아전들을 내다보며

"이급제 나으리의 사처를 정하여 드릴 터인데 깨끗한 집이 있겠느냐?"

물었다. 아전들이 '뉘 집이 좋을꼬' 하며 서로 돌아볼 때, 늙은

호방戶房이 앞으로 나와 엎드리며

"소인의 집이 누추하오나 사처로 쓰신다면 치우겠습니다."

하니 이 호방은 곧 김서방이 원에게 통기하여 달라고 청할 때 '이 사람 저리 비키소' 하고 거절하던 아전이다.

"네 집에서 지공*을 잘하겠느냐?"

원이 물으니

"지성껏 하옵지요."

하고 벌써부터 지성스러운 모양을 보이었다. 이때 이급제가 원을 향하여

"여보 영감, 사처는 좀 생각하여 보십시다. 그전 있던 데로 도로 나가서 며칠 지내는 것이 좋을 것 같소이다."

말하니 원이 웃으면서

"백정의 사위 김서방은 촌 백정의 집에 가 있어도 좋지만, 함흥군수의 손님 이급제는 촌 백정의 집에 가지 못할 것이오."

이급제가 원의 말을 듣고 역시 웃으며

"김서방이 이급제요, 이급제가 김서방이니까 가지 않아도 좋고 가도 좋지요."

웃음의 말로 대답하고 나서

"아무렇든지 만나야 할 사람들이니까 내가 나가는 것이 여러 가지로 편할 것 같소이다."

말하였다. 나중에 원이 생각대로 하라고 하여 주삼의 집에 나가기로 작정되었다. 호방은 자원하는 사처를 이급제가 싫다 하는

것이 어제 일을 치부하는 것으로 알고 틈을 타서 이급제 앞에 나가 눈이 무딘 까닭으로 죽을죄를 지었다고 사과하니, 이급제는 사과까지 할 것이 없는 일이라고 웃고 용서하였다. 얼마 뒤에 이급제가 관 교군˚을 타고 관 하인을 데리고 고생으로 들어갔던 삼문을 호강으로 나왔다.

주삼의 집에서는 김서방이 읍에 들어간 뒤에 종일 기다려도 나오지 아니하니까 저녁밥을 먹으며 여러 사람이 모여 앉아서 공론이 분분하였다. 주삼이는

"감사를 본다고 바로 간 게로군."

하고 주삼의 아내는

"읍에서 원님을 보려고 덤비다가 주리경을 쳤는지 모르지."

하고 돌이는

"사람이 경치기 꼭 알맞지라오."

하고 모두 봉단이의 얼굴을 돌아보니 봉단이는 천연스럽게 앉았는데 조금도 근심하는 빛이 보이지 아니하였다. 봉단이가 남에게 근심하는 모양을 보이지 아니하였으나, 그날 밤에 혼자서 고시랑고시랑하여 밤을 새우고 이튿날 식전에 돌이를 꾀어서 김서방의 소식을 알아달라고 하니 돌이는 어디 가서 알아보나, 김서방을 알 사람이 있나 하고 나가지 아니하려다가 봉단의 부드러운 목소리에 거절할 힘을 잃어서 '갔다오지' 하고 읍으로 들어갔다.

● 지공(支供)
음식 따위를 대접하여 받듦.
● 교군(轎軍)
가마.

백정 양가의 사위 김서방이 전날 이교리요, 오늘날 이급제로 지금 원님의 우대를 받는다는 소문이 이때 읍중에 자자하였다. 돌이가 읍에서 이 소문을 듣고 뛰어나오다시피 하여 발을 집에 들여놓기가 급하게

"누이 어디 있나? 큰일났네. 김서방이 김서방이 아니라데."
하고 소리를 질렀다. 주삼의 아내는 돌이를 붙잡고

"이애, 그게 무슨 소리냐? 김서방이 아니라니, 그게 무슨 소리냐?"
놀라는데 봉단이는 방에 있다가 쫓아나와서 김서방이 아니라는 것은 캐어묻지 않고

"그가 지금 어디 있습디까?"
있는 데만 알고자 한다. 돌이가 읍내에 자자한 소문을 이야기하니 주삼이 내외는 놀라서 말이 없고 봉단이는 그리 놀라는 빛도 없이

"그러면 그가 지금 읍에 있겠구려."
말하고 돌이의 얼굴을 치어다본다. 주삼의 집 식구들이 일이 손에 붙지 아니하여 모여 앉아서 김서방 이야기로 판을 짜던 때, 동네가 시끄러워지며

"에라, 비켜라!"
소리가 연하여 들리며 관 하인들이 앞뒤에 옹위한 교군 한 채가 주삼의 집으로 들어왔다.

"와료!"

소리가 나고 교군이 마당 중간에 놓이며 교군 안에서 이급제가 나왔다. 이급제가 마당에 서서 우선 주삼이 내외를 향하여 고개를 끄덕끄덕하고, 다음에 관 하인들을 돌아보며 '수고하였다. 빨리들 들어가거라' 말을 이르는데, 그동안에 주삼의 아내는 안방에 들어가서 일변 방을 치우며 새 자리를 내서 깔고, 주삼이는 어찌할 줄을 몰라서 손을 맞비비며 공연히 이리 왔다 저리 갔다 하고, 돌이는 수선 틈에 어디로 가버리고, 봉단이는 머릿방에 들어앉아 나오지 아니하였다. 이급제가 관 하인을 돌려보내고 잠깐 동안 마당에 서성거린즉, 안방에 있는 주삼의 아내가 그 남편을 내다보며

"여보, 무엇하오? 이리 들어오시라지 못하오?"

인도 아니한다고 나무라니 주삼이가 이급제 앞에 가까이 와서

"안방으로 들어가시지요."

하고 여전히 손을 맞비빈다.

이급제가

"아니, 내 방이 좋지."

하고 안방으로 들어가려고 아니하니까 주삼의 아내가 방에서 뛰어나와서

"천만의 말이지, 이리 들어갑시다."

하고 이급제를 붙들어 들였다.

이급제가 아랫목 새 자리 위에 앉고 주삼의 아내가 앞치마를 휩싸고 앉으려고 할 때, 방 밖에 있는 주삼이가 손뼉을 쳐서 그

아내를 오라고 하여

"이 사람아, 존전˚에서 그렇게 앉는 법이 아니야. 그리하고 자기 말을 할 때는 쇠인네라고 하소."

가만히 이르는데 주삼의 아내가 화를 벌컥 내며

"그가 우리의 사위 나리가 아니오? 앞에 가서 앉지 못할 것이 무어 있수? 또 쇠인네란 다 무어요?"

큰 목소리로 주삼의 말을 되받으니 주삼이가

"이 사람아, 떠들지 말아. 들으시네."

아내를 꾸짖는다. 주삼이 가만히 이르는 말도 주삼의 아내가 떠드는 말과 같이 이급제 귀에 들리었다. 이급제가 혼자서 빙그레 웃으면서

"이리들 들어와서 앉으우."

소탈하게 말하니 주삼의 아내가 남편의 얼굴에 삿대질을 하며

"저것 사위 나리 말씀 좀 들어보오. 앉지 못하기는 왜 앉지 못해?"

하고

"들어갑시다."

하고 남편을 끌었다. 주삼의 아내는 앞을 휩싸고 동그마니 앉고 주삼은 앉기가 종시 황송하여 두 팔로 방바닥을 짚고 엉거주춤 앉았다. 이렇게 세 사람이 한방에 앉기는 하였으나, 별로 말들이 없어서 자리가 싱거웠다. 주삼의 아내가

"봉단이는 어디 갔누?"

혼잣말하듯이 말하고 거북살스럽게 앉은 주삼을 바라보는데, 주삼은 말이 없고 이급제가

"좀 불러주우."

말하여 주삼의 아내가 일어서 나가니 주삼이도 그 뒤를 따라 일어섰다. 머릿방에 들어앉았던 봉단이를 그 부모가

"왜 잔뜩 들어앉아서 나오지 않니?"

"나리가 부르신다."

불러내서 안방으로 들여보냈다. 봉단이가 방에 들어와서 고개를 들지 않고 입으로 옷소매를 지그시 물고 그린 듯이 서 있으니 이급제가 눈짓으로 가까이 오라 하다 못하여

"이리 와."

하고 입을 벌리었다. 봉단이가 가만가만히 발을 떼어놓아 아랫목 가까이 와서 모를 꺾어 앉으려 할 때, 이급제가 몸을 앞으로 수그리고 긴 팔을 늘이어 봉단의 손을 잡으며

● 존전(尊前)
임금이나 높은 벼슬아치의 앞을 이르던 말.
● 습의(習儀)
나라의 의식을 배움.

"새색시인가?"

하고 자기 옆으로 끌어 앉히었다. 사실로 봉단이는 첫날밤보다도 더 부끄러운 듯이 고개를 잘 들지 아니한다. 이급제가 입을 봉단의 귀에 대고 가만히

"백정의 딸로 양반의 아내가 되려고 습의˚하는 모양이지."

하고 웃으니 봉단이는 밉지 않게 눈을 흘기며 고개를 치어들었다. 봉단이가 이급제의 모양을 보니 양에 윤이 나는 칠색漆色 좋

은 갓에 궁초 갓끈을 매어 쓰고 취월 명주창의˚ 위에 회색의 술 띠를 느직이 늘여 띠었다. 노끈 갓끈으로 찌부러진 갓을 쓰고 주름투성이 베도포에 띠도 띠지 아니하였던 김서방과는 딴 사람같이 보이었다. 이급제가 봉단을 돌아보며

"웃옷을 좀 벗고 앉아야지."

하고 일어서니 봉단이도 일어서서 끌러주는 띠를 받고 창의를 벗기어서 횃대에 걸쳐놓고 또 벗어주는 갓을 받아 횃대 모에 걸어놓았다. 이급제가 탕건 바람으로 봉단이와 같이 앉아서 원을 보느라고 애쓴 것과 원이 우대하던 것을 자세히 이야기하고 나중에 명주저고리와 세목˚바지를 가리키며

"이것이 다 원의 옷이라 내게는 조금 작아."

하니 봉단이는 저고리를 만져보며

"웃옷감만은 좀 못해도 상길 영흥주구먼요."

하고 또 바지를 만져보며

"열두 새˚야요."

한다. 이때 주삼의 아내가 저녁밥을 짓느라고 부산히 돌아다니는 소리가 들리니

"나가서 어머니 시중을 들어야겠어요."

하고 봉단이가 일어서려는 것을 이급제가 손을 잡아 말리고 문을 열고 밖을 내다보며

"여보 장모, 혼자 바쁘지 않소?"

말하니 주삼의 아내가

"아니오."

대답하고

"봉단아, 너는 거기 사위 나리 뫼시고 앉았거라."

말하는데 목소리가 전날같이 거세지 아니하다.

이급제의 저녁상이 들어왔다. 전날 김서방의 상과는 대단히 다르다. 우선 소반에다가 외상으로 차려놓은 것이 다르고 하얀 입쌀밥이 다르고 무나물, 배추 겉절이의 한두 가지 반찬이라도 먹게 하여놓은 것이 다르다. 주삼의 아내가 상머리에 앉아서 술을 드는 이급제를 바라보며

"원님에게서는 잘 잡수셨을 터인데 찬이 무어 있어야지."

하고 나서 이급제의 밥 먹는 시중을 끝까지 들어주니 이급제가 양껏 먹고 술을 지우며

"대접이 너무 과해서 손복할˙ 것 같구먼. 원의 대접이 아무리 융숭해도 오늘 저녁같이 밥을 달게 먹기는 처음이어."

- 창의(氅衣)
벼슬아치가 평상시에 입던 웃옷.
- 세목(細木)
올이 가늘고 고운 무명.
- 새 생 피류의 날을 세는 단위.
- 손복(損福)하다
복을 일부 또는 전부 잃다.

말하여 주삼이 아내의 입이 벌어지게 하였다. 이때 밖에서 빙빙 돌던 주삼이가 수저 놓는 소리를 듣고 창문을 조그만치 열고 들여다보며

"저녁을 얼마나 잡수셨습니까?"

인사로 물으니 이급제는

"오늘 저녁 참 잘 먹었어."

대답하고 얼마 동안 있다가

"여보, 주팔이가 어느 날쯤 온댔어?"
물은즉 주삼이가 말할 사이 없이 그 아내가
"오늘 안 왔으니까 내일은 올걸요."
대답하였다.

그날 밤부터는 이급제 내외가 윗방을 쓰고 주삼이 내외가 머릿방을 쓰게 되었다. 이급제가 방문을 닫고 봉단이와 마주 앉아서 서울 갈 일을 이야기하는데, 봉단이가
"가시는 날은 나하고 같이 가게 하시겠지요?"
하고 이급제의 얼굴을 치어다보며 방그레 웃으니 이급제는 고개를 흔들며
"그렇게 못 될 것이야."
하고 조금 동안을 떠어
"내가 조명을 받고 올라가자면 내외 동행은 못하게 될 것이야. 내가 서울 가서 집안 살림을 정돈해놓고 기별하거든 삼촌과 같이 오게 하지."
하고 또다시 조금 동안을 떠어
"내가 주팔이와 의논해두고 갈 것이니 걱정 말아."
하고 세 도막 대답을 하였다.

봉단이가 이급제의 첫마디 대답에 웃음을 거두고 다음 두 마디가 끝나도록 새침하고 앉았더니
"나는 생각이 두 가지예요. 서울을 갈까 말까 두 가지예요. 그런데 두 가지가 다 어려워서 삼촌과도 의논하려니와 제일 첫째

의향을 여쭈어보고 어떻게든 작정할랍니다. 대체 내가 서울 가면 당신 전정에 방해되지 않겠세요? 내가 아무것도 모르는 시골 여자지만 저의 호강만을 생각하고 남편을 우세시키고 망신시키러 서울 가겠다고는 하지 않겠세요. 그렇다고 부모 밑에서 그대로 지내기도 어렵지요. 어떻게 했으면 좋을는지 생각이 올지갈지 해요."

하고 고개를 숙인다. 이급제가 고개를 끄덕이는 듯 마는 듯 끄덕이고

"그래, 서울을 못 가게 된다면 어떻게 할 터인가? 어려우니 무어니 하여도 부모 밑에 있게 될 터이지."

봉단이가 숙이었던 고개를 잠깐 들고 이급제의 얼굴을 치어다보며

"죽든지 승이 되든지 해야지 부모 밑에서 그대로는 못 있세요. 내가 죽는대도 당신이 박정하다고는 원망할 리 없고요, 승이 된다면 다시 백정의 집에 태어나지 않도록 후세 발원이나 해보지요."

하고 두 눈에 눈물이 어린다.

이급제는 빙그레 웃으면서

"좀 어렵지만 내가 맹세한 일도 있고 하니까 데려가지. 그렇지만서도 백정의 딸을 정실正室로 정한다면 일가친척이 시비할 뿐 아니라 하인들이라도 아씨라고 부르기를 싫어할 것이니까 첩으로 데려가지. 첩이라도 승 되느니보다는 나을 것 아니야?"

하고 봉단의 얼굴을 들여다보니 어리었던 눈물이 방울로 맺히고 방울로 맺힌 눈물이 줄로 흐른다. 이급제가 봉단을 앞으로 끌어당기어서 손으로 눈물을 씻어주며

"소명한 사람도 속을 때가 있군. 지금 말은 실없는 말이야. 내가 벌써부터 맘에 작정해둔 일이 있어. 내가 우세도 아니하고 망신도 아니하고, 내외 잘살게 될 수 있을 터이니 염려 말고 기다리오. 내가 전정을 내버릴망정 정다운 아내는 저버리지 아니할 것이야."

위로하여 얼마 뒤에 봉단은 다시 웃게 되었다.

이튿날 식전에 봉단이도 전날 밤에 잠 못 잔 까닭으로 좀 늦게 일어났지만, 이급제는 해가 높이 뜬 뒤에야 간신히 기침하였다. 주삼이 내외가 윗방 문 밖을 지나다닐 때 신발소리도 내지 아니하는데, 주삼의 아내가 주삼을 보고 나직한 목소리로

"게으름뱅이는 게으름뱅이야."

하고 웃으니 주삼이도 쉬쉬 하며 웃었다. 이급제가 소세한 뒤에 관 하인들이 찬수*를 가지고 나왔는데, 소 내장 곰거리며 도야지의 업진이며, 이러한 고기 찬수가 있을 뿐이 아니라 김치와 젓무까지도 있었다. 원의 사람이 찬찬한 것보다도 원의 부인이

"촌 백정집에 김치나 젓무가 있겠소?"

하고 내보낸 것이다. 이급제가 원의 전갈을 받고 원에게 보내는 답전갈을 이르는 중에 영흥 갔던 주팔이가 돌아와서 삽작문 밖에서 집안의 광경을 들여다보고 있었다.

관 하인들이 이급제에게 '물러납니다'고 고하고 삽작 밖을 나서며 저희들끼리 지껄인다.

"이급제 뒤에 섰던 것이 주삼의 딸이지? 잘생겼데."

"이급제가 상투 끝까지 빠진 모양이야."

"진작 알았더면 빼다가 관비나 박아줄걸."

"관비를 박았더라도 네나 내게 차례가 오니? 계집이라면 침을 흘리는 수노˚놈에게 좋은 일이지."

주팔이는 길 옆에 비켜섰다가 관 하인들이 지나간 뒤에 집안으로 들어왔다. 주팔이가 형과 형수를 보고 날 사이 별 연고 없느냐고 인사하니 형은

"별 연고 있지그려. 김서방이 이급제 나으리가 되었어."

● 찬수(饌需) 반찬거리.
● 수노(首奴) 관아에 딸린 관노의 우두머리.

하며 싱글벙글하고 형수는

"사위 나리가 어제도 아재 말 합디다. 어서 가보오."

하고 손으로 윗방을 가리킨다. 주팔이가 형수를 보며

"아주머니, 사위 나리가 전날 받은 박대를 속에 치부해두지나 않았습디까?"

하고 웃으니 형수가 말소리를 낮추어서

"내가 아재더러 말이지 처음에는 혹시 오금이라도 박히지 않을까 조금 걱정스럽더니 지금 내가 너무 위해주니까 과해서 손복하겠다지. 봉단이하고 내외 사이가 경치게 좋으니까 모두가 덮이는 게야."

하고 목을 움츠리고 웃고 난 뒤 말을 이어

"여보 아재, 관가에서 찬수를 내보냈지. 쇠고기, 도야지고기, 김치, 젓무까지 내보냈어. 정작 제일 긴한 쌀은 아니 내보내고. 우리도 자기네와 같이 입쌀밥만 먹고 지내는 팔자인 줄 아는 게야."

하고 쩍쩍 혀를 찬다. 주팔이가

"쌀이 없거든 바꾸어오지요."

말하니 그 형수는

"아재도, 바꾸어올 사이나 있던가요? 어제 윗말 간난이 집에 가서 쌀 한 말을 꾸어왔어요. 그전 같으면 없느니 못 주겠느니 말썽부리고 급기 줄 제라도 속히 갚으라고 열 번 스무 번 당부하고 줄 사람이 사위 나리 대접한댔더니 두말 없이 내줍디다그려."

하고 이야기하는데, 이때 윗방에 있던 이급제가 주팔이가 온 것을 알고 와서 보기를 기다리느니보다 나가 보는 것이 편하겠다고 생각하고 슬그머니 방문을 열고 나서서

"여보 주팔이!"

부르니 주팔이가 형수의 이야기를 듣다가 말고 이급제 있는 곳으로 오는데, 이급제가 마주 나가서 주팔이가 인사할 사이도 없이 주팔의 손을 잡으며

"기다렸네. 어서 방으로 들어가세."

하고 손을 잡은 채 윗방 문 앞까지 같이 와서 방문을 열어주며 먼저 들어가라고 하니, 주팔이가 몸을 빼고 이급제를 돌아보며

"귀천이 다르니 상하를 차립시다."
하고 웃는데 이급제는
"이 방은 잠시라도 내 방이오."
하고서 주팔의 말투를 본받아
"주객이 다르니 선후를 차립시다."
하고 웃는다.

이급제와 주팔이가 방에 들어와 앉은 뒤에 이급제가 자기의 전후 내력을 대강 이야기하고 반상의 신분이 드러났다 하더라도 정분이야 어디 갈 것이 아닌즉 될 수 있는 대로 전날과 같이 지내자고 부탁하니, 얼굴에 웃음빛을 가득히 띠고 이야기를 듣고 앉았던 주팔이가 그 부탁을 받을 때는 고개를 외치며

"전이라고 양반이신 것을 짐작 못한 것이 아니지만 남의 눈에 괴상히 보이도록 미리 짐작하는 체할 까닭이 없으므로 그렁저렁 지냈습니다만 지금도 벌써 전날과 다릅니다. 그런데 앞으로는 갈수록 더할 것이니까 정분은 정분대로 속에나 두고 지내지요."
하고 정색한다. 이급제는

'주팔이 같은 인물이 천인으로 썩다니, 널리 말하면 국가의 불행이야.'
혼잣말로 한탄하다가 주팔을 바라보고

"내가 서울 가서 기별하거든 질녀를 데리고 오게. 그리하여 서울서 같이 지내보세. 자네 형님 내외는 내 가만히 생각해본즉 서울 와서 산다고 해야 별수 없을 것이요, 두 집 사이에 서로 비

편만 할 듯하니 시골서 그대로 살게 하지. 두서너 식구가 먹고 지낼 것은 내가 담당함세. 그러고 내가 아는 수령이 올 때마다 부탁이나 해두게 되면 이때껏보다는 낫게 지내겠지."
하고 말을 그치었다가 다시 이어
 "어련할 것이 아니나, 내가 떠난 뒤의 일은 자네만 믿네."
말하니 주팔이도 고개를 공손히 끄덕이어 그 부탁을 받는다는 뜻을 보이었다. 그때 주삼의 아내가 이급제의 아침상을 가지고 들어왔다. 이급제가 외상을 받고 앉아
 "밥 한 그릇만 여기 더 갖다 놓아 주팔이와 같이 먹지 무어."
하니 주삼의 아내가 주팔이를 돌아보며
 "아재, 그러시지."
하는데 주팔이는
 "아니요, 형님하고 같이 먹지요."
하고 이급제를 향하여
 "많이 잡수십시오."
하고 일어서 방 밖으로 나갔다.
 돌이는 게으름뱅이 김서방이 이급제 나리로 변한 데 대하여 공연히 심정이 사나웠다. 엊그제까지 여보 저보 하던 사람에게 갑자기 나리 마님이니 나리 아씨니 말하기가 맘에 창피하였다. 저의 고모가 비루먹은 개같이 구박하던 김서방을 칙사같이 대접하는 것도 맘에 우스웠다. 이급제가 오던 때는 수선한 틈에 슬그머니 나갔었고, 저녁밥은 들어와 먹었으나 먹고 난 뒤 또 슬그머

니 나갔다가 밤늦게 들어왔다. 그리하여 이때껏 이급제와 대면하지 아니하였다. 주팔이가 아침밥을 먹은 뒤에 돌이를 보고

"나리 매부가 대접 잘하디?"

하고 웃으며 물으니 돌이는

"대접이고 주발이고 누가 보기나 했습디까?"

하고 아랫입술을 내밀었다. 옆에 있던 주삼이가

"그러면 네가 생전에 아니 볼 터이냐? 친남매같이 지내는 봉단이가 섭섭타고 아니하겠느냐?"

하고 몇마디 나무라니 돌이는 봉단이가 섭섭히 아는 것은 맘에 좋지 아니하여

"가보지요."

말하고 주팔을 향하여

"가보고 무어라고 말할까요?"

묻는 것을 주팔이가 웃으면서

"방 밖에 가서 소인 돌이 문안드립니다, 말하려무나."

대답하니 돌이는 고개를 야단스럽게 흔들며

"나는 싫소. 아니 가볼라오."

하고 아니꼽고 비위 상하는 듯이 입맛을 다시었다. 주팔이가 돌이의 하는 꼴을 보고 웃다가

"여보게 노총각, 걱정 말고 아무렇게나 생각나는 대로 말하게. 나리 매부가 사람이 소탈해서 역정은 아니 낼 것일세."

실없는 어조로 말하고 나중에

"이애, 나하고 같이 가보자."

말하여 주팔이가 돌이를 데리고 윗방으로 올라왔다. 처음에는 돌이가 주저주저하며 말을 잘 아니하였지만

"어서 방으로 들어오너라."

"너 저리 앉아라."

"너 장가들러 서울 올 테냐?"

"돌이가 줏으라고 기생이 혹 떨어졌을는지 모르지."

이와같이 이급제가 정답게 웃음의 말까지 붙이는 바람에 돌이는 말문이 열리어서

"기생은 왜? 내가 장가들러 서울 갈게 이쁜 색시 하나 중매해 주시오."

하고 너털웃음까지 웃게 되었다.

이급제가 주팔이와 이야기로 낮을 보내고 봉단이와 웃음으로 밤을 보내는 동안에 두 가지 새 사실을 알게 되었다. 한 가지는 주팔이가 술수를 짐작하는 것이니, 주팔이와 같이 앉아서 말말하다가

"내가 풍파를 당한 뒤로는 조복朝服 입고 나설 생각보다도 농의農衣 입고 숨을 생각이 많아진 까닭에 이번에 서울 가서는 형편을 보아 조정에 나서지 아니할 생각일세."

말하니 주팔이는 빙그레 웃으면서

"생각만으로는 되지 않지요. 환수˚가 터지는 것을 억지로 막지 못하리다. 앞으로 한참 동안은 환로宦路가 험하다 하더라도

별 풍파 없이 나가게 되시리다."

무슨 짐작이 있는 것같이 말하고

"자네가 음양술수까지 짐작하나?"

다그쳐 물어야

"짐작은 무슨 짐작이에요."

하고 웃을 뿐이었다. 그러나 평일에 지망지망히˚ 말하지 않는 주팔이라 짐작하는 것이 없이 그렇게 말할 리 없을 것을 알았고, 또 한 가지는 봉단이가 태기 있는 것이니 봉단이와 같이 누워서 이 이야기 저 이야기 하다가 봉단이가

"요사이는 가끔가끔 헛구역이 나서 못 견디겠세요."

하는 말이 고동이 되어

● 환수(宦數) 벼슬길의 운수.
● 지망지망 조심성이 없고 경박하게 촐랑대는 모양.

"무어 체했남?"

"모르겠세요."

문답이 있은 뒤에 입을 귀에다 가까이 대고 가만히

"구실하오?"

물으니 봉단이는 처음에 못 알아듣고

"구실이라니요?"

하다가

"경도經度 말이야."

해석을 듣고는 한참 아무 말이 없더니

"서너 달째 없세요."

하고 컴컴한 속에서도 얼굴이 보일까 부끄러운 듯이 살짝 돌아

누웠다. 평일에 봉단이가 말이 적고 몸을 잘 간직하는 까닭에 아직 그 어머니까지도 눈치채지 못한 것을 알았다.

이급제가 주삼의 집에 나온 지 벌써 삼사일이 되었다. 그동안에 이급제에게는 사위 나리라는 별명이 생겼다. 처음에 주삼의 아내가 사위 나리라고 말하기 시작한 것이 주팔이와 돌이까지도 사위 나리라고 말하게 되고 나중에는 동네 사람들까지도 사위 나리, 사위 나리 하게 되었다. 게으름뱅이 사위라는 별명이 곧 사위 나리로 변한 것이다.

사위 나리가 서울로 떠나게 될 날도 가깝고 하니 집안 식구가 한자리에 모이어 조석을 같이 먹자고 주장하여 윗방이 조석 먹는 방이 되었는데, 구미 잃은 봉단이가 험한 밥 먹는 것을 사위 나리가 딱하게 여기어서 자기의 입쌀밥을 주고 싶으나 여러 사람 보는 곳에서 유난스러워서 주삼의 아내를 보고

"혼자서 좋은 밥을 먹자니 첫째 염치가 없어. 이 밥 좀 나눠들 자시지."

하고 위만 헐다가 만 밥그릇을 내어주니 주삼의 아내가

"고만두고 더 잡수시오."

하고 권하다가 사위 나리가 정히 고만 먹겠다고 하니까

"네나 먹어라."

하고 봉단을 내주었다. 사위 나리 맘에는 봉단이가

"네."

하고 받아먹었으면 좋겠는데 봉단이는 남의 맘도 모르고

"아버지 잡수세요."

하고 주삼을 주고 주삼은

"나는 조밥이 좋아. 당신 자시오."

하고 아내를 주고 주삼의 아내는

"아재 자시오."

하고 주팔을 주고 또 주팔은

"나도 조밥이 좋아. 너 먹어라."

하고 돌이를 주었다. 입쌀밥 담은 밥그릇이 한차례 식구 앞에 조리를 돌아 돌이에게 간 뒤에 돌이가

"다 싫다면 내나 먹지."

하고 처치하게 되니 사위 나리의 소료˚와는 틀리 ● 소료(所料) 미루어 생각한 바.
었다. 사위 나리가 쌀을 얻어다가라도 다같이 입쌀밥을 지어 먹어야 하겠다고 발론하고 원에게 편지를 썼다. 그 편지 사연에는 찬으로 고기는 있으되 반盤에 백옥이 귀하니 한이라고 하였다. 그 편지는 돌이가 가지고 가게 되었다. 원이 이급제의 편지를 받아 보고 이방을 불러 쌀을 보내게 하라고 지휘하려다가 이급제가 도집강에게 동고리 값으로 쌀을 달라다가 매를 맞았다는 이야기가 생각이 나서 이방을 내다보고

"향교말에 도집강이란 자가 있다지? 그자가 견디느냐?"

물으니 이방은 원님이 이때껏 아니하던 홀태질을 시작하려는가 생각하며

"부자로 사옵니다."

대답하였다.

"그러면 그자를 지금 좀 들어오라고 불러라."

하고 원이 이방에게 이르더니 얼마 뒤에 도집강이 관가로 들어왔다. 도집강이 원에게 절하고 꿇어앉은 뒤에 원이 대번에 정색하고

"향곡鄕曲에서 무단˙하는 기습은 인민의 부모된 나로서 알고 그대로 둘 수 없는 일이야."

호령기 있게 말하니 도집강은 무슨 영문인지 모르고

"민民이 득죄하온 일이 없사온데……."

하고 벌벌 떨며 발명도 채 다 하지 못하여서 원이 눈을 부릅뜨며

"무슨 잔소린고. 양주삼의 동고리를 빼앗은 일이 없는가?"

호령하였다. 도집강이 주삼의 사위가 전날 이교리란 소문을 듣고 알아보니 주삼의 사위는 외사위로 자기에게 매맞은 사람이 적실히 이교리라, 이교리를 가서 보고 사과를 하여볼까, 사과를 하러 갔다가 봉변하지 아니할까, 망상거리고 지내던 차라 지금 원의 호령이 이교리의 청으로 대신 분풀이하여 주려는 거조인 줄로 알고 얼굴빛이 채수염빛같이 하얘지며

"민이 무지하오나 주삼의 사위가 이교리이신 줄 알았더면 언감생심이옵지요만, 그때 백정의 사위로 언어행동이 완만하옵기에˙ 모르고 작죄하였사오니 성주 덕택을 입어지이다."

채수염이 마루청에 서리도록 고개를 숙이고 손바닥을 맞대어 치어들고 비니 원이 속으로 웃으면서

"동고리 몇 벌을 빼앗았던고?"
호령기 남은 목소리로 물은즉
"세 벌인가 하옵니다."
대답이 거의 우는 소리와 같다.

원이 도집강에게 고개를 들라 하고 평탄한 말소리로 지나간 일이기에 과히 추구追究하지 아니하나 속죄는 하여야 할 것인즉 동고리 한 벌에 쌀 한 섬씩 석 섬을 주삼에게로 실려 보내되, 보내는 것을 내가 보아야 할 터이니 지금 나가 곧 실려서 관가로 들여보내라 이르고, 또 이후에는 반명班名이라고 행패하지 말라고 일러서 보냈다. 도집강이 형문 개나 좋이 맞을 줄 알았다가 쌀 석 섬에 타첩妥帖된 것이 도리어 다행하여 집에 나오며 곧 소 세 바리에 쌀을 실렸다. 돌이가 원의 답장을 받고 쌀바리를 영거하여 가지고 나왔다. 사위 나리가 원의 답장을 뜯어 보니 그 사연에 이 쌀은 내가 보내는 것이 아니요, 형의 매품을 도집강에게서 추징한 것이라고 하였다. 사위 나리는

- 무단(武斷) 무력이나 억압을 써서 강제로 행함.
- 완만(頑慢)하다 성질이 모질고 거만하다.
- 애자지원(睚眥之怨) 한번 흘겨보는 정도의 원망. 아주 작은 원망.

"원이 실없는 사람이로군. 도집강은 내가 애자지원˚을 갖는 사람으로 알았으렷다."
하고 편지를 주팔에게 보인 뒤에 서로 바라보고 웃었다.

주삼의 아내는 이것을 알고 몇번이나 시원하다 고소하다 외치고, 또 입쌀밥을 지어서 식구가 돌아앉아 먹을 때에 이 밥은 별달리 맛나다고 떠들었다.

상경

　며칠 뒤에 사위 나리가 속이 거북하다고 아침밥을 설친 일이 있었다. 주삼의 아내는 사위 나리가 시장하겠다고 부지런히 이른 저녁을 지었다. 식구들이 윗방에 모이어 밥을 먹을 때에 홀제 삽작 밖에 떠들썩하는 소리가 나며 여러 관 하인이 웅긋쭝긋 마당에 들어섰다. 내다보고 알은체하는 이급제에게 여러 사람이 함께 문안을 드린 뒤에, 그중에 한 사람이 앞으로 나서서 허리를 구부리고
　"조명이 내리셨으니 지금 급히 읍으로 들어오십시사고 하인들을 보냅니다."
하고 원의 전갈을 전하였다. 사위 나리가 몇술 뜨지 아니한 밥상을 그대로 치우게 하고 총총히 서울길을 떠나게 되었다.
　"진지나 더 좀 잡숫고 떠나시지요."

주팔이가 자기뿐 아니라 집안 식구들의 대리 격으로 말한즉 사위 나리는

"속이 편치도 않고 또 속이 덜렁해서 먹을 수가 없어."
대답하고

"전에도 말해두었지만 뒷일은 믿네."
일변 말하며 일변 웃옷을 입으니 주팔이도 풀어놓았던 수건으로 다시 머리를 동이며

"나도 읍에까지 가서 떠나시는 것이나 보입지요."
하고 일어섰다. 주삼이는 아우와 같이 읍에까지 가기로 하고 주삼의 아내도 간다고 하는 것을 주팔이가

"아주머니는 고만두시지요."
말리어서 중지하게 되었다. 사위 나리가 주삼의 아내를 보고 작별인사하고 돌이를 보고 작별인사하는 동안에도 눈은 자주 봉단에게로 가더니 나중에 방에서 나가려고 할 때, 봉단의 옆에 잠깐 발을 멈추고

"몸을 조심하오. 곧 만나게 될 것이니 너무 섭섭해하지 마오."
넌지시 당부하고 나와서 마당에 놓인 가마 속에 들어앉았다. 이때 해는 서산을 넘어갔고 어둠빛은 사방에서 모여들었다. 봉단이가 그의 어머니와 같이 삽작문 밖에 나서서 가는 가마 뒤를 바라보다가 저녁 안개와 연기 속에 가마가 보이지 않게 되니

"어머니, 가마도 보이지 않네."
하고 머리를 그 어머니의 팔에 의지하였다. 주삼의 아내가

"이애, 고만 들어가자. 바람이 선선하구나."
말하여 봉단을 데리고 윗방으로 들어왔다. 돌이는 혼자 앉아서 먹던 밥을 마저 먹다가
 "혼자서라도 먹어치우려고 먼저 먹습니다. 아주머니는 누이하고 같이 잡수시오."
하고 고모에게 말한 뒤에
 "누이는 첫이별이라 섭섭할걸."
하고 봉단의 얼굴을 치어다보니 봉단은 치워놓은 사위 나리 밥상을 바라보는데 눈에 눈물이 어리었다.
 "저런, 우네."
돌이의 조롱에 봉단이가
 "밥이나 먹우."
대답하는데 전에 없이 말소리가 날카로웠다. 나중에 주삼의 아내는 밥을 먹고 봉단은 그 어머니의 권에 못 이겨 먹는 체하다가 말았다.
 이튿날 아침때가 지난 뒤에 주삼의 형제가 읍에서 돌아왔다. 주삼이가 방에 들어와 앉으며
 "기구가 장하더라."
밑도끝도 없이 말하니 그 아내가
 "무슨 기구요?"
묻다가
 "무슨 기구라니, 사위 나리 행차가 떠나는 기구 말이지."

퉁명스럽게 말하는 것을 듣고도 골을 내지 않고

"이야기를 좀 자세히 하시구려."

청하였다. 주삼이는

"원님이 나오고 육방 관속이 쏟아져나오고 말 머리에 사람이 들어엉기어서 우리 형제는 작별인지 만지하게 간신히 작별하였어."

말하고는 다른 이야기가 없으니 주삼의 아내가 갑갑하여 주팔을 돌아보고

"아재가 좀 처음부터 이야기하시오."

말하여 주팔이가 이야기를 시작한다.

"사위 나리 구명도생˙하였다는 소식을 조정에서 알게 되어 홍문관 교리 지제교知製教 겸 예문관 응교라는 벼슬을 특별히 제수除授하고 역마를 주어 올라오게 하라고 조명이 내리었답니다. 그래서 오늘 식전에 역마를 타고 떠났어요. 이야기는 고만이지요. 무슨 다른 이야기가 있나요? 아차, 참 우스운 이야기 하나 들은 것이 있어요. 사위 나리 발이 어떻게 엄청나게 큰지 원님이 함흥바닥을 떨어서 그중 큰 신을 구해놓은 것이 발에 마치어서 할 수 없이 버선의 솜을 빼고야 신었답디다. 그전에 함흥으로 도망올 때 장교에게 잡힐 뻔한 일이 있었는데, 그때 발 큰 것이 양반 아니라고 장교가 놓고 간 일까지 있었답디다. 지금 읍에서는 이교리 이야기가 나면 발 크다는 이야기도 따라서 나는데, 말에 말이 보태져서 별로 허풍치지 않

● 구명도생(苟命圖生) 구차하게 목숨을 부지하여 살아감.

는 사람이 이교리의 발은 한자 몇치라고 말한답디다. 발이 한자 몇치면 병신이지, 허허허."

주삼의 아내는 고사하고 경황이 없어하던 봉단이까지도 입가에 웃음을 머금었다.

이교리가 승소비전承召飛傳의 급한 길이라 감영에서 감사를 만나 하룻밤을 지낸 외에는 별로 지체없이 역마다 역마를 갈아타고 함흥을 떠난 지 십여일 만에 무사히 서울에 도착하였다. 이교리가 홍화문 안에 들어와서 우선 거접할˚ 곳을 전날 관주인館主人의 집으로 정하고, 친족과 친구에게 기별하여 입을 관복과 부릴 하인과 탈 말을 빌려온 뒤 예궐하여 숙배肅拜하고 유순柳洵, 김수동金壽童 이하 시임時任재상과 박원종朴元宗, 성희안成希顔 이하 정국공신들에게 문후하고 그외에 친척 고구˚를 심방하였다. 이리하여 이교리가 분주히 몇날을 지내는 동안에 재생再生한 사람으로 대접도 잘 받았거니와 백정의 사위 노릇하던 이야기를 싫도록 되풀이 아니하지 못하였다.

이 며칠 동안에 이교리는 이 사람 저 사람에게서 반정 당시의 자세한 이야기를 얻어듣게 되었다. 첫째 반정할 꾀는 성희안에게서 시작이 되었는데 성희안이가 이조참판으로 연산주의 총애를 받다가 일조에 낙직된 뒤에 꾀를 내어서 박원종과 연락을 맺어가지고 거사를 하게 되었다는 것과, 구월 초하룻날 정밤중에 의병들이 훈련원에서 모이는데 이 소문을 빗밋이라도˚ 들은 사람은 너나 할 것 없이 훈련원으로 몰려들어서 길이 멜 지경이었다는 것과, 또 초이튿날 식전에 창덕궁 앞 파자교把子橋 근처에 의병이 결진하였을 때 박원종이 부채를 들고 지휘하는 것이 대장같아 보이었다는 것을 이야기로 들었고, 군사들이 잠저를 옹위하러 갔을 때 그때 진성대군이던 지금 전하께서 무슨 다른 변이 난 줄로 알고 자결하려고 하셨는데, 그때 대군 부인인 신씨께서 말 머리가 집안으로 향하면 무슨 변이 난 것이지만 말 머리가 밖으로 향하면 보호하러 온 것이니 조금 참으시라고 말렸다는 이야기와, 공신들이 신씨의 아버지 되는 신수근愼守勤이는 죄가 있다고 죽이고, 죄인의 딸을 왕비로 두는 것이 불가하다고 하여 고정故情을 못 잊어하시는 전하를 우기어서 왕비를 폐하게 되었는데 대전에서는 지금도 항상 중전을 생각하신다는 이야기를 들었고, 또 연산주가 궁에서 쫓겨나올 때 얼굴을 들지 못하고 눈물이 홍포자락을 적시더라는 이야기와, 연산주 부인이 궁문 밖을 나올 때 비단신이 발에 붙지 아니하여 헝겊 오라기로 신발을 동이었더라는 이야기와, 청파靑坡 무당의 집에 나가서 자는데 전날까지 세자이니 대군이니 하던 아기들 중에 어린아이 하나가 오늘 저녁에는 꿩고기 반찬을 왜 아니 주느냐고 물어서 연산주 부인이 눈물을 흘리더라는 이야기도 들었고, 시임 영의정 유순이는 반정 당일에 진중陣中에 불려와서 어찌할 줄을 모르고 박원종을 보며 영감이 용상에 앉으려오? 성희안을 보며 영감이 용상에 앉으려오? 하였다는 웃음거리 이야기도 얻어들었고, 시임 우

• 거접(居接)하다
잠시 몸을 의탁하여 거주하다.
• 고구(故舊)
사귄 지 오래된 친구.
• 빗밑이라도
어렴풋이라도.

의정 김수동이는 공신들이 반정할 일을 알리고 나오라고 한즉 처음에는 목을 내어밀며 베어가라고 하고 진중에 나온 뒤에도 대체를 잘 잡더라는 칭찬하는 이야기도 얻어들었다.

이교리는 이와같은 이야기를 들을 때에 이래저래 개연한 맘을 금치 못하여 벼슬을 버리고 어느 시골로 내려가서 봉단과 같이 일생을 안온하게 지내려는 생각이 불현듯이 나게 되었다. 그리하여 사직 상소 한 장을 올리었는데, 상소의 대지大旨는 아래와 같았다.

"신이 비록 전고에 드문 은전을 입사와 다시 천일天日을 우러러보게 되었사오나 국법을 범한 죄는 도망할 길이 없삽고, 또 화를 겪은 뒤로는 모든 세념世念이 사라져서 은퇴하올 생각을 스스로 억제할 수 없사오니 전하께옵서는 천지하해天地河海와 같은 도량으로 신의 벼슬을 갈아주시기를 바라오며, 또 신이 북도로 도망하와 구명도생하옵노라고 천인의 딸과 육례를 갖추었삽는데 지금 데려오자 한즉 신 같은 불사한 것도 조신의 하나이라 전하의 조정에 부끄럼을 끼치올까 두렵삽고 버리자 한즉 고苦를 같이하고 낙樂을 같이 아니하옴이 인정에 어렵사올 뿐 아니라 신이 어리석사와 서로 버리지 않기를 맹약까지 한 일이 있사오니 천지부모天地父母는 구구하온 사정을 내리살피사 신이 물러가서 천인의 아내와 같이 일생에 성대聖代를 구가하게 하옵소서. 신은 황공함을 무릅쓰고 말씀을 아뢰옵나이다."

이교리가 사직 상소를 올린 이튿날,

"알았다. 사직은 허락치 아니한다."

는 뜻으로 간단한 비답*이 내리었다. 이교리가 며칠 뒤에 다시 상소를 올리리라 맘을 먹고 있는 중에 홍문관 하인이 나와서 번을 들어달라고 말하였다. 이교리가

"나는 사직하려는 사람이라 번을 들지 못하겠은즉 다른 양반께나 가서 보아라."

하고 거절한즉 그 하인은

"다른 양반이라니요? 한바탕 줄달음박질을 치구 나으리께로 왔습니다. 나으리가 못 드신다면 오늘 또 맷복이 터지는 겁니다."

하고 눈살을 찌푸렸다. 이교리가

"그러면 네가 오늘 내 아들이란 욕을 많이 하였겠구나."

하고 웃으니 그 하인은 조금도 황송하여 하는 모양도 없이

"황송합니다만 나으리, 아시다피시 번 들라고 해서 아니 드는 양반은 모두 내 아들이지요."

하고 역시 웃었다.

"지금 번 드신 나으리가 누구냐?"

"장교리 나으리입니다. 나으리 아시겠지요? 장돼지라고 돼지같이 생긴 양반이에요. 그 양반도 화는 나겠지요. 처음 번에 아흐레 동안 장번長番입니다. 소인들이 아무리 여러 댁을 쫓아다니

● 개연(慨然)하다
억울하고 원통하여 몹시 분하다.
● 불사(不似)하다
꼴이 격에 맞지 않아 아니꼽다.
● 비답(批答)
임금이 신하가 올린 상주문의 말미에 적는 찬성 또는 반대의 대답.

어야 돼지가 좀더 들게 내버려두라고 하고 번을 갈아주시지 않습니다그려. 소인들만 죽어나지요. 그 돼지 같은 양반이 매끝이 되어요. 소인들이 날마다 그 양반의 화풀이를 받느라고 참말 죽을 지경입니다. 내 아들이란 욕마디로야 셈이나 됩니까? 또 오늘 저녁에도 번을 갈아주시는 나으리가 없고 보니 소인의 매는 떼논 당상입니다. 여보십시오, 나으리. 사직을 하시더라도 그전에 오래 계시던 홍문관에 한번쯤은 들어와서 보시고 사직하시지요."

이교리는 하인의 말에 맘이 솔깃하여져서

"그래라. 오늘 저녁 한번 번을 들어주마."

허락하게 되었다. 이교리는 장교리를 만나서 괴 이야기나 하고 한번 웃으려고 하였더니 장교리는 장번 끝에 번을 갈아줄 사람이 들어온 것만 다행하게 생각하며 총총히 수인사하고 나서

"처음에 멋모르고 선뜻 번을 들지, 알고는 여간 맘 아니 가지고 들기 어렵겠습디다. 이번에 아흐레 동안 사람이 갑갑해서 죽을 뻔하였소이다."

하고 도야지 같은 얼굴을 치어들고 한번 씽긋 웃고서 총총히 나가버렸다. 그날 밤에 이교리가 홍문관에 번 든 것을 위에서 알게 되었다. 이교리는 편전에 불려들어가서 북도에서 고생하던 일을 일장 이야기하여 아뢰고 나중에 상소의 대지를 되풀이하여 사직할 뜻을 아뢰니 왕이

"너의 일은 전고에 듣지 못한 드문 일이라 내가 그 뒤를 아름

답게 하여주리라."

말씀하고 한참 있다가

"너는 의지 좋은 아내를 천인의 딸이라고 버리지 마라."

말씀하였다.

이교리가 편전에서 물러나온 뒤에 술이 내리어서 이교리는 임금의 은혜를 감격하게 생각하며 혼자서 취하였다.

그 이튿날이다. 위에서 특지特旨를 내리었다. 이교리의 직품을 돋우어서 동부승지를 제수하고 그 아내 양씨에게 숙부인 직첩을 내리라는 특지이다. 이교리가 이러한 은명恩命을 받은 뒤에는 망극한 성은을 저버리고 굳이 조정에서 물러가려 함은 신자의 도리가 아니라고 생각하여 사직할 맘을 그치고 출사出仕하게 되었는데, 숙배하러 들어온 이승지를 왕이 인견引見하고

"너의 아내는 인제 천인이 아니요, 조정의 명부命婦이다."

말씀하며 면상에 웃음빛을 나타내더니 나중에 웃음빛을 거두며 한숨을 짓고

"너는 나보다 낫다."

하고 말씀하였다.

다른 때 같으면 사헌부와 사간원의 간관諫官들이 이승지의 벼슬이 까닭 없이 갑자기 올랐다고 다투고 또 더구나 백정의 딸 숙부인은 변이라고 떠들었으련만, 일반 조정에서 이승지에게 동정하던 때라 양사兩司 간관들이 별로 다른 말이 없었을 뿐이 아니라, 백관百官 중에서는 미사美事로 칭송하는 사람이 도리어 많았

었다. 그리하여 이승지가 교리로 백정의 사위 노릇하였다는 이야기는 벌써 팔도에 자자하고 백정의 딸이 지금 숙부인이 되었다는 소문은 서울 안에 가득하게 되었다.

이승지의 집과 종과 세간은 거제에서 도망한 뒤에 적몰을 당하였었다. 그때 적몰한 것을 조정에서 도로 내어주고 또 호화롭게 사는 선배와 제배들이 이것저것을 보내주고 갖다 주고 하여서 이승지는 북부 안국방安國坊 대안동大安洞에 새로 와가瓦家 한 채를 장만하여 이사하고 살림살이를 떡 벌어지게 차리었다.

이승지가 거처하는 큰사랑에 대병풍, 소병풍이 둘러치이고 방 윗목에 이른 매화분까지 놓일 뿐이 아니라 안으로 들어가서 아직 주인도 없는 세간살이가 미비한 것이 없이 갖추어졌다. 부엌에 큰솥, 작은솥이 늘비하게 걸리고 장독간에 대독, 중두리, 항아리가 보기 좋게 놓이고 대청에 뒤주와 찬장이 쌍으로 놓였는데 뒤주 위에 용중항아리까지 쌍을 지어 놓이고 안방에는 문채 좋은 괴목장˚과 장식 튼튼한 반닫이가 곁자리 잡아 놓였는데 장 위와 반닫이 위에는 피죽상자, 목상자가 주섬주섬 얹혀 있고 이불장 위에는 이부자리가 보에 싸여 있고 재판 위에는 요강, 타구,˚ 화로뿐이 아니라 놋촛대, 유기등경鍮器燈檠까지도 놓여 있다. 그리하고 집에 있는 사람들이 수가 적지 아니하여 큰 집이 커 보이지 아니한다. 안에는 의복을 맡은 침모 중에 관복을 짓는 관대침모가 따로 있고 살림의 권을 쥔 차집˚ 아래 원반빗아치,˚ 곁반빗아치와 원동자치,˚ 곁동자치가 갖추어 있고, 그외에 상직꾼,˚ 아이종, 다듬이꾼, 솜 피는 할미까지 있어서 안방 외의 여러 방에 주인 없는 방이 없고 사랑에는 세간 청지기, 수청 청지기와 큰 상노, 작은 상노가 두 수청방에 나뉘어 있고 차차로 드나드는 문객들이 작은사랑에 모여 있어서 사랑에 쓰지 않는 방이 없다. 행랑에 내외 가진 종들과 행랑사람이 있고 하인청에 교군을 메고 말을 모는 구종˚들과 교군 뒤나 말 뒤를 따라다니는 별배別陪들이 있는 중에 안에 드나들며 안심부름하는 안별감이 따로 있는 것은 말할 것도 없다.

 사람은 이렇게 많지만 한 달 삼십일에 번을 들다 볼일 못 보는 동부승지 영감 외에 원주인이 하나도 없으니 사랑은 세간 청지기의 살림이요, 안은 차집의 살림이라 이승지가 틈이 있는 대로 세밀하게 총찰하나 안살림은 자연히 사랑살림만큼 규모가 짜이지 아니한다. 그리하여 안주인을 맞아올 일이 급하였다. 이승지가 함흥으로 하인을 보내는데 주팔에게 편지를 부치는 외에 함흥군수에게 편지하여 전날에 자기가 힘입은 것을 치사致辭하고 내행內行이 올 때 힘을 빌려달라고 청하였다.

• 괴목장(槐木欌)
회화나무로 만든 장.
• 타구(唾具)
가래나 침을 뱉는 그릇.
• 차집
부유한 집에서 음식장만 따위의 잡일을 맡아보던 여자.
• 빗아치 관아의 어떤 부서에서 사무를 맡아보던 사람.
• 동자치
밥짓는 일을 하는 여자 하인.
• 상직꾼 집안에서 부녀의 시중을 드는 늙은 여자.
• 구종(驅從) 벼슬아치를 모시고 따라다니던 하인.

 이교리가 함흥을 떠난 뒤에 두 달이 가까웠다. 봉단이는 서울 소식을 기다리며 하루 이틀 보내는데, 배는 조금 불러오고 얼굴은 몹시 야위었다. 하루는 원이 주삼을 관가로 불러들이어서

"이교리 나으리가 그동안 동부승지로 승직陞職이 되어 이승지 영감이 되시고 너의 딸이 숙부인이 되었다."

일러주고

"숙부인이란 것이 나라에서 주시는 귀한 칭호라 시골 백정의 딸은 고사하고 서울 양반의 집 딸도 저마다 못하는 것이다. 너희 같은 고리백정의 집에서 숙부인이 나다니 전고에 없는 일이다. 너의 딸은 인제 조정에서 부인을 봉하여 주신 사람인즉 너의 동네 사람, 아니 너희들 내외까지도 아무개야 하고 이름을 불러서는 못쓸 것이니 그리 알고 위하여라."

가르쳐 내보냈다. 주삼이가

"숙부인 마님, 숙부인 마님."

중얼거리며 미친 사람같이 뛰어나와서 집에 들어서며

"경사가 났다. 집안에 큰 경사가 났다."

소리를 지르고 춤을 추며 마당을 도니 주삼의 아내도

"무슨 경사요?"

주팔이도

"무슨 경사요?"

묻고 봉단이까지도

"무슨 경사입니까?"

묻는데 돌이만이 저의 고모부가 한 발은 짚신 신고 한 발은 맨발로 껑충거리고 돌아다니는 꼴을 우두머니 보고 있었다. 주삼이가 간신히 진정하고 봉단의 숙부인 된 기별을 들려주니 주삼의

아내가 봉당 위에서 마당으로 껑충 뛰어내려와서
 "내 딸이 숙부인이야!"
소리를 지르더니 두 활개를 벌리고 덩실덩실 춤을 추며
 "얼싸 좋다, 내 딸이 숙부인이다. 숙부인이 내 딸이다. 얼씨구 좋다."
하고 내어놓는 소리가 그대로 노랫가락이다. 진정하였던 주삼이가
 "내 딸이 숙부인이야. 내 딸이 숙부인이다."
하며 그 아내의 뒤에 서서 다시 어깨를 으쓱거리었다. 춤이 끝난 뒤에 주삼이가 원이 가르쳐주던 말을 옮기고
 "인제는 봉단이라고 이름을 부르지 맙시다."
하고 아내를 돌아보니 그 아내는 별안간 화를 벌컥 내며
 "숙부인이거나 무슨 부인이거나 내 밑구멍으로 나온 것을 이름도 못 부를까? 부르거나 말거나 내 맘이지, 누가 이래라저래라 한단 말이오?"
하고 여러 사람의 얼굴을 점고하듯이 돌아보니 주삼은 무료하여 말이 없고 주팔은 빙그레 웃고 있고 숙부인 당자는 고개를 숙이고 있고, 이때껏 아무 말이 없던 돌이는
 "아주머니 말이 옳소, 옳아."
하고 대답하였다.
 그날부터 며칠 동안 주삼의 집에는 치하하러 오는 사람에 문이 메었다. 주삼의 결찌는 말할 것이 없고 평일에 왕래가 없던

양민까지도 많이 왔고, 한번 온 사람은 말할 것이 없고 두서너 번 온 사람까지도 적지 아니하였다. 그중에 여편네들이 많이 와서 윗방에는 늙은 여편네, 젊은 여편네가 사오인 칠팔인씩 함께 몰려 앉을 때가 흔하였다. 말하자면 한동안 주삼의 집 윗방이 동네 여편네의 도회청˚과 같이 되었던 것이다. 여편네가 모이면 종작없는 잔소리가 많다.

"여보, 따님을 밸 때 무슨 치성을 드렸소?"

"이 집 따님 같은 딸은 열 아들로 바꾸지 아니할 딸이니까 무슨 치성이든지 드리셨겠지."

"백일 동안 북두칠성님께 정화수를 올리셨소?"

"백일 동안 산천기도를 올리셨소?"

"기린산麒麟山 신령님이 영검하시답디다그려."

"산신령님이 부처님만 한가요? 천불산天佛山 중천사中天寺 부처님은 참말 영검하시답디다."

"떵기떵기떵선아 날아가는 학선아, 노구메 진상 내 딸아를 들어보지 못했소? 기린산 가고 천불사 가는 이 꽃섬〔花島〕 사당집에 노구메 진상이 첫째지요."

이렇게 치성 이야기가 한바탕 벌어지기도 하고

"여보, 따님을 밸 때 무슨 태몽을 얻었소?"

"주인댁 따님 같은 딸을 낳는 데는 태몽도 정녕 좋았겠지."

"달을 삼켜보면 귀한 딸을 낳는답디다."

"뱀은 아들이고 구렁이는 딸이랍디다그려."

"가락지도 딸이래요."

"가락지뿐인가요? 구멍 있는 것은 모두가 딸이지요."

"윗동네 간난이 어머니는 간난이 밸 때 꿈에 쌍동밤을 따먹었더라오."

"쌍동밤 가지고야 숙부인 딸을 날 수 있소?"

"그래도 간난네는 간난이가 나며 집이 늘기 시작했답디다."

"용호댁네는 용꿈을 꾸고 아들을 나서 귀히 된다고 떠들더니 그 아들 몽룡이가 지랄쟁이가 되어서 부모 걱정만 시킵디다."

이렇게 태몽 이야기가 한판을 짜기도 하였다. 수선스러운 여편네는 머릿방에 가만히 들어앉았는 봉단을 쫓아가서 얼굴을 들여다보며

● 도회청(都會廳)
계 모임이나 마을 모임을 위해 마련한 집.

"마님을 바치더니 얼굴이 전보다 환하구려. 사내로 나서 영감을 바쳤더면 좀 좋을 뻔했나."

하고 정이 뚝뚝 듣는 듯이 봉단의 손목을 잡으며

"서울은 언제 가오? 한양 천리 한번 가면 다시 보기 어려우니 여기 있는 동안이나 자주자주 만납시다."

하고 수다를 떨었다. 이렇게 수선한 며칠 동안 봉단이는 성가시고 귀찮아서 얼른 서울로 가고 싶은 생각뿐이더니, 그 뒤에는 부모를 떠날 생각과 서울 가서 지낼 생각이 슬픔과 걱정으로 변하여서 도리어 하루라도 고향에 더 있게 되기를 바랐었다.

이리하여 별로 서울 기별을 기다리지도 않는 중에 서울 하인이 도착하였다. 주팔이가 이승지의 편지를 보고 서울 사정이 급

한 모양이니 하루바삐 떠나야 한다고 재촉할 뿐이 아니라 원이 이승지의 청으로 치행治行 절차를 차려 보내며 곧 떠나라고 말하여 봉단이는 할 수 없이 총총히 고향을 떠나게 되었는데, 때는 벌써 동짓달 초생이라 흰 눈은 들에 덮이고 눈 위에 찬바람은 칼날같이 매서웠다. 주삼이가

"이 치운 때 홀몸도 아닌 사람이 어찌 가겠느냐?"

걱정하니 주삼의 아내는

"칩거나 덥거나 갈 사람은 어서 가야지."

하고 주삼이가

"보교步轎 안바람에 발이 시려서 걸어가는 것만도 못할걸."

걱정하더니 주삼의 아내는

"솜 두둑이 둔 버선을 신겨 보내면 고만이지."

한다. 이렇게 주삼은 걱정만 하고 다니는데, 주삼의 아내가 치행하는 일을 이것저것 모두 보살피고 봉단이가 눈물을 흘리며 하직할 때까지도 어서 보교를 타라고 씩씩하게 굴다가 봉단이가 보교 안에 들어앉고 동네 여편네가 둘러선 중에 교군꾼이 보교를 메고 삽작문 밖으로 나갈 때는 따라나올 생각도 아니하고 봉당에 주저앉아 한바탕 울음을 내놓았다. 주삼이와 돌이는 오리가량이나 따라와서 주삼은

"잘 가거라. 내년 봄쯤 한번 가마."

하고 돌이는

"이담에 가거든 외대外待나 말게."

하고 봉단과 작별한 뒤에 각각 배행하는 주팔과도 작별하고 돌아갔다. 주팔이는 머리를 수건으로 동인 위에 패랭이를 젖혀 쓰고 동저고리 바람에 짚신감발하고 서울서 내려온 하인과 함께 걸어서 보교 뒤를 따랐다.

봉단의 일행이 서울에 도착한 뒤 달포 동안 이승지 집 안팎 하인들 사이에는 봉단의 근본을 들추는 뒷공론이 그치지 아니하였다. 처음에는 단순히 주인영감을 꺼리어서 겉으로 대접하나 겉대접 대신에 뒷공론이 말 아니게 심하였다.

"정수리에 감쪽을 붙인 꼴이라니 천생 시골 백정의 딸이야."

"입은 옷 꼬락서니라니 보병것* 이나마 제도가 되었어야지."

• 보병것 조선시대에 보병목으로 지은 옷을 이르던 말. 보병목은 백성이 바치던 옷감으로 올이 굵은 무명을 이른다.

"그 삼촌 명색을 보지, 시골 백정놈 주제에 조카딸 자세하고 점잔 빼는 꼴이라니 눈이 시어 못 보겠어."

"백정의 딸년더러 마님이라고 부르자니 작년에 먹은 올벼 송편이 되살아 올라올 지경이야. 도망이라도 해야지, 이 집에서 못 살아."

달포 지난 뒤에는 뒷공론이 조금 변하였다.

"감쪽을 떼고 머리를 쪽찌니까 이쁘장스럽던데. 그렇지만 아무래도 시골 백정의 딸이라 태가 나지 아니해."

"동이 짧은 회장저고리를 입은 것이 대단히 거북살스러워 보이더군. 긴 치마를 늘이니까 마당발이 가려져서 흉 하나가 덮이겠지."

"말수가 적은 것이 잔소리는 심하지 아니할 모양이야. 차차 지내보면 알겠지만 백정의 딸로는 사람이 제법이야."

달포가 가까워진 뒤에는 뒷공론이 처음과 아주 딴판으로 변하였다.

"이쁘고 맘씨 좋고 시골 사투리 외에는 훌륭한 젊은 마님이야. 어디가 백정의 딸 같기나 해?"

"그 삼촌도 여간 유식하지 아니한 모양이야. 함흥서는 백정학자라고 유명하더라지?"

뒷공론을 받고 지내는 동안에 봉단이는 남모르게 애도 많이 태우고 속도 많이 상하였다. 주팔이는 이승지가 따로 방 하나를 치워준 까닭에 주는 옷 입고 주는 밥 먹고 가만히 방에 들어앉아서 심심하면 책자나 떠들어보고 지낼 뿐이니까 별로 견디기 어려운 일이 없었지만, 봉단이는 그렇지 못할 것이 천생은 아무리 총명하여도 병신 구실을 아니하지 못할 처지다. 침모, 차집 이하 여러 사람에게 둘려 지내며 서투른 것을 익히고 모르는 것을 배우노라니 견디기 어려운 일을 많이 당할 것이 정한 일이다. 이승지가 번 나와서 내외 단둘이 마주 대하여 앉게 되는 밤저녁 이외에는 일시라도 맘을 놓고 지내지 못하였다.

그러나 애를 태우고 속을 상하는 대신에 문견聞見이 나날이 늘어갔다. 워낙 소명한 재질이라 남이 하는 일을 한두 번 눈여겨보면 못할 것이 없기도 하였지만, 관디침모가 나이 지긋하여 아는 것이 많고 더욱이 사람이 좋은 까닭에 바느질도 배우고 언문도 배우고 서울 풍속도 배우고 또 양반집의 봉제사奉祭祀 접빈객接賓客하는 범절까지도 많이 배웠고 차집은 성미 있는 사람인 까닭에 비위를 맞춰가며 음식 만드는 법을 아무쪼록 골고루 배웠다. 그리하여 한 달이 채 못 되어서 바느질이나 또는 음식 만드는 것이나 거의 막힐 것이 없이 되었다. 번상˚을 차릴 때

"저 명란 접시에 움파를 곁들여놓는 것이 좋지 않소?"
차집보고 말하고, 옷을 지을 때

"이 저고리 깃은 모를 좀더 동글리는 것이 보기 좋지 않겠소?"
침모보고 말을 하여도 침모나 차집이 고개를 외치지 않을 만큼 되었다. 부리는 사람에 대한 말은 아이종 이외에는 곁동자치에게까지도 '해라'를 쓰지 않고 '하오'를 쓰던 것을 이승지가 그리 말라고 말하여 아랫도리에 도는 하인에게 간혹 '해라'도 쓰지만 대개는 말끝이 없는 반말을 쓰고 솜 피는 할미 같은 늙은이와 관디침모나 차집 같은 대접할 사람에게는 깍듯이 '하오'를 쓰던 것이다.

• 번상(番床) 번을 들 때 자기 집에서 차려 내오던 밥상.
• 공고(公故) 벼슬아치가 궁중에서 행하는 행사에 참여하던 일.
• 모방 안방 한 모퉁이에 붙어 있는 작은 방.

하루는 이승지가 감기 기운이 있어 공고˚에 탈하고 집에 누웠는데, 아무리 하여도 사랑은 부산하여 성가시다고 안방 모방˚에 이부자리를 펴고 누워서 부인이 안방에 나가 있을 사이가 없이 마님 여쭈라고 불러들였다. 심부름하는 아이종들이 나가고 내외만 있을 때 누운 이승지가 앉은 부인의 배를 가리키며

"밥을 하루 몇 끼나 먹기에 배가 저렇게 부른고?"
하고 웃다가 그치고 손가락을 꼽아보며
"일곱 달로는 배가 부르지 아니한 셈이오. 예사 밥 좀 많이 먹은 사람의 배밖에 아니되오그려."
하고 치마 밑으로 배를 만져보려고 하니 부인은 몸을 피하며
"이승지 영감이 아내 대접을 김서방같이 하셔서야 되겠습니까?"
하고 눈으로 웃는데 이승지는 가만히
"이승지도 봉단이 생각은 놓지 못한다던데."
하고 소리내어 웃었다. 그날 내외가 조용히 이야기하는 중에 부인이 섣달 그믐이 멀지 아니하였다고 설 쇨 준비를 걱정하다가 이승지가
"우리 살림으로 설 쇠기가 처음이니 무엇이든지 하고 싶은 대로 하시오."
하는 말에
"뒤에 딴 말씀은 못하십니다."
하고 뒤를 다져두었다. 며칠 지난 뒤 이승지 부인이 차집을 데리고 집안 사람들에게 세찬 줄 것을 의논하는데, 모든 것을 과하도록 후하게 정하여 주인영감에게 말하니 영감이 처음에는 너무 과하다고 말하다가
"딴 말씀 아니하신다더니."
한마디에 웃고 부인의 말을 좇았다. 그 뒤로는 하인들 사이에 백

정을 들추는 뒷공론이 그치었다.

　설이 지나가고 경칩 추위까지 지나가고 새봄이 돌아왔다. 그 동안 주팔이는 이승지에게 명주옷까지 얻어 입고 입쌀밥으로 배를 불리고 지냈으나, 아무 할 일도 없이 나돌아다니다가 하인들에게라도 망신을 당하면 자기의 조카딸은 고사하고 주인영감의 안면까지도 깎일 것이라 갑갑한 것을 참아가며 가만히 방구석에 들어앉았었다. 조카딸의 얼굴을 보기는 한 달에 한번이 어려웠고 주인영감과 한방에 앉아보기는 열흘에 한번이 드물었다. 말벗이 되어주는 사람이 별로 없었던 까닭으로 종일 말하는 것이 마디수를 헤아릴 만큼 적었었다. 주팔이는 자기가 겨울 벌레의 신세와 방사하다고 생각하여 겨울 벌레를 두고 글귀까지 지은 일이 있었다.
　주팔이가 남창을 열어놓고 눈 녹은 뒤 남산의 부드러운 자태를 바라보고 앉았다가 '종남산終南山 새봄'이라는 글제로 귀글을 지으려고 하였다. 그러나 울적한 심사가 글구멍을 막았던지 글이 한 구도 잘 되지 아니하여 뜰아래로 내려와서 이리저리 거닐었다. 얼마 뒤에는 뜰 밑에 쪼그리고 앉아서 낙수받이의 모래를 두 손가락으로 집었다 놓았다 하였다. 그리하는 중에 꼬물꼬물 돌아다니는 개미들이 눈에 뜨이었다. 댓돌 밑에 있는 개미굴을 찾아와서 드나드는 개미를 들여다보느라고 다시 쪼그리고 앉는데, 개미들은 혹 혼자 따로 떨어져서 앞발로 수염을 닦달하는 놈도 있고 혹 오다가 다시 서로 만나서 수염으로 인사하는 놈도 있고 그외에 양기를 받아서 기운을 내려는 듯이 따뜻한 햇볕을 쪼이며 이리저리 돌아다니는 놈이 많았다. 주팔이가 종남산 새봄도 잊어버리고 잠착히 개미를 들여다보고 있을 때, 그날 번을 나와 집에 있던 이승지가 안에서 주팔의 방으로 나오는 일각문을 나서서 쪼그리고 돌아앉은 주팔을 보고

"댓돌에 대고 대죄할 일이 있는가?"

하고 껄껄 웃으니 주팔이는 놀라 일어나 돌아서며 별로 의미도 없이

"아니올시다."

하고 대답하였다. 이승지는 그 대답이 우스워서 또다시 껄껄거리고, 주팔이는 운에 딸리어서 입을 벌리고 웃었다. 이승지가 창문 앞 툇마루에 걸터앉은 뒤에 주팔이가 그 앞에 서서

"그렇지 않아도 영감을 뵈옵고 좀 여쭐 말씀이 있었는데, 오늘 마침 한가하신가 보오이다그려."

말하니 이승지는 섰는 주팔의 얼굴을 치어다보며

"무슨 말인가?"

하고 물었다. 이리하여 주팔이와 이승지 사이의 문답이 한참 동안 길게 계속되었다.

"간단히 말씀하면 영감께 잠깐 하직을 여쭈려는 것이올시다."

"하직이라니? 왜? 무슨 불만이 있나?"

"아니올시다. 등 덥게 입고 배부르게 먹고 지내니 무슨 불만

이 있겠습니까만, 원래 산야山野에서 자란 것이라 서울이 갑갑할 때가 많습니다."

"서울이 갑갑해? 차차 있어나면 갑갑증이 없어지지."

"다시 서울을 오더라도 시골 가서 돌아다니다 오겠습니다."

"아니야, 시골 갈 생각 말고 서울 있어. 내가 내외간에 의논한 일도 있지만, 자네가 일생을 홀아비로 지낼 까닭이 있나? 그러니까 내가 여편네 하나를 구해서 서울 살림을 차려줄 작정이야."

"그리할 수는 없습니다."

"그리할 수 없을 것이 무엇인가? 남의 정을 막지 말게."

"영감께 정이 들지 아니하였다면 서울을 올 까닭도 없고 천한 종적으로 거북한 것을 무릅쓰고 서울서 한겨울을 날 까닭도 없습니다. 그렇지만 겨우살이를 마친 벌레와 같이 꿈실거릴 생각이 나서 잠깐 하직을 여쭈려는 것입니다. 뵈옵고 싶은 정이 간절하면 또다시 오겠습니다."

• 잠착(潛着)하다
한 가지 일에만
정신을 골똘하게 쓰다.

"허허, 고집 아니할 것을 고집하네그려. 그래 가면 함흥으로 가려나?"

주팔이는 다리가 아프던지 툇마루 한끝에 올라앉은 뒤에 다시 입을 열었다.

"고향에 가려는 것이 아니올시다. 평생에 명산대천을 구경하려는 소원을 가지고 이십 안에 명천 칠보산과 회령 두만강을 구경하고 이십이삼세 때에 회양 금강산을 구경한 외에는 다른 유명한 산천을 구경하지 못하였습니다. 인제 차차 좀 소원을 풀어볼까 합니다."

"산천 구경이 소원이거든 우선 북한北漢 가서 삼각산이나 구경하게."

하고 이승지가 웃는데 주팔이는 웃지도 않고

"삼각산은 구경할 기회가 앞으로 많이 있을 듯하니까 먼 데 있는 산천부터 구경하렵니다. 우선 남으로 내려가서 지리산, 한라산을 구경하거나 또는 서로 가서 묘향산을 구경하거나 하렵니다."

하고 결심한 것을 말하였다. 이승지가 주팔의 결심을 돌리기 어려운 것을 본 뒤에

"그러면 지금 영변부사가 나의 친한 사람이라 편지를 해줄 것이니 묘향산이나 구경하고 곧 올라오도록 하게."

허락하였다. 며칠 뒤에 주팔이는 왕반往返 두 달 동안을 작정하고 묘향산 구경을 떠나갔다.

주팔이 떠난 뒤에 얼마 되지 아니하여 이승지 집에 객식구가 다시 하나 생기었다. 그 객식구는 이승지의 유모의 아들이다. 그전에 거제 배소에까지 전위하여 찾아갔던 삭불이다. 어느 날 저녁때, 이승지가 사랑방에 혼자 누웠는데 젊은 수청지기가 방으로 들어와서

"어떤 젊은 자 하나가 밖에 와서 영감마님을 뵙겠다고 한답니다."

말하였다. 이승지는 누운 채로

"어디서 왔는지 알아보지 않았단 말이냐? 젊은 자가 누구란 말이냐?"

청지기를 나무라니 청지기가

"어디서 왔느냐고 물어야 그것은 대답하지 않고 삭불이라고 여쭈면 영감마님께서 아신다고 하더랍니다."

말하자마자 이승지가

"무어 삭불이?"

하고 벌떡 일어앉으며

"어디 있느냐?"

하고 급히 물었다.

"하인청에 있답니다."

"어서 불러라."

청지기는 삭불이가 누구인데 주인영감이 저렇게 반색하나 속으로 괴상히 생각하며 수청방으로 나온 뒤에 설렁을 쳐서 하인을 불렀다. 이승지가 앞미닫이 한 짝을 열어놓고 앉았는데 삭불이가 들어와서 뜰아래에서 문안을 드리니 이승지가 내다보며 말하였다.

"너 어디 가서 있었느냐? 너를 한번 만나고 싶어서 그동안 더러 알아도 보았다만 어디 알 수가 있드냐?"

"소인은 그동안 경상도 문경 땅에 가서 있었습니다."

"문경은 어째서?"

"영감님도 아시지만 소인의 동무 한치봉이가 연전에 죽었습

니다. 그 뒤로는 서울서 생화˙가 잘 되지 아니하는 까닭에 문경
까지 불려갔었습니다."
　이승지는 삭불이의 말을 듣고
　"생화, 생화."
　두서너 번 뇌고서
　"문경 가서는 무엇하였느냐?"
하고 물으니 솔랑솔랑하던 삭불이는 낫살을 먹어도 별로 전과
다름이 없어서 몸을 잠시 가만히 두지 아니하고 깝신거리면서
　"그저 그럭저럭 지냈습니다."
하고 대답하였다.
　"그럭저럭이라니, 그럭저럭 그 생화란 말이지?"
하고 이승지가 맘에 마땅치 못한 듯이
　"으응."
하고 입을 다무니 삭불이는 두 손길을 마주 잡고
　"영감마님께 기망하올˙ 길이 있소이까?"
하고 허리를 굽실하였다. 이승지는 다소 화가 나는 어조로
　"그런 생화를 두고 어째 또 서울을 왔느냐?"
하고 삭불의 얼굴을 노려보니 삭불이가 또 허리를 굽실하며
　"작년에 새로 온 원님이 너무 까다로운 까닭에 생화가 시원치
않으와요. 그래서 다시 서울로 왔습니다."
하고 머리를 까닥하여 갓을 빼또롬하게 쓰고 다시 한번 허리를
굽실하였다. 그날 밤에 이승지가 조용히 삭불이를 불러세우고

나무라기도 하고 타이르기도 한 뒤에 아직 자기 집에 있으라고 말하여 삭불이가 이승지 집의 객식구 노릇을 하게 되었다.

주팔이가 돌아온다던 두 달 기한이 되었다. 그러나 주팔이는 오지 아니하였다. 한 달 두 달 지나가서 주팔이가 서울을 떠난 뒤 반년이 넘었다. 그래도 주팔이는 오지 아니하였다. 그동안에 주삼이 내외가 서울 올라와서 얼마 동안 묵었는데, 주삼이는 주팔을 만나보고 가겠다고 더 묵으려고 하였으나 주삼의 아내가 거북살스럽고 토심˚스러운 것을 참지 못하여 남편더러 가자고 재촉하여 도로 내려갔고, 이교리를 배소에서 도망시켜 주던 거제 집주인이 서울 올라와서 이승지의 후대를 받다가 오래는 묵을 수 없다고 돌아갔고, 또 이승지 부인이 사월 초생에 아들을 낳아서 그 아이가 지금 백일이 지났다. 이승지가 처음 두 달이 지났을 때는 주팔이가 구경에 팔리어 늦는 것이라고 그다지 걱정을 아니하였으나, 두 달이 석 달이 되고 석 달이 넉 달이 되어 차차 오래되어갈수록 차차 걱정이 더 되어서 내외가 앉으면

● 생화 먹고사는 데 도움이 되는 벌이나 직업.
● 기망(欺罔)하다 남을 속여넘기다.
● 토심(吐心) 남이 좋지 않은 낯빛이나 말투로 대할 때 일어나는 불쾌한 반응.

"길에서 화적에게 죽었나? 산에서 범에게 죽었나?"
걱정이 한이 없었다.

이승지가 영변부사에게로 알아본즉 당초에 편지를 가지고 온 사람이 없었다는 기별이 왔다. 이승지는 자기도 걱정이 되려니

와 그 삼촌이 어디서 죽은 것이라고 눈물을 흘리는 부인을 위로하기 위하여 사람을 보내어 찾아보기로 작정하고 또 보낼 사람은 삭불이로 작정하였다. 이승지가 주팔의 용모와 거동을 세세히 일러준 뒤에 삭불이를 묘향산으로 떠나보내었다.

주팔이는 이월달에 서울을 떠난 뒤에 급할 것이 없는 길인만큼 중로에서 달소수를 넘어 허비하고 삼월 망간望間에 묘향산을 들어서게 되었다. 묘향산은 희천, 영변, 영원, 덕천 네 고을 사이에 사백여리 동안을 웅거하고 서리어 있는 겹산이라 상봉上峰인 비로봉 외에 석가봉, 관음봉, 원만봉, 향로봉, 법왕봉이며, 미륵彌勒, 칠성七星, 지장地藏, 시왕十王, 가섭迦葉, 아난阿難이란 이름 가진 봉이 첩첩이 싸이어 이곳저곳에 솟아 있고, 팔만구 암자라는 말이 나고 내산內山에 삼백육십 사寺가 있었다는 기록이 있도록 절과 암자가 많은 곳이라 서도 대찰로 일국에 이름이 높은 보현사普賢寺 큰절 외에도 도승의 유적이 많기로 유명한 안심사安心寺와 폭포의 경치가 좋기로 이름난 상원암上院菴 같은 것은 말할 것도 없고 골짝마다 봉우리마다 토굴이나 암자가 없는 곳이 없는데, 금강굴이다 불영대佛影臺다 또는 내원암內院菴이다 하는 중이 있는 곳도 많지마는 상중하 도솔암兜率庵이나 또 상중하 비로암毘盧庵이 있다고 하는데 중이 없어 퇴락한 곳도 많고, 무슨 암자 무슨 암자가 있었다고 하는 빈터만 남은 곳도 적지 아니하였다.

주팔이는 만세루萬歲樓에 올라앉아 천주암天柱岩이 높이 솟은 탁기봉卓旗峰을 바라보기도 하고 단군대檀君臺를 올라가서 조선 시조 단군님이 나셨다는 단군굴을 들여다보기도 하였다. 주팔이가 큰절에서 얻어먹고 작은 암자에 와서 자기도 하고 이 암자에서 얻어먹고 저 암자에 가서 자기도 하여 이리저리 왕래하는 중에, 낮은 땅의 복사꽃과 높은 산의 진달래를 신기하게 보지 않고 낮에 우는 접동새와 밤에 우는 소쩍새를 예사롭게 듣도록 묘향산 안에서 여러 날을 지내었다. 주팔이가 일간 떠나서 서울로 돌아가려고 맘을 먹고 있던 때에 삼성대三聖臺에서 멀지 아니한 곳에 있는 조그마한 암자에서 이상한 사람 하나를 만나보았다. 그날 주팔이가 비로봉에 올라갔다가 내려오는 길에 수미대須彌臺, 백운대白雲臺를 거치어 삼성대에 와서 다리를 쉬고 앉았다가 우연히 이 암자가 있는 곳으로 와서 암자 밖에 서서 퇴락한 것을 보고

"여기도 중이 없는 모양이로군."

하고 혼자 탄식하며 안을 들어가보지도 아니하고 그대로 길을 찾아서 내려가려고 하는데, 암자 안에서 사람의 말소리가 나는 것을 들었다.

"아이구, 사람이 있네."

하고 돌아서서 안으로 들어간즉 겉은 퇴락한 암자지만 안은 정결하다. 마당에는 비질을 깨끗이 하였고 마루에는 걸레질을 깨끗이 하였다. 볕에 말리려고 뜰에 널어놓은 송엽松葉 외에는 티

끝 하나가 없어 보이었다. 열어놓은 창문으로 방을 들여다본즉 두 사람이 마주 대하여 앉았는데, 한 사람은 책상다리로 앉았고 또 한 사람은 꿇어앉았다. 책상다리한 사람은 머리는 깎았으나 수염은 남겼고 참선하는 수좌首座가 입는 것 같은 누더기옷을 입었는데 나이가 사십가량 되어 보이고, 꿇어앉은 사람은 머리도 깎지 않고 옷도 반반하게 입었는데 나이가 이십이 못 되어 보이었다. 주팔이는 들여다보아도 방안에 있는 두 사람은 내다보지 아니하는 까닭에 주팔이가 사람이 온 것을 알리려고 기침소리를 내었다. 그러나 젊은 사람은 흘끗 한번 내다보고 말이 없이 책상다리한 사람의 얼굴을 치어다보고 책상다리한 사람은 여전히 모른 체하고 앉아서 내다보지 아니하였다. 주팔이가 널린 송엽을 피하여 뜰에 올라서며

"구경 다니다가 잠깐 다리를 쉬러 들어왔습니다."
말을 통하니 책상다리한 사람이 그제야 내다보며
"그 마루에 앉아 쉬어 가시오."
대답하고 나서 젊은 사람에게 향하여
"나가 있다 오너라."
이르고 젊은 사람 앞에 펴놓았던 책을 접어 치우니 그 젊은 사람이 일어서 마루로 나왔다. 주팔이 그 사람이 나오는 것을 보고 다리를 쪼그리고 앉으니 그 사람이 편히 앉으라고 권하였다.

주팔이는 어려워하는 빛을 보이며
"저는 천인이올시다. 이렇게 앉았기도 황송하오이다."

말하고 다리를 더욱 쪼그리니 젊은 사람이 웃으며

"관계 없소. 편히 앉으오. 아까 선생님께서 오늘 신시申時에 점 잖은 천인이 찾아오리라 말씀하시더니 지금 신시 때나 되었을 걸."

하고 해를 치어다보려고 고개를 기울이는데, 방안에 앉았던 선생님이란 사람이

"륜倫아, 입을 가볍게 놀려서는 못쓰는 법이야."

하고 젊은 사람을 나무라서 그 사람도 말이 없고 주팔이도 말이 없이 한참 동안 앉았었다.

주팔이가 너무 오래 앉았기가 미안하여 일어서며 그 젊은 사람을 보고

"가겠습니다."

하고 뜰에 내려와서 방안을 들여다보며

"다리를 잘 쉬어가지고 갑니다."

하고 인사를 하니 선생님이란 사람은 말없이 고개만 한번 끄덕이었다.

주팔이는 산길로 내려오며 생각하였다.

'그 사람이 무엇일까? 도승일까? 이인일까? 내가 갈 것을 미리서 알고 있었다지! 도기道氣가 있는 외모만 보더라도 분명히 이상한 사람이야! 내가 그 사람 밑에 가서 제자 노릇이나 해보겠다. 제자 되겠다고 청하면 선선히 들어줄까? 지성감천이라니 어디 정성을 들여보지.'

주팔이는 중 있는 어느 암자에 와서 그날 밤을 지내고 이튿날 첫새벽에 일어나서 채 잘 보이지도 아니하는 산길을 더듬더듬하며 올라갔다. 그 암자의 문은 열리어 있었으나 암자 안은 괴괴하여 인기척이 없었다. 암자 안에 들어와서 본즉 방문은 닫혀 있다. 아직 기침을 아니한 것이거니 주팔이는 생각하며 가만가만히 비를 찾아서 비 끝을 눌러가며 마당을 깨끗이 쓸어놓고 또 걸레를 빨아가지고 달그락 소리도 나지 아니하도록 조심하며 마루를 정하게 닦아놓았다. 날은 환히 밝아서 해도 들 때가 되었는데 방문은 아직도 열리지 아니하였다. 주팔이는 마루 구석에 쪼그리고 앉아서 방안에서 기침하기를 기다리다가 문 앞길이나 쓸어놓으리라 생각하고 뜰아래로 내려오는데, 그때

"손님이 와서 집안을 치워놓으셨군."

말소리가 먼저 들리며 젊은 사람이 문밖에서 들어왔다. 주팔이는 깜짝 놀라며 마주 나가서

"어디를 이렇게 일찍이 갔다오십니까?"

물으니 젊은 사람은

"선생님이 행기하러˙ 가시는데 뫼시고 갔었소."

대답하고는

"새벽에 행기하러 가셔요?"

묻고 또

"선생님은 다른 데 가셨습니까?"

물어야 젊은 사람은 말 많이 하기를 피하려는 듯이 고개를 끄덕

이어 그렇다는 뜻을 보이고 뒤를 돌아보아 뒤에 온다는 뜻을 보일 뿐이었다. 얼마 아니 있다가 선생님이란 사람이 들어왔다. 주팔이가 집안 치워놓은 것을 잠작하련만도 말 한마디가 없고 공손히 인사하여도 역시 말 한마디가 없었다.

젊은 사람이 방문을 열어놓고 선생이란 사람이 방안에 들어앉은 뒤에 주팔이가 뜰아래에 서서

"여쭐 말씀이 있습니다."

하고 허리를 굽히고

"말씀 여쭙기가 외람하오나 제자로 두시고 가르쳐주시기를 소원합니다."

하고 공손히 절하였다. 그 대답이 떨어지기를 기다리었으나 대답이 없다. 주팔이는 다시 공손히 절하고 일어나서

● 행기(行氣)하다
기운을 차려 몸을 움직이다.

"하인으로 두시고 부리어주시기라도 하시면 원이 없겠습니다."

말하니

"하인 쓸데없소."

간단한 대답으로 거절한다. 주팔이는 서 있었다.

'옛사람은 선생의 집 문앞에서 석 자 눈이 쌓이도록 서 있었다 하니 나도 그만한 정성을 보이리라.'

주팔이는 속으로 생각하며 두 손길을 맞잡고 단정하게 서 있었다. 다리에 피가 내리도록 서 있었다. 다리가 떨리었다. 그래

도 그대로 서 있었다. 다리가 남의 것같이 되었다. 그래도 그대로 서 있었다. 나중에는 주팔이가 쓰러지지 아니하려고 애를 쓰나 다리가 말을 듣지 아니하여 썩은 나무같이 쓰러졌다. 방안에서는 내다보는지 아니 보는지 말 한마디가 없고 선생과 제자가 수작하는 나직나직한 말소리가 이따금 들릴 뿐이었다. 주팔이가 맨땅에 주저앉은 뒤에 젊은 사람이 방에서 나와 가엾게 여기는 눈치로 주팔을 바라보면서 선생님이 올라오라신다고 말하였다. 주팔이는 인제 허락이 나는가 보다 생각하며 기어올라가다시피 하여 마루로 올라갔다. 젊은 사람이 쌀가루 한 봉지와 맑은 물 한 그릇을 주어서 먹었으나, 기다리는 선생의 허락은 나지 아니하였다. 그날은 마침내 선생의 허락하는 말을 듣지 못하고 중에게 와서 자고 이튿날 또 첫새벽에 올라가서 마당 쓸고 마루 치고 선생이 행기하고 들어온 뒤에 뜰아래 서 있었다. 그러나 그날도 역시 전날과 같이 선생이 허락하는 말을 듣지 못하였다.

  사흘 되던 날 첫새벽에 주팔이가

  '정성이 부족한 탓이다. 오늘은 그 암자에서 밤을 새우더라도 선생님의 허락을 받도록 정성을 들이리라.'

생각하고 올라오니 그날은 선생이 행기하러 나가지 아니하고 암자에 있다가 들어오는 주팔을 보고 곧

  "너의 정성이 무던하다. 이 방으로 들어오너라."

말하였다. 이것이 주팔이가 기다리던 허락이다. 이리하여 주팔이는 머리 깎고 수염 있는 그 이상한 사람에게 제자 노릇을 하게

되었다.

 십여일이 지나는 동안에 주팔이는 여러가지 일을 알았다. 선생의 성명은 이천년李千年이라 일컫고 나이는 기축생己丑生으로 금년 삼십구세라는 것을 알았고 어느 도道 사람인 것은 말한 일이 없어서 그 젊은 사람까지도 알지 못하나, 그 쓰는 말이 경사京辭인 것으로 보아서 경기 사람인 것을 짐작하였고 선생이 처음에는 수월당水月堂 노장중의 상좌로 출가한 까닭에 수월당 스님이라고 부르는 것이 그 노장의 말인 것을 알았고, 그 젊은 사람은 강원도 태생으로 성명이 김륜金倫이라 선생이 '륜아, 륜아' 부르는 것을 알았다. 안 것이 이뿐이 아니다. 이외에도 또 많이 있다. 수월당 스님이 쌀, 쌀가루, 지필묵을 대어주되 달라는 대로 쓰는 대로 군소리 없이 대는 것을 알았고, 선생이 주장으로 쌀가루, 솔잎가루를 가지고 생식하는데 간간이 밥을 지어서 화식火食도 하고, 또 삼사일씩 절곡絶穀하고 물만 마시기도 하는 것을 알았고, 선생이 행기하러 암자 밖에 나가는 때가 해진 뒤가 아니면 첫새벽인 것은 산에 올라다니는 사람을 만나보기 싫어하는 까닭인 것을 알았고, 또 김륜이는 남의 서자로 천대받기가 싫은 까닭에 삼년 전에 집에서 뛰어나와서 산천 구경을 다니다가 작년에 묘향산 구경왔던 길에 선생을 만나게 되었는데, 지금 십팔세의 소년인 것을 알았다.

 주팔이가 처음 한 달 동안 선생의 심부름은 고사하고 김륜의 심부름까지 하느라고 별로 공부한 것이 없이 지나고 그 다음달부터 선생이 저술하는 『삼원명경三元明鏡』이란 책을 얻어 보기 시작하였다. 이 책은 사람의 상중하 삼원三元 명수命數를 추구한 것이니, 말하자면 사주책의 전서全書라고 할 것이다. 선생이 저술하여 놓은 『삼원명경』의 권수가 벌써 오십여 권이나 아직 완성되지 못한 것인데 선생의 말로 보면 나중에 백여 권이 넘을 것이었다. 선생이 김륜을 가르치는 것도 이 책이었다. 주팔이는 음양술수에 대하여 책권을 좋이 보았고 또 자기대로 다소 짐작이 있는 터이라 『삼원명경』이 어렵지 아니하였다. 간간이 의심나는 곳이 있어 선생에게 물어보기도 하였으나 대개는 익숙한 책을 보듯이 내려보았다. 그리하여 참깨 같은 글씨로 적은 『삼원명경』 오십여 권을 한 달 안에 다 보고 나서 본 것을 가지고 선생과 같이 이야기하게 되었다. 선생이 그 재분才分을 칭찬할 뿐이 아니라 일년 동안에 십팔구 권밖에 보지 못한 김륜이는 놀라지 아니하지 못하였다.

  어느 날 선생이 김륜에게 대하여

  "주팔이가 나에게 오기는 너보다 뒤졌으나 첫째 사람이 너보다 낫고, 둘째 나이가 너보다 많고, 셋째 재주가 너보다 앞서니 너는 주팔이를 형으로 대접하여라."

말한 까닭에 김륜이는 주팔이를 형이라고 부르게 되었다. 주팔이는 책을 많이 본 사람이라 선생과 같이 앉아서 이야기하는데 삼교구류˚에 말이 막히지 아니하므로 말 적던 선생이 자연히 말을 수다히 하게 되었다. 선생이 주팔이를 보며

"주팔아, 너는 나를 유익하게 하는 사람이 아니다. 너 온 뒤로 내가 말이 많아졌다."

말하고 웃은 일까지 있었다. 선생이 주팔을 사랑하는 까닭에 자기가 아는 천문지리와 음양술수를 아끼지 않고 가르쳐주어서 불과 사오 삭 안에 주팔의 재주가 거의 선생을 따르게 되었다.

늦은 봄에 온 주팔이가 여름을 다 지내고 가을을 맞게 되었다. 팔월 추석날 밤이다. 선생 제자 세 사람이 밝은 달이 비치는 마루에 나앉아서 역리易理를 이야기하는데 건너편 산에서 여우가 울었다. 한번 울고 마는 것이 아니라 괴상하게 여러 차례 울었다. 이편을 향하여 우는 것 같았다. 캥캥하는 소리에 김륜이는 상을 찡그리며 왼손을 펴서 들고 엄지손 끝으로 네 손가락의 마디를 짚어보더니 주팔을 보며

● 삼교구류(三敎九流) 유·불·도교 삼교와 유가, 도가를 비롯하여 중국 한나라 때의 아홉 가지 학파.

"여보 형님, 저 여우가 오늘밤 안으로 죽겠구려."

주팔이가 이 말을 듣고 한참 있다가

"이 시각에 죽겠는데."

대답하고 선생을 보며

"선생님, 괴상합니다. 점사占詞를 내자면 불인불시不刃不矢에 토혈즉사吐血卽死라고 하겠은즉 칼을 맞아 죽는 것도 아니요, 화살을 맞아 죽는 것도 아닌데 무슨 까닭으로 피를 토하고 곧 죽게 되겠습니까? 까닭을 잘 모르겠습니다."

선생이

"무슨 까닭?"

하고 몇마디 주문을 입 안으로 중얼중얼 외며 여우가 우는 편을 향하여 손을 내밀고 손가락으로 딱딱 소리를 내더니 이때껏 캥캥하고 울던 여우가 외마디로 캥하고 뚝 그치었다. 세 사람은 역리 이야기를 계속하다가 밤이 늦은 뒤에 방으로 들어갔다.

이튿날 식전에 김륜이와 주팔이가 건넛산에 가서 본즉 크기가 중개만 한 불여우가 입으로 피를 토하고 죽었었다. 앞섰던 김륜이가 주팔을 돌아보며

"형님, 이 여우가 분명히 선생님 주문呪文에 죽은 것이 아니겠소? 그 재주만 가지면 천하에 무서울 것이 없지 않소? 우리 가서 선생님께 가르쳐줍시사고 졸라봅시다."

말하는데 주팔이는 간단하게 대답하였다.

"아우님, 고만두지."

김륜이와 주팔이가 건넛산에서 돌아오니 선생은 『삼원명경』을 또 새로 한 권 쓰기 시작하려고 책을 매고 있었다. 김륜이가 선생의 앞으로 나아가서 새삼스럽게 절을 하고 꿇어앉았다. 선생은 고개를 들고서 김륜의 얼굴을 바라보다가 한번 혀를 차고 다시 고개를 숙이었다. 김륜이는 주문을 배우고 싶은 생각을 참지 못하여

"선생님, 제가 선생님을 뫼시고 지내는 동안에 배운 것이 많습니다. 제가 지금 음양술수에 능란하다고야 말할 수 있습니까만 조박*을 짐작하게는 되었습니다. 그렇지만 선생님께서 주문

에까지 놀라운 재주를 가지신 것은 오늘에야 비로소 알게 되었습니다. 인제는 그것을 배우고 싶습니다. 선생님께서 저를 거두어두신 본의本意로 보아 가르쳐주시기를 바랍니다."

하고 다시 일어나서 절을 하니 선생이 매던 책과 책 구멍을 뚫던 송곳을 놓고 김륜의 얼굴을 바라보며

"륜아, 너의 지금 배우는 술수를 몇해만 더 익히면 일생에 의식衣食을 걱정하지 아니할 것이다. 부질없이 주문 같은 것을 배울 생각 마라."

타이르는데 김륜이는 또다시 일어나서 절을 하고

"선생님, 다른 술법은 다 고만두시고 그것만 가르쳐주시기를 간절히 바랍니다."

하고 조르니 선생이 '허허' 하며 한번 천장을 치어다보고 다시 김륜의 얼굴을 바라다보며

● 조박(糟粕)
학문이나 서화, 음악에서 옛사람이 다 밝혀서 지금은 새로운 의의가 없는 것.
● 앙앙(怏怏)하다
마음에 차지 않거나 야속하다.

"내가 너의 맘을 바르게 지도하지 못하고 기이한 술법만 가르친다면 나의 죄가 적지 않을 것이다. 너는 아직 나에게 있어서 맘을 바로잡도록 공부하여라. 정심正心 공부가 주문 공부보다 너의 몸에 이로울 것이다."

준절하게 말하였다. 김륜이가 속에는 앙앙한˙ 맘이 없지 아니하나 선생의 말을 거역할 길이 없어서

"선생님이 가르치시는 대로 하겠습니다."

하고 주문 배울 생각을 억제하였다. 그러나 종시 그 생각이 속에 남아 있어서 그날 저녁에 주팔이와 같이 암자 밖에 나섰다가

"여보 형님!"

불러가지고

"그 술법은 선생님이 대단히 아끼시는 모양이야. 그러나 그까짓 것 못 배운다고 죽을까."

하고 선생에 대한 불만한 의사를 보이었다. 주팔이는 아무 말도 아니하였지만, 속으로는 선생이 가르치지 아니하는 것이 옳다고 생각하였다. 심지가 요양미정한 사람이 그러한 술법을 배우는 것은 세상에 해될 뿐이 아니라 그 사람 당자에게도 이롭지 못하다고 생각하였다.

그날부터 이삼일 뒤의 일이다. 선생이 붓이 모지라져서 쓸 수 없다고 붓을 얻으러 김륜을 수월당에 보내고 주팔이와 둘이 암자에 있었는데 선생이

"주팔아!"

부르더니

"너는 나에게 오래 있지 못할 사람이다. 수이 이별하게 될 터인데 너 같은 사람을 놓치고는 나의 아는 것을 전수할 곳이 없을 것이다."

하고 자리 밑에서 휴지책 같은 책을 두 권 꺼내서 손에 들고

"나의 아는 재주로 지금 너 모를 것은 이 책 두 권에 다 들었다. 륜이가 배우기를 원하는 술법도 이 책 속에 적혀 있다. 네가 이 책 두 권을 가지고 공부하되 륜이에게 알리지 말고, 가지고 세상에 나간 뒤에도 어느 누구에게든지 보이지 마라. 네가 익숙

한 뒤에는 불에 넣어 없이 하여라. 전수할 재목이 못 되는 사람에게 전수하지 못할 것이매 대개 너에게까지 가고 그치게 될 것이다. 보다가 모르는 것은 륜이 없는 틈에 몰아 물어라."
하고 주팔에게 내어주니 주팔은 공손히 절을 하고 받았다. 책 제목이 한 권은 『부주비전符呪秘傳』이요, 또 한 권은 『망단기결望斷奇決』이다. 주팔이가 두 권 책을 큰 보배와 같이 품에 품고 다시 일어나서 절하고 앉은 뒤에 선생이

"이승지가 너 찾으러 보내는 사람이 벌써 서울을 떠났다. 그러나 그 사람이 중로에서 병으로 지체가 되어 달포 뒤에나 이 산에 들어오게 될 것이다. 그때는 네가 이 산을 떠나야 할 것이다."
말하는데 주팔이가

● 요양미정(搖揚未定)
정신이 어질어질하여 마음을 결정하지 못함.

"저는 일평생이라도 선생님을 뫼시고 지내기가 원이올시다. 오는 사람은 그대로 돌려보내겠습니다."
말한즉 선생은 고개를 외치며

"아니다. 네가 나가야 한다. 만일 아니 나가고 이승지의 편지가 영변절도사에게 오게 되는 날이면 너는 붙들려나가고 나도 따라 소조를 치르게 될 것이니 너는 나가야 한다."
하고 한참 있다가

"내가 조용한 때 너에게 말할 것이 있다. 내가 이천년이가 아니고 정희량이다. 내 별호는 허암虛菴이다. 내가 세상에서는 죽은 사람이다. 이것은 너만 알아라. 입밖에 내지 마라."
말하는데 어조가 엄숙하였다.

그 뒤부터 주팔이는 틈만 있으면 암자 밖으로 나가서 숲 사이나 바위 아래에 혼자 앉아서 『부주비전』과 『망단기결』을 공부하고 김륜이 없는 사이를 엿보아서 선생에게 모르는 것을 물었다. 거의 한 달이 되는 동안에 주팔이는 두 권 책에 있는 것을 책 없이 외우지는 못하나마 책 보고는 다 알게 되었다. 나중에는 주팔이가 너무 자주 암자 밖에 나가는 것을 김륜이가 수상하게 생각하여

"형님, 어디를 혼자서 그렇게 나가시오?"

묻기까지 하였으나 주팔이가

"가을바람 난 뒤로는 공연히 울적한 때가 많아서 암자 안에 들어앉았고 싶지 않아."

말하여 김륜이도

"그러면 형님은 산중에 오래 있지 못할 사람이오."

하고 웃어버리었다. 어느 날 식전에 선생이 주팔을 불러앉히고

"주팔아, 너는 오늘 가거라. 육칠 삭 같이 지내던 정에 섭섭한 맘이 없지 아니하나 갈 사람인 바에 하루 이틀 더 있어서 무엇하느냐. 떠나가거라."

말한 뒤에 한참 있다가 다시

"오늘 오시午時에 만세루에 가서 있으면 자연 만날 사람이 있을 것이다."

말하였다. 그리하여 그날 오시 전에 주팔이가 그 암자를 떠나게 되었다. 주팔이가 눈물을 머금고 선생에게 하직하니 선생은

"오냐, 잘 가거라. 연분이 있으면 다시 만나게 될 것이다. 사오 년 후에는 륜이를 내보내고 나도 향산을 떠날 터이다. 나는 머리를 다시 기르고 거사居士 노릇 하며 산천 구경을 다닐 터이다."
말하고 마루 끝까지 나와서 주팔을 어서 가라고 재촉하더니, 주팔이가 떨어지지 아니하는 발을 억지로 몇발짝 떼논 뒤에 갑자기 잊은 말이 생각나는 듯이

"주팔아!"
불러서 주팔이가 돌쳐서는 것을 보고

"아니다. 잘 가거라."
말하는데 섭섭하여 하는 빛이 얼굴에 나타났다. 주팔이는 다시 한번 하직하고 눈물을 뿌리며 암자 밖을 나왔다. ● 유련(留連)하다 객지에 묵다.
주팔이는 따라나오는 김륜의 손을 잡고

"아우님, 따라나오지 말고 들어가오. 선생님이 혼자 계시니 어서 들어가오. 아우님, 선생님을 잘 뫼시고 지내시오."
하고 김륜과 작별한 뒤에 한 걸음 두 걸음 걸어서 산을 내려왔다.

삭불이가 팔월 초생에 서울을 떠난 뒤에 개성 와서 며칠 동안 유련하였고, 또 평양 와서 연광정練光亭과 부벽루浮碧樓로 돌아다니며 놀던 중에 밤늦도록 술을 먹은 탓이던지 우연히 병이 나서 한 보름 동안이나 시름시름 앓았다. 이리하여 구월 보름이 지난 뒤에야 묘향산에를 들어왔다. 삭불이가 보현사 큰절에 와서 여러 중들을 보고 주팔의 용모를 대며

"이런 사람이 온 일 있소? 혹시 본 사람이 있나요?"

물어야 한 사람도 보았다고 대답하는 사람이 없었다. 삭불이는 주팔이가 범에게라도 물려 죽지 않았는가 생각하여 중을 보고

"그러면 올 봄 이후에 혹시 이 산에서 호환을 당한 사람이 없는가요?"

물으니 중은 고개를 설레설레 흔들고

"호환 없소이다. 호환은 고사하고 달리라도 오사*하는 사람이 없소이다. 금강산 같은 명산에도 간혹 가다 제명에 죽지 못하는 사람이 생기지만 이 산만은 자초自初로 그런 일이 없소이다."
하고 향산이 영산인 것을 자랑하였다. 삭불이는 주팔의 종적을 찾으려고 헛애를 쓸 까닭이 없다고 생각하였다. 서울 가서 이승지보고는

"묘향산을 구석구석 다 뒤지다시피 하였건만 주팔의 그림자도 못 보았습니다."

말하면 그만이라고 생각하였다. 이삼일 동안 삭불이는 큰절에서 묵으면서 중 하나를 앞세우고 이곳저곳 구경을 다니었다. 삭불이가 향산 들어온 지 나흘 되던 날이다. 구경곳을 지도하던 중이 어디 가고 없어서 삭불이는 구경을 나서지 못하였다. 삭불이가 점심 먹고 심심하여 만세루에를 올라오니 먼저 와서 앉은 사람이 있다. 삭불이가 한참 동안 그 사람의 아래위를 훑어보다가 가까이 와서

"인사 청합시다."

하고 말을 붙이니 그 사람은 적이 웃으며

"네."

하고 대답할 뿐이다. 삭불이가 재차

"뉘댁이시오?"

하고 성을 물으니 그 사람은 탐탁치 않아하는 모양으로

"뉘댁이랄 것도 없지요. 나의 성은 류柳가요."

하고 말하기를 피하려는 듯이 고개를 밖으로 돌려 천주암을 바라본다. 인사하려던 삭불이가 조금 무료하여

'그 자식 못 배워먹은 자식이다. 남이 인사하자는데 고 모양이란 말이.'

속으로 생각하며

"여보 이분."

● 오사(誤死) 형벌이나 재앙으로 제 목숨대로 살지 못하고 비명에 죽음.

하고 말을 고쳐 붙이는데, 말투가 시빗가락을 차리려는 모양이다. 삭불이는 일어선 채 앉지도 않고 앉았는 사람을 내려다보며

"인사하다 말고 외면하는 것은 어디서 배워먹은 버릇이야!"

하고 주먹을 쥐는데 그 사람은 바로 앉아서 삭불의 얼굴을 치어다보며

"배운 버릇이 아니올시다."

하고 빙그레 웃는다. 그 말대답은 공손하나 웃는 모양이 사람을 같잖게 여기는 것 같다. 삭불이는 그 웃는 데 열이 났다.

"못 배웠어? 좀 배워야지."

하고 쥐었던 주먹으로 그 사람을 치려고 하였다. 그 사람이 어느

틈에 손을 내밀어서 삭불의 팔목을 쥐며

"이것이 무슨 짓이오."

하고 여전히 빙그레 웃으니 삭불이는 열이 바싹 올랐다. 그 사람에게 쥐인 팔을 채쳐 빼려고 하니 그 사람은 팔목을 놓으며 쪼그리고 앉는다. 삭불이가 얼굴에 핏대를 세우고

"에이 자식."

하고 쪼그리고 앉은 사람을 나둥그라지라고 발길로 질렀더니 그 사람이 둥그라지기는 고사하고 슬쩍 몸을 가로 비킨 까닭에 발길이 헛나갔다. 삭불이가 헛발길질을 하고 몸이 잠깐 휘뜩거리는 동안에 그 사람이 삭불의 디디고 섰던 다리를 잡아당기었다. 삭불이는 궁둥방아를 찧었다. 다시 일어나려고 하는 삭불이를 그 사람이 잡아 앉히며

"여보, 인사가 너무 과하였으니 인제 고만두고 앉아서 이야기나 합시다."

하고 정답게 말하나 삭불이는 말도 아니하고 일어나려고만 한다. 일어나려면 잡아 앉히고 잡아 앉히면 일어나려고 하여 두 사람이 실랑이하는 동안에 삭불이는 얼굴의 핏대가 삭기 시작하여 얼마 동안 잡아 앉히는 사람의 얼굴을 들여다보다가 그제야 아까 말대답으로

"인사가 너무 과하것다. 아따 그래, 고만두자."

하고 싹싹하게 웃었다.

"유서방이랬지? 여보 유서방, 어디 사오?"

"고향이 함흥이오."

"함흥? 여기는 무엇하러 왔소?"

"구경 왔소."

"구경? 언제 왔소?"

"삼월에 왔소."

삭불이가 번번이 그 사람의 말을 한마디씩 뇌고 말끝을 달아 묻더니

"삼월?"

하고 뇌고서는 낯이 간지럽게 그 사람의 얼굴을 들여다보고 있다. 그 사람이 빙글빙글 웃으며

"왜 그렇게 남의 얼굴을 들여다보시오?"

물으니 삭불이가

"내가 댁 화상畵像을 좀 볼 일이 있소. 댁이 정말 유가인가, 아닌가?"

말하고서 역시 빙글빙글 웃는다.

"그래 화상을 보니 유가 같소?"

"유가 같지 않소. 양가 같소."

"화상 보는 법이 용하구려."

삭불이는 이 말을 듣더니 버쩍 대어들어 그 사람의 손을 잡으며

"댁이 양주팔이 아니오?"

물은즉 그 사람은 고개를 끄덕이며

"그렇소."

대답한다. 삭불이가 찾으러 온 사람을 찾았다. 삭불이는 맘에 기뻤다. 주팔이를 찾은 일보다 이승지 내외에게 생색날 일이 맘에 기뻤다. 삭불이가

"잘 만났소. 잘되었소. 나는 이승지의 젖동생 김서방이란 사람이오. 댁을 찾으러 여기까지 전위하여 왔소. 어제까지 사흘 동안 중 하나를 앞세우고 이 암자 저 암자로 댁을 찾아다니었소. 암자도 경치게 많습디다. 오늘은 길라잡이 중놈을 놓치고 찾아나서지 못했더니 못 나선 것이 잘되었구려. 처음에 이목구비를 보든지 앉은키 대중으로 보든지 서울서 듣고 온 말과 맞는데 그래도 몰라서 사실로 기연가미연가했어요. 성만 외대지 아니하였더면 쓸데없는 시비도 아니 날걸. 아무렇든지 잘되었소. 어, 잘 만났소."

하고 한바탕 수선스럽게 말한 뒤에 두 사람 사이에 몇마디 수작이 있었다.

"대체 그동안 어떻게 지냈소?"

"이 암자 저 암자로 다니며 얻어먹고 지냈지요."

"무얼 하고 지냈단 말이오?"

"날마다 산에 올라다니는 것이 일이었소."

"그러면 별로 한 일도 없이 이승지 내외분 심려만 시켰구려. 지금 이승지 내외분은 심려하느라고 밤잠을 못 잘 지경이오."

"미안하게 되었소."

"서울 가면 이승지에게 핀잔깨나 좋이 받으리다. 나도 이번

길에 죽을 고생하였소. 평양서 병이 나서 하마터면 객사할 뻔하였소."

"불안하오."

나중에 삭불이가

"우리 내일쯤 떠납시다."

말하니 주팔은

"나는 오늘 산 밖에를 나갈 작정이오. 당신은 향산 구경이나 더 하시고 뒤에 오시구려."

말한다. 삭불이는 일껏 찾은 생색거리를 놓칠까 보아

"구경이 다 무어요. 떠나려면 같이 떠납시다."

말하여 그날 해가 거의 신시 때나 된 뒤에 삭불이가 주팔이와 작반하여˙ 향산을 떠나 나오게 되었다.

● 작반(作伴)하다
동행자나 동무로 삼다.

주팔이와 삭불이가 먼길에 별 연고 없이 서울에 도착하였다. 이승지 내외가 주팔을 보고 반가워하여 기한 어긴 것도 나무라고 소식 끊은 것도 원망하고 주삼이 내외가 와서 기다리다 간 것도 이야기하고 첫아들 낳은 것도 자랑하고 또 향산 구경 이야기도 여러 차례 물어보았다. 그리하고 특별한 반찬을 해먹인다, 새 옷을 지어 입힌다, 여러가지 정다운 대접이 이루 다 말할 수 없을 만하였다.

삭불이는 이승지에게 칭찬을 받았을 뿐이 아니라 부인의 몸받아 나온 계집하인에게 부인의 치사를 받아서 생색이 바라던 이상으로 나게 되었다. 주팔이는 전날 거처하던 방에 삭불이와 같이 있게 되었는데, 그전 혼자 있던 때와 달라서 성가신 일도 없지 않지마는 말벗이 있는 까닭에 심심치 아니하고 또 그동안 이승지의 벼슬이 성균관 대사성大司成으로 옮기어서 전같이 번을 들지 아니하므로 밤저녁 손님이 없는 때는 가끔 주팔의 방에 내려오기도 하고 주팔을 큰사랑으로 불러올리기도 하였다.

어느 날 이승지가 낮에 집에 있게 되었는데 기어다니게 된 어린아이를 처네로 싸서 안고 주팔의 방에를 나왔다. 주팔이는 아랫목을 피하여 윗목 한구석에 앉고 삭불이는 마루로 나와 앉았다. 이승지가 안았던 어린아이를 방바닥에 내려놓으며

"이놈이 한두 칸은 훌륭히 기어다니네."

하고 아이를 주팔에게로 향하여 엎치어놓으니 주팔이가 손을 내밀며

"아가, 이리 온 이리 온."

하고 불렀다. 어린아이가 주팔의 얼굴을 바라보다가 기어 돌아서

"아빠."

하고 이승지에게 매달리니 이승지가 웃으면서

"오, 낯이 설어? 그렇지만 사내자식이 낯을 가려서야 쓰나."

하며 두 손으로 아이를 붙들고 주팔을 바라보며

"얼마 전까지도 엄마, 맘마밖에 모르던 것이 인제는 제법 아빠, 아빠 하네."

하고 귀엽게 여기는 눈으로 아이를 들여다보다가 다시 주팔을

바라보고

"전수히 외탁이야. 눈매든지 콧날이든지. 입 큰 것이나 친탁이랄까?"

말하니 빙그레 웃으며 보고 있던 주팔이가

"잘생겼어요."

하고 아이를 칭찬하였다. 이승지가 어린아이를 붙들고 가동가동하다가 주팔을 보며

"자네도 얼른 장가를 들어서 이런 재미를 보아야 할 터인데."

하고 창문 밖을 내다보며

"삭불아."

불러서 삭불이가

"네."

하고 영창문 밖에 와서 섰다. 이승지가

"주팔이 재취가 급하니 상당한 곳을 너도 좀 일러보아라."

말하니 삭불이는

"글쎄올시다."

하며 고개를 숙이고 무엇을 생각하는 모양이다. 주팔이가

"급치 않습니다. 아직 고만두시지요."

말하는 것을 이승지가

"급치 않다니, 자네 나이가 사십이 내일모레야. 그리고 자네를 잡아 앉히자면 살림을 차리게 하는 것이 제일 상책이라고 우리 내외가 공론했네. 자네는 딴소리 말게."

하고 삭불을 내다보며

"네 생각에 물어볼 만한 데가 있겠느냐?"

물으니 삭불이는 또

"글쎄올시다."

하고 한참 있다가

"한치봉의 첩 노릇하던 계집이 있는데 사람도 얌전하고 나이도 지긋합니다. 올해 서른네살인가 그렇습니다. 치봉이 죽은 뒤에 친정 어미에게 가서 있다가 얼마 전에 그 어미가 죽었습니다. 올케 되는 계집사람이 사나워서 지금 하루를 같이 지내기가 민망할 지경이라나요? 그래서 몸만 의탁할 곳이 있으면 어디든지 좋으니 한 곳 지시하라고 소인에게 부탁한 일까지 있습니다. 그 계집이 어떻겠습니까?"

하고 이승지의 얼굴을 들여다보았다. 이승지가

"한치봉의 첩?"

하고 상을 찡그리다가

"대관절 사람이 어떠냐? 네가 잘 아느냐?"

말하는데 주팔이가 이승지를 보고

"남의 첩노릇하던 계집이 고생살이를 잘하겠습니까? 그 계집만은 물어볼 것도 없이 고만두시는 것이 좋겠습니다."

이승지가 무슨 말을 하려고 하는데 어린아이가 상을 찡그리며 끙끙거리었다.

"이놈이 행실을 하는 것이로군."

하고 아이를 포대기에 도로 싸안고 일어서며

"그것은 이따 다시 이야기하세."

하고 안으로 들어갔다.

그날 저녁에 이승지가 손님도 없고 한가하여 다시 주팔의 방에 내려왔다. 삭불이는 밖으로 나가려는 것을 이승지가 거기 앉으라고 말하여 주팔의 옆에 쪼그리고 앉았다. 이승지가 주팔을 보며

"어린 놈이 푸른똥을 눈다니 간기肝氣겠지? 무엇을 먹일까?"

하고 어린아이 먹일 약을 의논하니 주팔이는

"대단치는 않지요?"

묻고 나서

"포룡환抱龍丸 한 개쯤 먹여두시지요."

● 상약(常藥) 민간약. 가정이나 개인의 경험에 의하여 쓰는 약.

말하는데 주팔의 말이 끝나자, 삭불이가 아는 체하고 나서서

"아기네 간기에는 떨어진 배꼽을 살라 먹이는 것이 제일이랍니다."

말하니 이승지는 대답이 없이 웃기만 한다. 삭불이는 자기의 말을 그 웃음 속에 묻어버리지 아니하려고

"상약˙이 방문약보다 나은 수가 많습니다. 우선 무사마귀 같은 것도 방문약으로야 뗄 수가 있습니까만, 마늘쪽에 낙숫물을 받아서 문지르면 곧잘 떨어진답니다."

하고 상약의 효험을 주장한다. 이승지는 듣기 싫은 눈치를 보이면서

"그래그래."

하고 삭불의 말에 대답하고서 잠자코 앉았는 주팔을 보면서

"자네 묘향산 간 동안에 약 때문에도 자네 생각 많이 하였네. 우선 어린 놈 날 때만 하더라도 초산이라 그랬던지 아이가 커서 그랬던지 산모가 밤낮으로 사흘 동안을 두고 신고$辛苦$하는데, 그때도 자네 생각을 많이 했네. 자네가 있었더면 의원 댈 까닭도 없지."

하고 잠깐 동안 말을 그치었다가

"이 사람 묘향산 구경 같은 길은 다시 할 생의$生意$도 말게. 참, 그때 내가 편지해준 것은 왜 전하지도 않았던가?"

하고 나무라듯이 물으니 주팔이는 적이 웃으면서

"편지를 해주시기에 가지고는 갔습니다만 영변절도사 영문$營門$에 발 들여놓기가 무서워서 고만두었습니다. 그 편지는……."

말이 채 끝나지도 아니하여 이승지가

"그 편지는 어째? 찢었거나 물에 띄웠거나 했겠지. 에이 사람, 자네 소식은 그치고 궁금해서 내가 영변에다 알아보기까지 했었네. 이 사람 다시는 구경 못 갈 줄 알게. 삼각산을 간대도 혼자는 안 보낼 테야."

하고 허허 웃으니 주팔이는

"그러면 일평생 나수˚를 당한 셈이 되겠습니다그려."

하고 역시 허허 웃었다. 이승지가 웃음을 그치고

"여보게, 아까도 말하다 두었지만 자네 장가 말일세. 가만히

생각해보니 정당하게 재취 장가를 들려면 여러가지 비편한 일이 많아서 얼른 상당한 데를 구하기가 어려우니 헌계집이라도 하나 얻어가지고 살림을 시작해보게나. 사람이 맘에 들지 않거든 버리고 다른 것을 얻어도 좋을 것이 아닌가. 그래 자네 생각이 어떤가?"

하고 주팔의 얼굴을 바라보니 주팔이는

"헌계집이고 새계집이고 간에 긴할 것도 없거니와 더구나 급할 것이 없습니다."

하고 재취고 첩이고 모두가 긴치 아니한 의사를 보인다. 이승지는 고개를 흔들며

"안 되네, 안 되네."

• 나수(拿囚) 죄인을 잡아 가둠.

하고 곧 이어서

"재취 장가를 들겠느냐, 우선 첩이라도 얻겠느냐 두 가지 중에 한 가지를 정해 말하게."

하고 '응' 소리로 주팔의 대답을 재촉하니 주팔이는 대사大事로 여기지 아니하는 모양을 보이면서

"이것이나 저것이나 매양 일반입니다. 살림살이를 하고 엎드려 있기가 싫달 뿐입니다. 계집을 얻는다면 버리기 쉬운 첩이 나을는지도 모릅니다. 이렇든 저렇든 영감께서 해주시면 해주시는 대로 가지요. 나수된 죄인의 신세로만 생각하면 고만 아니겠습니까?"

하고 웃었다. 이승지는 주팔의 의향을 잘 알지마는 주팔이를 서

울에 붙들어두려고 맘을 먹은 터이라

"그만하면 자네 말은 더 들을 것이 없네."

하고 말을 자르고 주팔이와 삭불이에게 잘들 자라고 말하고 일어서 안으로 들어갔다. 이승지는 그날 밤에 내외 공론하고 이튿날 삭불이더러 한치봉의 첩노릇하던 계집을 불러오라 하여 이승지 내외가 같이 선을 보고 아직 가서 있으라고 돌려보내고 나서 이승지는

"그것이 기생 퇴물 같군."

말하고 부인은

"눈이 단정치 아니해요."

말하여 이승지 내외 맘에는 그다지 들지 아니하나, 삭불이가 '사람이 신통하다, 일을 잘한다, 부지런하다, 알뜰하다' 갖은 칭찬을 다 하다시피 하여 이승지는 그 계집을 주팔에게 얻어주기로 작정한 뒤에 주팔을 보고

"사람이 삭불의 말과 같이 신통해 보이지는 아니하나 우선 그대로 데리고 지내보게나."

말하니 주팔이는

"영감께서 사람을 갖다 공연한 생고생을 시키시럽니다그려."

하고 별로 다른 말이 없었다.

이승지는 자기 집에서 가까운 어느 실골목 안에 조그마한 초가집을 사서 주팔의 살림을 차려주었다. 주팔이가 남이 대어주

는 시량柴糧으로 놀고먹는 것이 맘에 미안하여 고리일을 시작하였더니 그 골목에 전에 없던 고리장이가 남의 눈에 두드러지게 드러났다. 불과 얼마 동안에 골목 안에 사는 사람은 고사하고 골목 밖에 사는 사람들까지도 고리장이 고리장이 하게 되고 고리장이가 산다고 골목 이름까지 고리장골이라고 부르는 사람까지 생기게 되었다. 상없는˚ 아이들은 떼를 지어가지고

  고리백정
  시골백정
  대보름 뒤
  윷 노는 백정.

● 상없다 보통의 이치에서 벗어나 막되고 상스럽다.

하고 노래를 부르며 주팔의 집 문밖으로 돌아다니었다. 주팔의 첩이 창피한 것을 참지 못하여 그 골목을 떠나자고 주장한즉 주팔이는 어디를 가나 일반이라고 잘 듣지 아니하는데, 그 첩이 이승지의 부인을 보고 말하고 이승지의 부인이 이승지를 보고 말하여 이승지는 성균관 동편 반수泮水 건너로 주팔의 집을 이사시키었다. 이리하여 고리장이는 반년 남짓이 살고 떠났건만 골목 이름은 고리장골로 남아 있게 되었다.

 주팔이가 이승지에게 누를 많이 끼치지 아니하려고 고리일을 시작하였으나, 서울에서는 버들을 구하기가 극난極難하여 역시 이승지의 힘을 빌리게 되는 까닭으로 내처 계속할 생각이 적던

차에 고리장이가 말썽이 되어 이사까지 하게 되니 고리일이 더욱 재미없어서 그만두기로 하고 새 집으로 옮아온 뒤에 새로 갖바치 일을 시작하였다.

주팔이가 동촌 한구석에 떨어져 살게 된 뒤에는 집에 들어앉아 신을 만들거나 성균관 뒷산으로 소풍하러 다니거나 하고 북촌 이승지 집에 발이 뜨게 된 까닭에 이승지가 미복*으로 찾아오거나 그렇지 아니하면 일부러 사람을 보내서 불러가게 되었다. 삭불이는 자주 찾아다니는데, 주팔이가 없을 때는 주팔의 첩과 시시덕거리다가 저녁 준비가 되면 주팔이와 겸상으로 밥까지 먹고 가는 때가 흔하였다.

함흥에 있는 돌이는 삼년상 금법이 풀린 뒤에 새삼스럽게 거상을 입기 시작하여 주팔이가 살림을 시작하던 해 겨울에 삼년상을 마치고 봄이 되거든 서울 간다고 한두 번 말하지 아니하더니 개춘開春하며 곧 간다고 주척대는 것을 주삼의 아내가 일기나 더 따뜻하거든 떠나라고 붙들었다. 삼월이 지난 뒤에 돌이가 인제는 간다고 말하고 길 떠날 행장을 차리는데, 그 고모를 보고

"아주머니, 이번 내가 서울 가서 누이 덕에 장가나 들면 함흥은 고만 하직이오."

말하는 것을 옆에 있던 주삼이가

"네가 서울 가서 어름어름하다가는 누이 얼굴도 보지 못할라."

말하니

"못 보면 고만이지요."

하고 돌이는 증을 냈다.

"보지도 못하면 장가를 들여달랄 수가 있어야지."

"아저씨도 딱하오. 그래 누이의 힘이 아니면 장가 못 들 줄 아시오?"

하고 돌이는 큰소리를 하였다.

 돌이가 고모 내외에게 하직하고 길을 떠난 지 십여일 만에 서울 안에 들어왔다. 길을 욱걸은˚ 까닭으로 발병이 나서 걸음을 잘 못 걸었다. 돌이가 동소문 안에서부터 대안동을 물어 오자니 묻기도 여러 차례 물었거니와 처음 오는 길에 멀기가 몇십리나 되는 것 같았다. 돌이는 주팔이가 동촌에서 사는 것을 알았다면 가까운 것만 취하더라도 대안동을 찾아오지 아니하였을 터인데, 주팔이가 대안동 있는 줄로 알고 온 터이다.

● 미복(微服)
지위가 높은 사람이 남의 눈에 띄지 않도록 초라한 옷차림으로 변장하는 일.
● 욱걷다
힘껏 힘을 모아 빨리 걷다.

 돌이가 마침내 대안동을 찾아왔다. 이승지 집 솟을대문 앞에 서서 대문 안을 들여다보니 넓기가 마당질할 만한 행랑마당에 말도 매였고 보교도 놓이었다. 돌이는 들어서기가 서먹서먹한 것을 억지로 참고서 문간을 들어서니 문간 옆에 있는 하인청에서 벙거지 쓴 사람 하나가 나서며

"너 어디서 왔니?"

물었다. 돌이가

"나 함흥서 왔소. 이승지 보자면 이리 들어가오?"

하고 안중문을 향하여 들어가려고 하니 그 사람이

"건방진 녀석일세. 어디로 들어간단 말이야?"

하고 그 말씨가 좋지 못한 바람에 돌이가 돌치어서며 새삼스럽게

"이승지를 보자면 어디로 가야 좋소? 이승지 좀 보게 해주시오."

말하였다.

"지금 손님이 많이 기시어 보입지 못한다."

"손님이 있으면 잠깐만 이리 나오라고 말해주시우."

"이 자식이 누구하고 말을 해보자나? 누구더러 나오래? 이 자식."

"왜 이 자식 저 자식 하오? 그저는 말 못하오?"

"무엇이 어째! 이 자식."

언왕설래하던 끝에 그 사람이

"아따, 이 자식."

하며 무식한 손으로 돌이의 귀싸대기를 내갈기었다.

돌이는 분하였다. 사촌 매부의 집에 와서 이런 일을 당하는 것이 맘에 분하였다. 분김에 나는 생각으론 이승지의 멱살을 들고 한번 휘둘렀으면 속이 시원할 것 같았다. 돌이는 그 하인보다 이승지가 미워서

"제미."

하고 침을 뱉었더니 그 하인이 자기에게 욕하는 줄로만 알고

"망할 자식, 누구더러 욕이야!"

하며 슬슬 피하는 돌이에게로 달려드는데, 갓 쓴 사람 하나가 하인청에서 나와서

"이 사람, 고만두게."

하고 그 하인을 말리고 돌이에게 향하여

"함흥서 왔다지?"

하고 물었다. 돌이가

"함흥서 왔기에 함흥서 왔다지요."

하고 온공스럽지 못하게 대답하니 그 사람은

"말이 대단히 퉁명스럽구나."

하고 웃고서

"날 따라 이리 오너라."

하고 돌이를 데리고 수청방으로 들어와서 함흥서 온 총각이 영감마님을 뵈려 한다고 말하였다.

젊은 수청 청지기가

"이 사람아, 지금 손님이 계신 줄 알면서 그러나. 하인청에라도 들여앉혀두지."

하고 데리고 온 사람을 나무라는데, 나이 지긋한 청지기가 그 젊은 청지기를 보고

"하인청에 들여앉혀도 좋을지 잠깐 여쭈어보고 나오게나."

말하여 그 젊은 청지기가 상을 찡그리며 큰사랑으로 들어갔다. 돌이가 이승지가 사랑에 손님이 있어 들어오라기가 어려우면 자기가 쫓아나오기라도 하려니 생각하고 기다리는데 젊은 청지기

가 나오더니

"김서방 있는 방에 데려다 앉혀두시라네."

말하여 데리고 들어온 사람이

"총각, 이리 오게."

하고 하게로 말하며 돌이를 삭불이 있는 방으로 데려다주었다. 돌이는 분하였다. 이승지가 잠깐이라도 나와서 잘 왔느냐 말 한 마디를 아니하고 하인 시켜서 이리 갖다 앉혀라, 저리 갖다 앉혀라 하는 것이 아까 하인에게 뺨 맞은 것보다 더 분하였다. 돌이가 솟아나오는 분을 억지로 참고 앉았을 때 삭불이가

"총각."

하고 말을 붙이며 이 댁 영감을 잘 아느냐? 부인과 어떻게 되느냐? 여러가지 말을 물으니 돌이가 간단간단히 말을 대답하다가

"여보시오, 양주팔이란 이가 지금 어디 있나요?"

하고 물었다.

"내가 지금 주팔이게 놀러갈 터일세. 같이 갈라나?"

말하여 삭불이가 돌이를 데리고 주팔의 집에를 오게 되었다. 주팔이가 돌이를 보고 반겨하여 함흥 떠난 날을 묻고 형의 안부를 묻고 또 여러가지 이야기를 묻는데 돌이는 대강대강 이야기하고 나서 오늘 이승지 집에서 분한 일 당한 것을 말하며

"이런 법이 어디 있소?"

하고 주팔에게 하소연하니 주팔이는

"이승지가 너 올 줄 알고 미리 하인더러 뺨을 때리라고 이르

기야 안 했겠지."

하고 이승지를 두둔하는 것같이 말하였다. 돌이가 새삼스럽게 증을 내며

"손질하는 것은 하인의 잘못이라고 합시다. 그래 먼 곳에서 일부러 찾아온 사람을 잠깐 내다도 보지 못한단 말이오? 내다보고 잘 왔느냐 말 한마디 물으면 양반이 떨어지우?"

"점잖은 손하고 이야기하다가 일어서 나오기 쉬운가? 네가 몰라서 원망이지, 이승지가 그런 사람이 아니다."

"김서방 적부터 두둔하기에 골이 배겼구려. 당신이 무어라고 하든지 내가 그놈의 집에 다시 발을 들여놓으면 개자식 쇠자식 말자식이오."

"너무 과하다."

"과하기는 무엇이 과하단 말이오? 누이 보고 싶은 생각까지 천리만리 달아났소."

하고 돌이가 주팔의 말을 뒤떠가며 떠들었다. 옆에 앉았던 삭불이가

"총각이 골날 만도 하지."

하고 돌이의 비위를 맞추며

"그놈 저놈 할 것이야 없지."

하니 돌이는

"양반놈들을 놈이라고 아니하면 누구를 놈이라겠소?"

하고 눈방울을 굴리었다.

그 뒤에 돌이는 주팔의 집에서 유숙하면서 서울 구경을 다니는데 삭불이가 맘이 내키면 같이 다니며 모르는 것을 일러주었다. 그리하여 돌이는 며칠 돌아다니는 동안에 종각 속에 달린 인경人定도 들여다보았고 경복궁 대궐 앞에 있는 해태도 구경하였고, 또 중부 경행방慶幸坊에 있는 원각사圓覺寺와 서부 황화방皇華坊에 있는 흥천사興天寺도 돌아보았다. 흥천사에서는 태조대왕이 수라를 진쪼시려고˙ 저녁종을 일찍일찍이 쳤었다는 이야기도 들었고, 해태는 과천 관악산의 불기운을 진압한다는 이야기도 들었고, 또 종각 창살을 빼지 않고 겹세지 않고 외로 한 번 바로 한 번, 두 번만 세면 학질이 떨어진다는 말과 인경 속에 어린아이 피가 들어서 어미 부르느라고 인경소리가 어밀레 어밀레 한다는 말도 들었다.

돌이가 이와같이 서울 안을 돌아다니면서도 이승지 집에는 가지 아니하였다. 이승지가 오라고 불러도 가지 아니하고 이승지 부인이 만나자고 청하여도 가지 아니하였다. 어느 날 저녁에는 이승지가 상노아이 하나만 데리고 주팔의 집에를 찾아왔는데, 상노아이가 영감마님 오신다고 선통한즉 이때껏 방에 앉아 너덜대던 돌이가 뒷문으로 나가버리었다. 주팔이가 나가지 말고 거기 있으라고 말하는데도 듣지 아니하고 나가버리었다. 이승지가 주팔을 보고

"돌이 어디 갔나? 그놈, 나를 아니 와보는 법이 있나? 자네가 좀 꾸짖게그려."

하고 말하는데 주팔이가

"이르기도 했습니다. 그런데 오던 길로 댁에 가서 하인에게 업신여김을 당한 까닭으로 골이 난 모양입니다."

하고 빙그레 웃으니 이승지는

"그랬다네. 나중에 알아본즉 새로 들어온 구종놈이 손찌검까지 했다네. 그놈도 모르고 한 짓이니까 큰 죄 될 것이야 없지만 마누라의 청으로 일전에 내보냈네."

하고 허허 웃었다.

돌이는 뒷문 밖에서 방안의 수작하는 말을 들었다. 구종인지 별배인지 자기에게 손질한 사람이 손질한 죄로 내쫓기었다는 것은 맘에 싫지 아니하였다. 자기를 푸대접한 이승지가 푸대접한 죄로 조정에서 내쫓기기까지 하였 ● 진쪼다 잡수시다. 드시다의 궁중어. 으면 두말할 것 없이 속이 시원할 것 같았다. 지금도 이승지가 자기 말하는 데도 그놈, 그 구종 말하는 데도 그놈 하는 것이 자기를 구종과 같이 여기는 까닭이라고 생각하였다. 이승지가 돌아간 뒤에 돌이가 주팔을 보고 말한즉 주팔이는

"네가 몰라 그러는 것이다. 어디 이다음 두고 보자."

말하는데 돌이가

"당신이 몰라 그렇소. 이다음 볼 것은 무어요? 그는 그고 나는 나지."

말하니 주팔이는

"너의 입으로 고마운 사람이라고 말할 때가······."

하고 웃음으로 말끝을 흐리었다.

　몇날 뒤의 일이다. 주팔이가 소풍하러 나간 사이에 삭불이가 와서 돌이와 같이 이야기하다가 주팔의 첩이 얌전하고 다정하다고 칭찬하는데, 돌이가 저 보기에도 그렇다고 동의하고 나서

　"이승지가 얻어주었겠지요?"

하고 물으니 삭불이가

　"내가 얻어준 셈이다."

하고 자기가 중매한 것을 일장 이야기하여, 돌이가 이야기 들은 끝에

　"여보 김서방, 나도 장가 좀 들어보게 이쁜 색시 하나 중매해주시우."

하고 웃으며 청하였다. 삭불이가

　"자네 장가 늦었지. 그래 이쁜 색시라야만 하겠나? 이쁜 색시…… 가만있거라, 어디 생각해보세."

하고 혼처를 생각하는 모양이더니

　"옳지, 되었다. 좋은 데가 있다."

하고 무릎을 치고 나서 자기가 전에 동무장사하던 사람이 있는데, 성은 피皮가고 이름은 선이고 별명은 작대기다. 사람이 꿋꿋하고 남의 말을 잘 듣지 아니하고 게다가 키가 커서 작대기라는 별명이 생겼다. 그 사람이 무남독녀 외딸이 있는데 이름이 애기다. 자기가 여남은살 되기까지 보았는데, 얼굴이 이쁘기라니 보는 사람이 꿀딱 집어삼키고 싶도록 이뻤다. 그 피작대기가 양주

본바닥 백정인데 서울 와서 살다가 장사에 밑천을 대던 주인이 죽어서 장사를 못하게 된 까닭에 고향으로 도로 내려갔다. 자기가 못 만난 지가 오륙년 되니까 애기가 시집갈 나이가 넘었을 것이다. 그동안 시집만 안 가고 있으면 자기의 중매로 꼭 될 것이다. 삭불이가 길게 이야기하고 나중에

"내가 틈이 나거든 한번 양주를 갔다옴세."

하고 돌이를 보고 웃으니 돌이는

"내 눈으로 색시를 보아야만 맘을 놓을 터이니까 나하고 같이 가십시다. 내일 떠나시려우?"

하고 말하자, 주팔이가 들어왔다. 돌이가 혼처 이야기를 하려고 한즉 주팔이는

"노총각이 장가들 수가 터지는 게지."

하고 앞질러 말하고 돌이가

"밖에서 들으셨구려."

한즉 주팔이는

"그래."

하고 허허허 웃었다. 그 뒤로 돌이는 삭불이만 보면

"색시 선 좀 보러 갑시다."

"어느 날 양주 가시려우?"

조르기도 하고 다지기도 하는데 삭불이는

"아따, 틈이 나지 않네그려."

"일간 가도록 해보세."

펑계도 하고 미루기도 하여 그럭저럭 십여일이 지났다.

　이 말이 어떻게 이승지 귀에 들어가서 어느 날 이승지가 삭불이를 불러세우고

　"네가 돌이 장가를 들여준다고 같이 선보러 가자고 했다더구나. 가자고 했거든 얼른 갈 것이지, 무슨 일이 있어서 틈이 없느니 있느니 하고 내일모레 미루기만 한단 말이냐? 양주가 멀지도 아니한 곳이니 속히 한번 갔다오너라."

하고 준절히 일러서 삭불이는 다시 펑계도 못하고 미루지도 못하게 되었다. 삭불이는 그날로 돌이에게 와서 내일은 정말 떠나자고 말하여 두고 이튿날 식전에 주팔의 집에서 이른 아침을 얻어먹고 돌이를 데리고 양주길을 떠났다.

　양주읍내는 서울서 오십여리 길이라 삭불이와 돌이가 노량으로 길을 걸어 다락원 삼십리 와서 점심참을 대고 해가 높다랗게 있을 때 양주읍을 들어왔다. 피선이의 집을 찾는데, 포주˙ 두 군데에 선이의 포주가 큰 것이라 두 번도 묻지 않고 찾아오게 되었다. 삭불이가 문간에 들어서서

　"작대기, 집에 있나?"

하고 소리를 쳤다. 허여멀겋게 생긴 얼굴에 새까만 수염이 돋보이는 사나이가 열리어 있는 되창문으로 내다보더니

　"나는 누구시라고!"

하며 짚신을 미처 다 꿰지 못하고 뛰어나왔다. 이 사람이 피선이다. 선이가 삭불이를 보고

"이거 웬일이오? 무슨 볼일이 있어 왔소?"

하고 묻는 품이 삭불이가 전위하여 찾아온 줄로 알지 아니하는 모양이라 삭불이가 선이의 묻는 대로

"무어 조그만 볼일이야. 이왕 온 길이기에 좀 찾아보려고 들렀어."

하고 웃으니 선이는 큰 키를 구부슴하고 삭불의 얼굴을 들여다보며

"오륙년 동안 대단히 노창해졌소그려.'"

하고 뒤미처 말을 이어서

"반갑소. 좀 들어앉아서 이야기합시다."

하더니 고개를 안으로 돌리고

"이애 아가, 안방 좀 정하게 치워라. 서울 손님 오셨다."

하고 다시 돌이켜 삭불을 향할 때에 삭불이가

"동행 하나가 있는데 같이 들어가도 좋겠지?"

하고 물으니 선이는 선뜻

"좋고말고."

하고 문밖에 섰는 돌이를 가리키며

"저기 섰는 총각이오?"

하고 묻고야 삭불이가 고개 끄덕이는 것을 보고서는 돌이를 향하여

"총각, 이리 들어오."

● 포주(庖廚)
푸줏간.
● 노창(老蒼)하다
점잖고 의젓하다.

하며 손을 쳤다.

 이리하여 주인 손 세 사람이 안으로 들어오는데 애기가 안방을 치워놓고 마루로 나오며 어떤 손이 들어오나 하고 바라보다가 총각 하나가 뒤따라들어오는 것을 보고 고개를 숙이고 얼른 건넌방으로 들어갔다. 아무리 얼른이라 하여도 돌이가 볼 동안이야 없었으랴. 돌이는 들어오면서 눈을 놓아 살피던 차이라 애기의 얼굴을 보았고 애기의 옆태를 보았고 또 애기의 뒤태를 보았다. 잠깐 동안에 많이 보았다. 얼굴 바탕이 조금 갸름한 듯한데 이맛전은 반듯하고 눈은 속이 배어 보이나 눈찌가 곱고 코는 파고 안친 것 같은데 콧날이 오똑하고 입은 자그마하고도 나부죽하고 턱은 받았다. 살쩍˚은 그린 것 같고 머리는 삼단 같다. 앞으로 보나 옆으로 보나 또는 뒤로 보나 모두 두말할 것이 없이 어여쁘다. 돌이는 첫눈에 마음이 가득하였다. 봉단이와 같이 복성스럽지는 아니하나 이쁘기로만은 나으면 나았지 못할 것이 없다고 생각하였다. 아직 머리를 늘인 것이 돌이 맘에 든든하였다. 세 사람이 방에 들어와 앉은 뒤에 선이와 삭불이가 서로 지금 지내는 형편을 이야기하다가 삭불이가

 "애기 어머니는 어디 갔나?"
물으니 선이는

 "장날 팔다 남은 고기를 가지고 나간 모양이오. 얼마 아니 있으면 오겠지요. 김서방 말을 나보다도 더 자주 하는 사람이라 여간 반가워하지 않을 것이오."

248

하고 말한 뒤에

"전에 우리가 한집안 식구같이 지냈으니까……."

하고 서울서 지내던 일을 이야기하려는데 삭불이는 자기네 전날 행적을 돌이에게 들리지 아니하려고 거북살스럽게 앉은 돌이를 바라보며

"좀 편히 앉게그려."

말하여 선이의 이야기를 가로막으니 선이도

"왜 편히 앉지 그러우."

하고 돌이를 보고 말하였다.

● 살쩍
관자놀이와 귀 사이에 난 머리털.

두 집안

　선이는 돌이가 편히 앉는 것을 보고 다시 삭불을 향하여
　"요지막도 한선달님 생각이 가끔 납디다."
하고 한치봉의 말을 꺼내니 삭불이가
　"그렇겠지. 그렇지만 죽는 사람은 죽고 사는 사람은 살고 늙는 사람은 늙고 자라는 사람은 자라는 것이 이 세상이니까."
하고 될 듯 말 듯한 말을 늘어놓아서 또 선이의 말을 가로막고
　"애기야말로 몰라보게 자랐어. 올에 열몇살인가?"
하고 말을 돌리니
　"열여덟살이오. 아차, 잊었소. 와서 보이랄걸!"
하고 건넌방을 향하여
　"아가, 아가!"
하고 부르다가 돌이를 한번 흘끗 보고 조금 거북한 눈치를 보이

었다. 삭불이가 장난의 말로

"여보게 임도령, 남의 집 색시를 앉아 보기가 면난하거든˙ 밖으로 나가시게."

하고 하하 소리를 내서 웃으니 선이는 정말로 듣고

"별소리를 다 하오. 관계없어. 나가기는 어디를 나가."

하면서도 말이 이에 물리었다 나오는 것같이 거칫거리며 나오는 것을 보면 맘에는 신통히 여기는 것 같지 않았다. 돌이는 김서방이 장난의 말을 하거나 말거나 주인이 신통히 여기거나 말거나 색시를 가까이 보게 되는 것만 다행하게 여기어 아무 소리를 아니하고 앉아 있었다. 애기가 그 아버지에게 불리어 건너오는데 안방 외쪽문 밖에 와서 주저주저하니 선이가 되창으로 기웃이 내다보며

● 면난(面赧)하다
남을 대할 때에 무안하거나 부끄러워 낯이 붉어지는 기색이 있다.

"어서 들어와서 이 어른께 뵈어라."

하고 재촉하여 애기가 외쪽문을 열고 방으로 들어와서 삭불이를 향하여 절하는데, 그 절이 서울 절과 달라서 두 팔은 무릎 밖으로 벌어지고 궁둥이는 들리고 머리는 거의 자리에 닿을 것 같았다. 삭불이가 웃으며 절하고 나서 섰는 애기를 치어다보고

"퍽 컸다. 너 나를 알겠니?"

하고 물으니 애기가 나직이

"네."

하고 대답하였다. 선이가

"열두서너살까지 뵈온 어른을 설마 모를라구."

하고 삭불이를 보고 말하고 나서

"고만 건너가거라."

하고 애기를 보며 말하였다. 그동안에 애기가 속눈질과 곁눈질로 앉아 있는 총각의 인물을 보니 심술궂어 보이나 밉상은 아니었다. 그 총각의 눈이 자기의 몸을 떠나지 아니하는 것 같아서 괴란하게˚ 생각하였다. 사실로 돌이는 염치불고하고 애기의 아래위를 샅샅이 보았다. 애기는 가까이서 보아도 멀리서 볼 때나 다름없이 어여뻤다. 까다롭게 흠을 잡아 말한다면 키가 너무 커서 맨드리˚가 없고 귀가 쪽박귀고 눈에 독살이 들어 보이고 목소리가 새될 것 같았다. 치마 밑에 나온 발이 모양 없이 크나 봉단이의 발보다는 더 클 것이 없었다. 돌이는 만족하였다. 눈치 잘 채는 삭불이는 애기가 돌이 맘에 드는 것을 벌써 짐작하고 있는 터인데, 돌이는 인제 혼인말을 해달라고 말하고 싶어서 삭불이에게 여러번 눈짓을 하다 못하여

"여보 김서방, 아니 가시려우?"

하고 말하니 선이가

"가시자니? 김서방이 내게 와서 밥 한 끼 안 자시고 갈 터수가 아니어."

하고 가로맡아 대답하는데 삭불이는 웃고 있었다. 삭불이가 선이와 이런 이야기 저런 이야기 하다가 애기의 혼사를 정한 곳이 있느냐고 물은즉, 선이는 자기 형편으로는 데릴사위를 얻어야 할 터인데 가근방 백정의 집에 사위로 데려올 만한 아이가 없어

서 지금 광구하는˚ 중이라고 말하였다. 삭불이가 이 말을 듣고
"내가 혼처 한 곳을 지시할까?"
하고 '훌륭한 총각 하나가 있다. 그 총각이 외모도 준수하고 심지도 굳건하다. 나이는 올에 스물다섯이다' 말하고 혼인 정할 생각이 있느냐고 묻는데, 아무 말 아니하고 앉았는 돌이는 낯이 간질간질하였다. 선이는 그 사람이 어디 사람이냐고 묻는다. 삭불이는
"이왕 말이 났으니 내가 말하지."
하고 그 사람은 다른 사람이 아니라 함흥으로 도망갔던 유명한 이승지의 외사촌 처남 되는 사람인데 지금 서울 와서 있다고 말하니 선이는
"그러면 함흥 양주삼네 일지요그려."
말하고 삭불이가
"잘 아는군."
말하니
"양주삼의 딸 봉단이가 숙부인 바친 소문이야 누가 모르겠소. 더구나 백정의 집에서야."
말한다. 삭불이가 선이에게 혼인 정할 의향이 있느냐고 묻는데 돌이는 간지러운 낯이 따끔따끔 따가울 지경이었다. 돌이는 그대로 앉아 배길 길이 없어 뒤 좀 보고 오겠다고 일어섰다. 삭불이는 돌이가 헛뒤 보러 가는 줄까지 짐작하면서
"아까 이리 내려올 때 보았지? 길가에 한뎃뒷간이 있지 않디?

● 괴란(愧赧)하다
얼굴이 붉어지도록 부끄럽다.
● 맨드리
옷을 입고 매만진 맵시.
● 광구(廣求)하다
직업이나 인재 따위를 널리 구하다.

그리로 가게."

말하니 선이는

"우리 집에는 진드기만 사는 줄로 아우? 그렇게 멀리 갈 것이 무어요."

하고 삭불의 말을 나무라서 말하는데, 돌이는 건성으로 "네" 대답하고 밖으로 나갔다.

돌이가 나간 뒤에 삭불이가 선이의 의향을 다그쳐 물으니 처음에는 선이가 신랑감을 한번 보고야 말하겠다고 잘라 말하지 아니하였다. 삭불이가 고개를 젖히고 천장을 치어다보며 짧은 휘파람을 불다가 홀제 혼잣말하듯이

"신랑감을 한번 보아야 한다것다. 막중대사에 그럴 테지."

하고 고개를 다시 바로 세우고 선이의 얼굴을 바라보며

"신랑감을 벌써 보아둔 줄로 알았더니 인제 볼 터이란 말이야?"

하고 고개를 까닥거렸다. 선이는 그 말이 무슨 말인지 몰라서

"어떤 신랑감을 누가 보아두어요?"

하고 삭불이의 얼굴을 들여다보는데, 이때껏 시치미를 떼고 있던 삭불이는 픽 하고 웃음을 터치며 한참 동안 하하 소리를 걷잡지 못하였다. 선이는 또 그 웃는 까닭을 알지 못하여 어리둥절하다가 삭불의 웃음이 어지간히 끝나갈 때

"여보, 웃는 까닭이나 좀 압시다."

말하니 삭불이는 웃음 반 말 반으로

"알리다뿐이야. 아까 그 사람, 같이 온 사람, 그 사람이 바로 신랑감이야."

하고 또 하하 웃었다. 선이가

"무어요?"

하고 눈을 크게 뜨니 삭불이가 웃음을 그치고

"놀라지 말고 내 이야길 들어."

하고 한번 큰기침을 하고 나서 이야기를 시작하는데 첫머리에 이승지를 쳐들었다. 이승지가 외사촌 처남을 장가들여 주려고 색시를 구하는 중에 자기에게 문의를 하기에 자기가 애기 말을 하였고 이승지의 말이 너 친한 사람이면 나 친한 사람이나 다름이 없는 터에 너 친한 사람의 딸이라니 두말할 것 없이 좋다고 곧 정혼하도록 주선하라고 하는데, 자기가 볼일 때문에 좀 늦었고 신랑감 총각과 같이 오기는 선보고 선보이고 하는 폐를 덜려고 자기가 주장하였고, 자기로 보면 양편이 다 친한 까닭에 중매 노릇을 하게 되었다고 거짓말에 참말 섞은 이야기를 자기가 중매 된다는 것으로 마치었다. 그리하여 다시 선이의 의향을 물으니 선이는 한참 생각하다가 나중에는

"그 총각 같으면 좋소이다. 애기 어머니 오거든 다시 이야기합시다."

하고 반허락을 하게 되었다.

그동안에 해가 거의 저녁때가 다 되었다. 선이가 삭불이를 보며

"시장하시겠소."

하고 밖을 내다보며

"어째 이렇게 아니 오나? 이애, 너의 어머니 오기 기다리다가는 손님 곯리겠다. 어서 나와서 밥 지어라."

하고 그 딸이 들으라고 크게 말하니 애기는

"네."

대답하고 건넌방에서 밖으로 나왔다. 애기가 물을 이어 들이고 솥을 가시고 쌀을 안치고 밥솥에 불을 지핀 뒤에 애기 어머니가 돌아왔다. 문간에서 들어오는 길에 부엌에 있는 애기를 보고

"밥을 안쳤니? 너의 아버지 방에 계시냐? 누구 왔니?"

하는 묻는데 애기가 부엌에서 나와서 고기 함지를 받고 소곤소곤 몇마디 말을 한즉 애기 어머니가 반색하며

"무어? 김선배가 오셨어?"

하고 안방문 앞으로 와서 미처 방에 들어서기 전부터

"에그머니."

를 찾아가며 삭불이와 인사하고

"왜 이렇게 늦었나?"

묻는 남편을 보고

"조금조금 하다가 늦었어."

발명하고

"저녁을 얼른 지어야겠군."

하고 바로 밖으로 나가려고 하였다. 선이가

"거기 잠깐 앉게나."

하고 나가려는 아내를 주저앉힌 뒤에 김서방이 애기 혼인 까닭으로 전위하여 왔다고 말하고 신랑감의 나이와 고향과 친족 관계를 말하고 신랑감 총각이 밖에 나갔은즉 들어오거든 보라고 말하니 애기 어머니는 자기의 남편을 보며

"지금 문밖에 낯선 총각이 서성거리더니 그게 그 총각이군. 잠깐 보아도 사내답게 생겼든데."

하고 다시 삭불이를 보며

"애기 혼인 까닭에 일부러 양주 걸음까지 하셨으니 고맙기 짝이 없소. 전에 정답게 지내던 김선배가 아무래도 다른 사람과 다르구려."

하고 수월수월하게 말하였다. 삭불이가 손뼉을 치고 웃으며

"인제는 두말할 것 없군."

말하는데 선이는 말없이 고개를 끄덕이고 애기 어머니는

"이야기들 해서 정하시지요. 이승지의 부인만은 못해도 이승지의 처남댁도 좋구먼요."

하고 곧 뒤이어서

"나는 몰라요. 나는 나가서 저녁이나 할래요."

하고 일어서 나가더니 자기가 이고 갔던 고기 함지에서 남은 고기를 꺼내서 뱀장어칼로 저미고 예고 하여 저녁 반찬을 장만하였다.

방에 앉았는 삭불이는 선이를 보고

"총각 녀석을 불러들여야겠군."

말하여 선이가 문밖에 나가서 돌이를 데리고 들어왔다. 삭불이가 돌이를 보며

"자네 뒤를 굉장히 오래 보네."

하고 바로 옮겨 선이를 보며

"훌륭한 사윗감이지? 천하 일등인 뒤보는 것만 가지고도."

하고 하하 웃으니 돌이도 머리를 긁적긁적하며 웃었다.

그날 밤에 돌이와 삭불이가 선이의 집 안방에서 자게 되었는데, 선이 내외가 돌이를 유심히 보는 까닭에 돌이가 얼마 동안 겸연쩍어서 말이 적었으나 선이의 아내가

"총각, 이리 가까이 오구려."

"총각, 이야기 좀 하구려."

하고 연해 '총각, 총각' 하며 다정하게 구는 까닭에 돌이가 마침내 조심성이 풀리어서 너털웃음을 치며 반죽 좋게 이죽거리게까지 되었다. 삭불이가 간간이 실없는 말을 던지어 여러 사람을 웃기었는데, 돌이를 가리키며

"저 함흥 떠꺼머리가 인제 양주 대적大賊이 될 터이야. 요지왕모˙ 같은 색시를 훔치려는 것을 보지."

하고서 '하하' 하기도 하고

"저 떠꺼머리가 맘속에 큰 걱정이 있는 모양이야. 옥황상제하고 벗 못하는 걱정."

하고서 '하하' 하기도 하고, 선이의 아내가 돌이더러 총각, 총각 하는 것을 보고

"총각은 다 무어야. 고만 사위라고 하지. 그래도 사위라기는 좀 이를까? 그러면 밋사위라고 하지. 민며느리가 있는데 밋사위라고 없으란 법 있나."

하고서 '하하' 하기도 하여 그 하하 할 때마다 돌이든지 선이 내외든지 따라서 '허허' '허허' 하지 않을 수 없었다. 나중에 선이의 아내가

"고단들 하실 걸 고만 주무시지."

하고 건넌방으로 건너가고 삭불이와 선이와 돌이가 차례로 누웠다. 돌이는 누운 뒤에 바로 코를 골기 시작하였고 삭불이와 선이는 전날 이야기도 하고 지금 이야기도 하는 중에 대사를 지낼 이야기까지도 얼추 작정하고 닭울 무렵에 잠들이 들었다. 밤늦게 잠든 까닭으로 삭불이가 이튿날 해가 한나절이 지난 뒤에 일어났다. 일찍 일어난 돌이가 삭불이를 보고

● 요지왕모(瑤池王母) 중국 주나라의 목왕이 요지에서 데리고 놀았다는 아주 아름다운 선녀 서왕모를 이름.

"김서방도 서울 사람이라 게으름뱅이로 한골 나갈 만하구려."

하고 웃으니 삭불이가

"암만, 함흥 사람은 모두가 부지런하지. 서울 사람은 게으름뱅이 사위로 조명이 났다니까 인제 함흥 사람은 부지런뱅이 사위로 유명할걸. 아따 이 사람아, 자네 코 까닭에 나는 잠 못 잤어. 그리고 무슨 염치에 남더러 게으름뱅이라나?"

하고 웃었다. 선이의 아내가 밥이 굳어 떡이 되었다고 말하며 밥상을 갖다 놓았다. 삭불이와 돌이가 늦게 아침밥을 먹고도 다시

한동안 무춤거리다가 선이 내외와 작별하고 떠나서 그날 해 지기 전에 서울로 돌아왔다.

돌이의 혼인날이 사월 스무날로 작정되었다. 혼일은 주팔이가 받았고 혼수는 이승지 부인이 장만하였다. 삭불이는 신부의 집일을 거들려고 며칠 전기하여 양주로 내려가고, 주팔이는 위요가 되어 혼인 전날 신랑과 같이 떠나 내려갔다. 귀엣머리를 푼 애기의 태가 색시 적과 달리 아리따운 것은 다시 말할 것도 없고 상투를 쪼진 돌이의 모양도 떠꺼머리 때와 달라서 의젓하게 보이었다. 신랑 신부를 구경왔던 사람이

"신부가 참말 이쁘군."

"신랑도 그만하면 훌륭하지."

하고 구석구석 모여서 칭찬들 하였다. 과년한 신랑 신부의 첫날밤 이야기는 자세히 말할 것이 없으나, 그날 밤 신방 지키던 사람이 나중까지 두고 웃음거리로 이야기하게 된 것이 한 가지 있다. 그것은 신랑이 신부 옷 벗기던 사단이다. 돌이가 첫날밤에 옷 벗긴다는 말만 들었지 어떻게 벗기는지를 몰랐던 까닭에 애기의 옷을 속속들이 발가벗기려고 들어서 속적삼의 단추고가 쪼개지고 속속곳의 고름이 떨어졌다. 애기가 손으로 밀막아서 잘 벗기지 못하게 하니까 돌이가 무식스럽게 애기의 팔목을 꽉 쥐었다. 애기가 무심결에

"아야."

하면서 팔을 뿌리친다는 것이 돌이의 면상을 후려치게 되어서

돌이도 무망결에

"아이구."

하고 볼멘소리로

"팔목 좀 쥐었다고 사람의 얼굴을 치는 법이 어디 있어?"

하고 물러앉았다. 애기가 암상˙이 나서 입속말로

"무식스럽게……."

하고 종알거리니 돌이는 골이 나서

"누가 무식스러운지 모르겠네."

하고 두덜거렸다. 그리하여 신랑 신부가 한참 동안 소가 닭 보듯 닭이 소 보듯 하고 있다가 나중에 돌이가

"첫날 저녁부터 쌈질은 재미가 없는데 내가 지지."

하고 단추를 끼지 못한 속적삼과 고름을 매지 못한 속속곳은 입은 채로 애기를 들어다가 자리에 누이었다. 신방을 지키던 사람들이 이것을 알았다. 그중에

"변이야, 첫날밤 색시가 신랑과 말다툼을 하다니."

말하는 여편네도 있었고 또

"애기가 제법 무어라고 종알거리니 망측도 하지."

말하는 여편네도 있었다. 첫날밤에 신랑 신부가 말다툼하였다는 것이 나중까지 웃음거리가 된 것이다. 주팔이는 성례한 그 이튿날 곧 서울로 올라가고 삭불이는 뒤떨어져서 잔치 나머지 술에 취하여 신랑 신부를 못살게 굴다가 이삼일이 지난 뒤에 서울로

● 위요(圍繞) 혼인 때에 가족 중에서 신랑이나 신부를 데리고 가는 사람.
● 암상 남을 시기하고 샘을 잘 내는 마음.

올라갔다.

 돌이가 장가 온 뒤 처음 얼마 동안은 하는 일이 없었다. 장모와 같이 앉아 이야기하는 이외에는 애기 뒤를 쫓아다니었다. 애기가 우물에 물 길러 가면 붙어 가서 두레박질을 하여주고, 애기가 부엌에서 밥을 안치면 따라들어가서 불을 지펴주었다. 이리하여 애기가 돌이를 보고
 "너무 쫓아다니지 마시오. 남이 부끄럽소."
하고 말한 일까지 있었다. 어느 장 안날 식전이다. 선이가 소를 잡으러 포줏간으로 나가기 전에 돌이를 불러서
 "너도 인제는 일을 좀 배워라. 사나이자식이 밤낮 계집의 궁둥이만 쫓아다니면 쓰겠느냐."
하고 이른 까닭에 돌이는 선이의 뒤를 따라나가서 소 잡는 것을 구경하였다. 그날 잡은 것은 큰 암소였다. 처음에 선이 집의 심부름꾼이 그 암소를 끌고 포줏간으로 들어오는데, 그 암소가 외양간으로 끌려오는 줄로 아는 것같이 순순히 따라오다가 포줏간 가까이 와서 포줏간에 배어 있는 피비린내를 맡고야 죽는 줄을 짐작하였는지 들어오지 아니하려고 머리를 흔들고 뒷걸음질을 치려고 하였다. '메, 메' 하는 소리가 사람 같으면 '살려주시오, 살려주시오' 하고 말하는 것 같았다. 힘으로 말하면 심부름꾼 열이나 스물이 덤비어도 끌어들이게 될지 말지 한 암소가 고삐를 몇번 채치다가 웅숭그리고 끌려들어왔다. 짐승이라 죽는 것을

잘 모르리라 하나 그렇지도 아니하였다. 메, 메 하는 소리와 웅숭그리는 모양은 고사하고 그 큰 눈에 한없이 겁을 내는 것이 보이었다. 보기에 따라서는 그 눈이 사람을 원망하는 것같이도 보이고 신세를 슬퍼하는 것같이도 보이고 또 미련하게 '잡아잡수' 하는 눈치도 없지 아니하였다. 아무리 암소라도 힘이 있는 대로 날뛴다고 하면 포줏간에서 죽게 되지 아니할 것인데 힘을 써볼 생각도 못하고 죽기를 기다리는 것이 짐승이다.

심부름꾼이 고삐를 잡고 있는데 선이가 넓적한 도끼를 둘러메었다가 도끼머리로 벼락같이 내리쳤다. 눈썹 있는 사람이면 양미간이라고 말할 곳을 똑바로 내리쳤다. 단 한번에 암소가 '꿍' 하며 넘어졌다. 눈을 껌벅거리고 몸을 벌떡거리는 것이 아직 다 죽지는 아니한 것이다. 어느 틈에 고삐를 놓은 심부름꾼이 선이의 도끼를 받아들고 도끼질을 익히듯이 바로 비뚜루 여러번 내리쳐서 소가 영영 꿈쩍 못하게 되었다. 돌이는 죄도 없이 참혹히 죽는 소를 불쌍히 여기느니보다 힘도 못 써보고 허무하게 죽는 소를 죽어 마땅하다고 생각하였다. 선이가 칼을 잡고 나서서 멱을 질러 선지를 뽑고 뱃가죽을 다 젖히어놓고 가죽을 벗기는데 가죽에 뒷고기 한 점이 붙지 아니하고 선뜻선뜻 놀리는 칼이 실룩거리는 살결을 따라들어가서 뼈마디에 다치지 아니하였다. 돌이는 도끼질을 심부름꾼보다 낫게 하기는 용이하지만, 칼질을 장인같이 능란하게 하기는 어렵겠다고 생각하였다. 돌이는 소 한 마리를 다 잡도록 서서 보다가 소머리, 족, 갈비, 양지머리,

등심, 내장 등속을 심부름꾼과 함께 날라 옮기고 선이 손 씻은 물에 손을 씻으려고 하니 선이가

"이애, 한그릇 물에 손을 씻으면 싸움한단다. 너는 안에 들어가 씻어라."

하고 말하여 돌이는 피 묻은 손을 들고 안으로 들어왔다. 선이의 아내가 그 손을 보고

"일했네그려. 장인이 좋아하겠네."

말하고 나서

"이애 아가, 네 남편 손 씻게 물 떠다 주어라."

말하여 애기가 옹배기에 물을 떠가지고 와서 돌이 앞에 놓으려고 할 때, 이때껏 두 손을 거북살스럽게 내밀고 섰던 돌이가 손바닥을 벌리어 애기의 얼굴을 만져주려고 하니 애기가

"에그머니!"

하고 소리를 지르며 뒤미처

"미쳤나? 무슨 짓이야."

하고 포달스럽게 말하였다. 돌이가 허허 웃고 앉아서 옹배기 물에 손을 넣으며

"쇠피 묻은 손이 눈에 익었을 터인데 그래도 보기가 끔찍스러운가?"

하고 섰는 애기를 치어다보니 애기가

"끔찍스럽지 않대도 얼굴에 칠하는 것이 좋을 게 무어야. 내가 좀 칠해주리까?"

하고 쌩긋 웃는데 돌이는

"아니, 나는 쇠피 묻히기가 처음이야. 일은 망했어. 이에다 대면 고리일은 정하지. 그러고 고리일은 사내 여편네 어른 아이 할 것 없이 다같이 하는 것이 좋거든. 빙부님더러 고리일 하자고 해볼까?"

하고 의논성 있이 말하였다.

애기의 어머니가 이 말을 듣고 애기가 대답하기 전에

"이 사람아, 그런 말은 할 생각도 말게. 자네 고향에서는 그렇지 않다데만 여기서는 고리일을 세우지 않네. 고리일 한다면 대접이 떨어질 지경일세."

말하니 돌이는

"백정이면 대접이 끝가는 세상에 올라가고 떨어지고 할 대접이 무어 있어요! 고리백정이나 개백정이나 백정은 마찬가지지요."

하고 두덜거리었다.

돌이가 일을 배우기 시작한 뒤 한 달이 못 되어서 선이의 집에 의외의 큰일이 생기었다. 유월 초하룻날의 일이다. 아침에 선이가 볼일이 있어서 같은 포주하는 사람의 집에를 갔었다. 그때 그 사람은 상제요, 그 포줏간은 객사 너머 큰거리에 있었다. 선이가 볼일을 보고 곧 일어서려고 하다가 주인 상제에게 붙들리어 삭망朔望 지낸 음식을 얻어먹게 되었다. 선이가 잘 먹지도 못하는 술을 여러 잔 받아먹고 집으로 돌아오는데 아까 갈 때까지 평탄하던 길이 갑자기 울퉁불퉁하여져서 걸음을 바로 걷지 못하였다. 이때 양주목사가 객사에서 망배望拜하고 나오다가 앞길에서 길을 휩쓸고 가는 술 취한 사람이 있는 것을 바라보고 남여藍輿에 올라앉으며

"아침부터 큰길에 비틀걸음을 치며 다니는 놈이 있단 말이냐? 네 저놈 붙잡아가지고 들어가자."

하고 분부하여 전배前陪사령 하나가 분부를 시행하려고 비틀걸음치는 사람에게로 쫓아왔다. 선이가 뒤에서 나는

"게 있거라!"

하는 소리에 발을 단단히 디디고 서서 뒤를 돌아볼 때, 사령이 달려와서

"이놈아, 무슨 술을 아침부터 처먹었니?"

하고 어깨에 손을 대니 선이는 술김이라

"내게 생긴 술 내가 먹는데 무슨 상관이오?"

하고 콧방귀를 뀌었다.

"이놈아, 무어 어째! 무슨 상관? 주릿대 밀 놈 같으니."

하고 선이의 뺨을 보기좋게 내갈기니 선이는 비슬비슬하다가 간신히 비스듬히 서서

"뉘게다 함부로 손질이야! 제미."

말이 입에서 떨어지자마자 사령의 발길이 선이의 앞정강이에 다닥치며 선이는 앞으로 고꾸라졌다. 창 받은 미투리˚신은 발에 선이는 차이고 밟히고 하여

"애구, 사람 죽인다."

는 소리가 입에서 그치지 아니하였다. 좌우에는 구경하는 사람이 옹긋쭝긋 섰었으나, 사령이 백정을 치는데 나서서 말릴 사람은 하나도 없었다. 또다른 사람 하나가 쫓아와서 두 사령이 선이를 잡아일으켜 양쪽 팔죽지를 갈라잡아 들고 달려갔다.

선이의 집에서 소문을 듣고 선이의 아내와 돌이가 숨이 턱에 닿도록 달음박질하여 와서 보니 벌써 관가로 들어간 뒤라 돌이가 관가로 쫓아들어가려고 하니 선이의 아내가

"자네는 집에 가서 있게. 내가 알아보고 감세."

하고 돌이의 가려는 것을 말리었다.

"왜 그러세요?"

● 미투리
삼이나 노 따위로 짚신처럼 삼은 신.

"자네 같은 곰살궂지 못한 사람이 갔다가는 말도 못 붙여보고 귀퉁배기나 쥐어백히네. 아무 말도 말고 집에 가서 있게."

돌이는 장모의 말을 유리하게 생각하여 먼저 집으로 돌아왔다. 선이의 아내는 친한 아전에게 가서 알아본즉 식전 술 먹고 길에서 주정한 까닭이라 좀 있다 매깨나 맞고 나가게 되리라고 하여 집으로 돌아와서 딸과 사위에게 이야기하고 남편이 나오기를 기다리었다. 해가 다저녁때가 되어도 선이는 나오지 아니하였다. 선이의 아내는 남편이 이때나 나올까 저때나 나올까 기다리다 못하여 이방의 집을 쫓아가서 어찌 된 일인지 알아보았다. 선이의 아내가 이방 집에서 돌아왔을 때 애기가 내달아서

"아버지 어떻게 되었답디까?"

하고 물으며 어머니의 얼굴을 치어다보니 그 어머니는 대답이 없이 고개만 가로 흔들고 눈에 눈물이 고이었다. 마루에 있던 돌이가 마당에 섰는 모녀에게로 뛰어내려와서 어서 마루로 올라가자고 말하여 애기 모녀와 돌이가 마루에 올라앉은 뒤에 애기 어머니가 애기를 향하여 듣고 온 일을 이야기하는데

"너의 아버지가 오늘 곤장을 삼십 개인지 사십 개인지 맞고 옥에 갇히었단다."

하고 비칠비칠하다가 다시 말을 이어서

"안전께서 처음에는 식전 주정한 죄로 매깨나 때려 내보내려고 하셨는데, 너의 아버지를 잡아간 사령놈 그 망한놈이 무슨 원수가 졌는지 너의 아버지가 욕설을 했다고 안전께 고자질을 해서 안전 말씀이 관포주 백정놈으로 관 하인을 능욕하다니 그대로 둘 수 없다고 옥에 가두라고 하셨단다. 이방 말을 들으면 지금 안전이 인정 없는 이라 자칫하면 귀양가기가 쉽겠다고 하니 이 일을 어떻게 하면 좋으냐?"

하고 눈물을 떨어뜨리니 애기는 소리를 내서 울고 돌이는 입맛을 다시었다. 애기 어머니가 눈물을 씻으며 돌이를 향하여

"여보게, 자네가 서울 가서 이승지의 편지 한 장을 맡아 부치게. 그러면 혹시 놓일 수가 있을 것일세."

하고 돌이의 대답을 기다리는데 돌이는

"이승지요?"

하고 머리를 긁적거리다가 주팔이나 삭불이를 보고 말하면 이승지의 편지 한 장쯤은 얻으리라 생각하고

"그래 보지요."

하고 이왕 서울을 갈 바에는 오늘 밤으로 간다고 돌이는 총총히 저녁밥을 먹은 뒤에 밤길을 떠나갔다.

이튿날 새벽에 돌이가 서울 들어오는 길로 주팔이의 집을 찾아왔다. 돌이가 주팔을 보고 밤길을 걸어온 급한 사연을 말하고 이승지의 편지를 얻어달라고 청하니 주팔이가

"자네가 이승지를 모르는 터이면 내라도 말하겠네만 자네도 친한 터에 내가 중간에 들어 말한다는 것이 우습지 아니한가? 그리고 자네가 이승지가 되어 생각해보게. 자네 친한 사람이 자네를 와 보지는 아니하고 다른 사람을 중간에 넣고 무슨 청을 한다면 자네가 그 청을 들어주겠나? 두말 말구 자네가 이승지를 가 보게."

하고 사리를 타서 말하므로 돌이는 다시 입을 벌리지 못하였으나 속으로 생각하기를

'서울 온 뒤로 한번도 만나지 아니한 이승지를 갑자기 찾아보고 청하기가 맘에 창피하고 또 무슨 토심을 받게 될지도 모르니까 김서방이나 가서 보고 말하겠다.'

하고 주팔이를 보며

"그러면 나는 대안동으로 가겠소."

하고 바로 일어서려고 하니 주팔이가

"아직 이르네. 내게서 아침 먹구 그러구 가게."

하고 돌이를 붙들었다. 아침밥을 먹은 뒤에도 주팔이가

"이때쯤 아침 먹느라구 수선할 터이니 좀 있다 가게."

"지금쯤은 손님을 볼 때니 더 있다 가게."

하고 몇번 가려고 일어서는 돌이를 붙들었다. 돌이가 앉았다가 조급증이 나서

"인제는 가보겠소."

하고 일어서는 것을 주팔이가

"아따 이 사람, 지금 가야 만날 수가 없어. 조급하더라도 조금만 더 참아."

하고 또 붙드니 돌이는

"김서방은 만나겠지요."

하고 더 앉았지 아니하려다가

"김서방은 요새 청지기 노릇하느라고 주인보다 더 바쁘다네. 지금 가야 만나지 못하네."

하는 주팔이의 말에 다시 붙들려 앉았다. 해가 거의 이른 점심때나 된 뒤에 주팔이가

"지금쯤 가보게."

말하여 돌이는 대안동을 오게 되었다. 솟을대문 앞에서 주저주저하다가 문안에 들어서서 구종 하나가 잡이간˚ 앞에 서 있는 것을 보고 그 구종에게로 가까이 가서

"삭불이 김서방을 만날 수 있소?"

하고 물으니 그 구종이

"김서방이 아까 어디 나갑디다."

하고 대답하는데 그 말씨가 돌이의 묻는 말씨보다 더 고분고분 하였다. 돌이는 어떻게 하면 좋을지 몰랐다. 조금만 더 일찍 왔 다면 삭불이를 만날 것을 공연히 주팔이에게 붙들려서 낭패 보 았다고 생각하였다. 삭불이를 기다릴까 이승지를 만나볼까 어찌 할까 망설이다가

"주인영감은 계시우?"

하고 물었다. 그 구종이

"계시지요."

하고

"어디서 오셨소?"

묻는데 돌이가

"양주서 왔소."

대답하였더니 그 구종이

"양주요?"

하고 무엇을 생각하는 것같이 고개를 기울이고 있다가

"네."

하고 고개를 끄덕이고 나서

"잠깐만 가만히 계시오."

하고 어디로 가는데 바로 보이는 큰 중문 아래 모로 붙어 있는 일각중문으로 들어갔다. 돌이는 '거기가 사랑이구나' 하고 생각

● 잡이간
자빗간. 가마, 남여, 승교, 초헌 따위의 탈것을 넣어두는 곳.

하였다. 얼마 있다가 그 구종이 아이 하나와 같이 나오더니 돌이를 보고

"이 상노를 따라가시오."

하고 친절하게 말하였다. 돌이가 상노의 뒤를 따라들어가는데 상노가 나오던 중문으로 들어가지 아니하고 그 건너편에 있는 일각문으로 들어와서 따로 떨어져 있는 집 한 채를 안고 돌아서 어느 방문 앞에를 와서

"방에 잠깐 들어앉으세요."

하고 방문을 열어주고 갔다. 돌이는 상노의 말대로 사람 없는 방에 들어앉았다. 얼마 뒤에 큰기침 소리가 나며 이승지가 어느 편에서 나오는지도 모르게 나와서 마루 위에 올라섰다. 돌이가 일어섰다가 이승지가 들어와 앉기 전에 절 한번 하고 이승지가 앉으란 말 하기 전에 다시 앉았다. 이승지가 자기 집에 왔다가 욕본 것이 가엾다 말하고, 자기가 여러 차례 만나자는데 한번도 오지 아니한 것이 괘씸하다고 말한 뒤에

"아내가 이쁘다지? 이쁜 색시 이쁜 색시 하더니 소원성취했구나. 너의 장모는 너의 고모같이 거실거실하지 않으냐?"

하고 허허 웃고 나서

"홀제 무슨 맘이 나서 이렇게 찾아왔니? 무슨 일이 있어?"

하고 묻는데, 그 말보다도 돌이를 보는 눈이 더 정다워 보이었다. 돌이는 주저주저하다가 청할 일이 있어 왔다고 말하고 선이의 소조를 이야기하였다.

이승지가 돌이의 청하는 말을 들은 뒤에

"편지해주기는 어렵지 않은 일이나 내가 양주목사와는 친분이 없으니까 내 편지가 효력이 있을지 모르겠다."

하고 한동안 고개를 기울이고 앉았더니

"어떻게든지 할 수 있겠지. 걱정 마라. 내가 출입했다 올 것이니 그동안 여기 있거라."

하고 일어서 나가고 돌이는 혼자 앉았었다. 얼마 뒤에 계집아이 하나가 나와서 갸웃이 방을 들여다보고 가고, 또 얼마 뒤에 늙은 할머니 하나가 방 앞을 지나서 돌아가더니 일각문을 닫거는 소리가 나고, 그 할머니가 도로 들어가는 길에 빠끔히 방을 들여다보고 가고 또다시 한참 동안이 지난 뒤에 그 할머니가 두번째 나오더니 돌이를 바라보고 마님이 나오신다고 선통하고, 그 뒤에 이승지 부인이 나오는데 뒤에는 계집아이가 따라섰다. 돌이가 방안에서 일어서서 마당에 걸어오는 부인을 바라보니 몸치장은 고사하고 몸을 놀리는 것까지도 처음 보는 양반의 부인이나, 그 얼굴만은 같이 자라던 봉단이가 틀림없었다. 돌이는 그 얼굴이 반가웠다.

이승지 부인은 툇마루에 걸터앉으며

"여보 오빠."

하고 뒷말을 잇지 못하는데, 돌이는 섰던 자리에 다시 앉으며

"오래간만이오. 그렇지만 얼굴은 몰라보지 않겠소."

하고 부인의 얼굴을 다시 물끄러미 바라보았다. 부인이 한동안

말이 없다가

"오빠가 장가를 잘 들었다지?"

하고 입을 열기 시작하여 애기의 말을 묻고 또 선이 내외의 인품을 물었다. 돌이가 그 묻는 말에 대강대강 대답하고

"이번에 빙부님의 일 때문에……."

하고 서울 오게 된 사유를 이야기하려 한즉 부인이

"아까 영감께 다 들었세요."

하고 이야기를 가로막고

"이번 일이 끝난 뒤에 내외분이 한번 같이 오시구려."

하고 돌이를 바라보았다. 돌이가

"와도 좋지만 그렇게 올 수가 있소? 그러고 이번 일이 무사하게만 되면 내가 한번 고향에를 다녀올 터이오."

하고 말한즉 부인이

"고향에도 갔다오셔야지요. 요사이 집에서는 어떻게 지내시는지. 퍽 고적들 하실 터이지. 딸자식이란 소용없어요."

하고 손으로 턱을 고이는데 그 손이 분결 같았다. 손의 살이 통통하여 전날 울퉁불퉁하던 손마디가 묻혀 보이지 아니하였다. 얼마 있다가 부인이

"할멈."

하고 기둥 옆에 서 있는 할머니를 부르더니 무어라고 두서너 마디 속살거리었다. 그 할머니가 안으로 들어갔다가 다시 나오며 그 뒤에 계집하인이 장국상을 들고 따라나왔다. 돌이는 국수장

국을 먹고 부인은 그 먹는 것을 보고 앉았는데, 또다른 계집하인 하나가 우는 아이를 안고 나와서

"애기가 배가 고픈가봐요."

하고 그 아이를 부인에게 주니 부인은

"젖 먹은 지가 얼마나 되어서."

하고 아이를 받아서 젖을 물리었다. 돌이가 젖 먹는 아이의 얼굴을 내다보며

"잘생겼소."

하고 칭찬하니 부인도 아이를 들여다보며

"이까짓 놈이 잘생기긴 무얼 잘생겨?"

하고 웃고서 돌이를 보며

"인제 돌 지난 지 두어 달밖에 안 되는 것이 어떻게 서낙한지˚ 몰라요."

● 서낙하다 장난이 심하고 하는 짓이 극성맞다.

하고 다시 아이의 얼굴을 들여다보는데 귀여워하는 빛이 눈에 가득하여 보이었다. 돌이는 부러운 맘이 없지 아니하였다.

저녁때가 다 된 뒤에 이승지가 집으로 돌아와서 돌이를 보고

"긴한 청편지 한 장을 맡았다. 양주목사와 정약형제한 사람의 편지다. 이 편지만 갖다 드리면 무사타첩될 것이다."

하고 편지 한 장을 내주었다. 돌이가 편지를 받아가지고 곧 떠나겠다고 말하니 이승지가

"해가 다 졌는데 어디를 간단 말이냐. 내일 가거라."

하고 말리다가 돌이가 밤길을 걸어가겠다고 고집하는 것을 보고

"너의 맘대로 해라. 밤길을 걸어갈 터이면 내가 삭불이와 같이 가도록 해주마. 삭불이가 가면 양주목사에게 편지 드리기도 편할 것이다."

하고 곧 삭불이를 불러다가 오늘 밤에 돌이와 같이 양주를 가라 일렀다. 삭불이는 밤길을 걷는 것이 맘에 달지 않지마는, 주인영감의 말을 거역하기 어려워서

"네."

하고 대답하였다. 돌이가 삭불이와 같이 이승지에게 하직하고 떠나서 동소문 밖으로 나가는 길에 잠깐 주팔에게 들렀다. 주팔이가

"일이 잘 되었나?"

하고 묻는데 돌이가 다른 말이 없이

"이승지가 고마운 사람입디다."

하고 대답하니 주팔이는

"그거 보게."

하고 허허 웃었다.

돌이와 삭불이가 이튿날 새벽에 양주에 도착하였다. 선이의 아내와 애기는 돌이의 이야기를 듣고 여간 기뻐하지 아니하였다. 그 편지만 들어가면 선이가 곧 나오려니 생각하고 삭불이에게 식전 일찍이 편지를 가지고 들어가달라고 신신당부하였다. 삭불이는 아직은 이르니 눈 좀 붙이고 일어난다고 방에 들어가

서 목침을 베고 눕더니 곧 잠이 들었다. 곤하게 자는 양이 한밤중만 여기는 것 같았다. 선이의 아내가

"이때쯤은 안전이 기침하셨을 터인데."

하고 삭불이를 불러 깨우고 또 얼마 뒤에는

"지금쯤은 식전 조사가 시작될 터인데."

하고 삭불이를 흔들어 깨웠다. 삭불이는 부르면 '홍, 홍' 대답하며 도로 자고 흔들면 '왜 이래, 왜 이래' 말하며 도로 자고 일어나지 아니하였다. 애기 모녀는 밖에서 조바심을 하는데 삭불이는 방에서 코를 골았다. 나중에 선이 아내가 돌이를 보고

"김선배가 일어나지 아니하니 어찌하면 좋은가? 자네가 편지를 가지고 가보지."

하고 말하니 돌이가

"잠깐만 가만히 계시우."

하고 방으로 들어와서 다짜고짜로 삭불이를 잡아일으켰다. 삭불이가 일어앉아 눈을 비비면서

"아이구 곤해."

하고 다시 몇번 하품을 하고 나서

"늦었나?"

하고 물으니 돌이가

"늦고말고. 여보, 해 좀 보오."

하고 방문을 열어놓았다. 선이의 아내가 삭불이를 들여다보며

"일변 당부한 보람도 없이 무슨 개잠이오?"

하고 나무라듯이 말하는데, 삭불이는 무안해하는 빛도 없이
"어젯밤에 잠을 못 잤으니까 첫잠이지 개잠인가?"
하고 재담하며 웃었다. 삭불이가 세수하고 옷을 고쳐 입고 하느라고 다시 한동안 지체하고 그제야 편지를 가지고 관가로 들어갔다. 선이의 집에서는 삭불이 나올 때 선이가 같이 나올까 하고 기다리었는데 얼마 뒤에 삭불이가 혼자 나와서 목사가 편지 보고 그대로 나가라고 말하고, 그러면 점심때나 나올까 하고 기다리었더니 아무 소식이 없이 점심때가 지나고, 설마 저녁은 나오겠지 하고 기다리는 중에 저녁때가 다 되었다.

선이의 아내가
"나오지도 않는 것을 헛기다리고 있다가 저녁 굶기겠다."
하고 심부름꾼에게 저녁밥을 들려가지고 옥에를 가니 옥사쟁이가 내달아서
"선이는 오늘 저녁 굶긴다. 안전 분부다."
하고 말을 물어볼 사이도 없이 어서 가라고 쫓아서 그대로 돌아왔다.
"밥을 받아주지 않는 것이 무슨 까닭인가?"
그 까닭을 알아내려고 이 사람이 이 말 하고 저 사람이 저 말 하다가
"아마 곧 내보내려는 것이다."
하고 공론이 일치하여 선이의 집에서는 선이 나오기를 또다시 기다리기 시작하였다. 때는 벌써 어두컴컴하였는데 여전히 아무

소식이 없었다. 관가에서 폐문하는 삼현육각 소리가 풍편에 들리었다. 선이의 아내가 기다리다 지쳐서 애기를 보고
 "인제 오늘은 고만이다. 저녁이나 한술 떠먹어치우자."
말하여 애기 모녀는 마루에서 밥을 먹고 저녁을 먼저 먹은 삭불이와 돌이는 마당에 멍석을 깔고 앉아서 청편지 이야기를 하였다.
 "이승지가 자기 편지로는 효력이 없겠다고 어디 가서 일부러 맡아다 주더니 그 편지 역시 효력이 나지 않는 모양이오그려."
 "글쎄, 청편지 잘못 부치면 볼기 한 개 더 맞는 수도 없지 아니하니……."
 "밤길 걸어서 서울 왕래한 보람으로 매 한 개 더 맞힌다면 탈인데요."
 "탈은 무슨 탈. 보람이 뒤쪽으로 날 뿐이지."
 "여보, 뒤쪽 보람이란……."
 문간에서
 "다들 집에 있나?"
하는 귀에 익은 목소리가 들리며 큰 키를 구부정하고 들어오는 사람이 있다. 선이다. 이야기하던 돌이와 삭불이는 벌떡 일어서고 밥 먹던 애기 모녀는 진둥한둥 뛰어내려왔다. 애기 모녀가 눈물을 이리저리 씻고 하고 삭불이가 밤길 걸은 공치사를 끝낸 뒤에 선이가 멍석 위에 앉으면서
 "안전 말이 죄는 귀양 보내 마땅하나 처음이라 십분 용서하니 나가라고 하고, 서울에 반연 있는 것을 믿고 분수 밖의 짓을 하

면 두 번은 용서 않는다고 하기에 돌이가 이승지 편지를 맡아온 줄 짐작했어.”
하고 말하니 돌이가
 “제기, 개새끼에게라도 두들겨맞기만 하는 것이 경칠 분수란 말인가?”
하고 혀를 찼다.
 선이가 갇히었다 놓여나온 뒤 이삼일 동안 선이의 집에는 어지간한 경사가 난 것과 같았다. 음식도 흔하고 오는 사람도 적지 아니하였다. 선이의 세력이 좋다는 소문이 나서 전에 오지 않던 사람들까지 찾아왔었다. 삭불이는 대접 잘하는 맛에 또 붙드는 맛에 일없이 묵었는데, 애기 모녀에게 너무 실없게 구는 것이 돌이 눈에 거칠어서
 “여보, 이승지 궁금하겠소. 고만 올라가보시우.”
하고 쫓다시피 말하여 사흘 만에 올라갔다.
 십여일이 지난 뒤에 돌이가 선이 내외를 보고 고향에 다녀올 말을 내니 선이의 아내는
 “부모님도 아니 계신데 다녀올 것 무어 있어.”
하고 가는 것을 긴치 않게 말하나 선이가
 “산소에라도 한번 다녀와야지, 이담날 살림에 얽매이게 되면 가기가 쉬운가? 맘 내킨 김에 갔다오너라.”
하고 가는 것을 허락하였다. 선이의 아내가 남편의 말을 좇아서 사위를 떠나보내기로 작정하고 행장으로 괴나리봇짐을 만들어

주는데, 땀이 배거든 갈아입으라고 빨아 다린 고의적삼을 두어 벌 개켜넣고 발감개를 끄를 때에 신으라고 볼 받은 버선과 새 버선을 섞어서 서너 켤레 집어넣고 또 길 가다 시장할 때 먹으라고 흰무리 몇덩이를 피딱지에 싸서 넣고 봇짐을 동인 뒤에 위에 매어단 표주박 한 개는 목마를 때 물 떠먹으라는 것이었다. 돌이가 떠나던 전날 밤에 애기가 돌이와 마주 앉아서 긴 사설로 짧은 작별을 하는 중에

"아무쪼록 하루라도 속히 오시오."

"아무리 속히 온대도 한 달은 걸릴걸?"

"한 달씩이나? 한 보름 동안에 다녀오시구려."

"오고 가고 하는 데만도 이십일이 걸려, 이 사람아."

"그러면 한 달 안에는 꼭 오시오."

"그리하지."

"한 달에 하루만 넘어도 다시 안 볼 테야."

"안 보면 어쩔 텐가?"

"내쫓지."

"내쫓는다? 제기 아니꼬워 데릴사위 노릇 못하겠군."

이와같은 같잖은 말로 말이 길어져서 한동안 애기는 포달을 부리고 돌이는 이죽거리게 되었다.

"나 죽는 걸 보고 싶소?"

"어떻게 죽어?"

"죽으려면 어떻게든지 못 죽을까? 우물에라도 빠져 죽지."

"우물 버릴라구?"

"그러면 비상도 못 먹을까?"

"누가 갖다 주나 말이지."

"우물 버리는 것을 무서워서 못 죽을까? 풍덩 빠지면 고만이지."

"풍덩 빠지게 두나? 내가 이렇게 꼭 붙잡지."

하고 돌이가 붙잡는 시늉한다고 애기의 허리를 끌어안았다. 시답지 않은 닭싸움 같은 내외의 말다툼이 끝이 났다. 애기가 다시

"한 달 안에는 꼭 오시지요?"

하고 기한을 다지니 돌이는

"오고말고. 꼭 오지."

하고 대답하다시피 말하였다.

"오실 때 함흥 소산이나 많이 가지고 오시오."

"함흥 소산이 무엇 있어야지. 어물이나 가지고 올까?"

"무엇이든지."

"그래."

"잊었다만 보아."

하고 애기가 밉지 않게 눈을 흘기니 돌이는

"또 내쫓나?"

하고 너털웃음을 웃었다.

이튿날 식전에 돌이가 괴나리봇짐을 지고 길을 떠났다. 주팔이와 이승지 부인에게 간단 말이나 하고 가려고 서울을 들렀더

니 주팔이는

"동행 좋은 김에 나도 고향에나 다녀오겠다."

하고 갑자기 길 떠날 차림을 차리고 이승지 부인은 돌이와 주팔이가 고향에 간다는 말을 듣고 자기가 가지 못하는 것을 슬퍼하여 눈물방울이나 좋이 지었다. 이승지가 그 부인의 맘을 위로하기 겸하여 주삼이 내외의 사철 의복차를 보내는데, 한 짐을 만들어서 짐꾼 하나를 따라가게 하였다. 돌이와 주팔이가 짐꾼 하나와 셋 동행으로 길을 떠나서 십여일 만에 고향에를 득달하니 주삼이 내외의 반가워하는 것은 말할 것도 없고 동네 사람들까지도 정답게 맞아주었다. 서울 짐꾼을 이삼일 묵혀서 떠나보낸 뒤에 돌이가 노독과 몸살로 누워 앓게 되었다. 평소에 병 없던 사람이 앓으면 몹시 앓는 법이라 돌이는 죽도록 앓았다. 주팔의 약 효험으로 십여일 만에 간신히 머리를 들고 일어났는데 병으로 지친 끝에 학질이 들어서 또 여러 날을 앓게 되었다. 돌이가 학질도 앓는 중에 애기에게 다짐두다시피 한 한 달 기한이 지나갔다.

주팔이가 시골 내려간 동안에 주팔의 집에는 주팔의 첩이 혼자 집을 지키고 있었다. 삭불이가 놀러오는 외에는 별로 오는 사람도 없었다. 주팔의 첩이 나이 삼십이 넘었으나 맘은 새파랗게 젊은 까닭에 혼자 지내기가 고적하였다. 삭불이가 주팔이 있을 때보다 더 자주 오게 되고 낮에 올 뿐이 아니라 밤에도 오게 되었다. 밤이 늦도록 더위가 물러가지 아니할 때 두 사람이 사발정에 물 먹으러 올라가다가 이웃 젊은 사람들 눈에 뜨이어서 뒷손가락질을 받은 적도 있었다.

어느 날, 식전부터 날이 흐리더니 해질 무렵에 비가 오기 시작하여 좍좍 내리는 빗줄기가 놋날 드린 것 같았다. 주팔의 첩은 해먹기가 귀찮아서 찬밥술로 저녁을 때우고 바깥문을 일찍이 닫아걸고 방안에 들어앉았다. 삭불이가 낮에 왔다갈 제 밤에 다시 오마고 말하였지만, 무서운 달구비를 맞고 올 것 같지 아니하였다. 초저녁이 지나서 바깥은 캄캄한데 퍼붓듯이 쏟아지는 빗소리와 반수 도랑의 물소리가 천지를 뒤덮을 것 같았다. 주팔의 첩은 맘이 송구하였다. 동네가 만리 같고 이웃이 천리 같아서 사람의 소리는 고사하고 개짐승 소리도 들리지 아니하였다. 주팔의 첩은 혼자 있기가 무서웠다. 방구석에 있는 등잔거리를 머리맡으로 옮겨다 놓고 등잔접시에 기름을 붓고 쌍심지를 켜놓았다. 줄곧 퍼붓던 비가 다음 준비로 쉬는 것같이 그만할 때, 문을 두들기는 소리가 들리었다. 주팔의 첩은 이웃집 문간에서 나는 줄 알고

"이런 밤에 어디 나갔다 오는 사람이 다 있는가베."
하고 혼자 지껄이었는데 두들기는 소리가 가까이 들리어서

"김서방이 와서 집의 문을 두들기나?"
하고 닫히었던 방문을 열고 귀를 기울였다. 문밖에서 문이 부서지라고 박차는지 문소리가 요란하게 났다. 주팔의 첩은 삭불이가 온 줄 짐작하고 맘에 반가웠다. 한손에 관솔을 켜들고 다른

손에 전모˚를 치어들고 문간으로 나와서

"김서방이오?"

하고 물으니 밖에 있는 사람이 '녜' 하고 대답하는 모양인데 목소리가 분명히 들리지 아니하였다. 주팔의 첩이 들었던 전모를 벽에 의지하여 세우고 나서 빗장을 빼고 문을 열자, 밖에 있던 사람이 황망하게 문안으로 들어왔다. 주팔의 첩이 들어오는 사람과 마주치지 아니하려고 얼른 몸을 피하는데, 그 사람의 팔이 공교히 관솔 든 팔을 툭 치며 관솔이 떨어졌다. 주팔의 첩이

"애그머니."

하고 다시 집으려고 하였으나 마당에서 넘치어 들어온 물이 땅바닥에 고이어 있어 피시시 소리 한번에 관솔불이 꺼지었다.

● 전모(氈帽)
조선시대 여자들의 나들이용 모자.

"이것을 어떻게 하나? 아이 깜깜해라. 좀 찬찬히 들어오지요, 이 양반아."

하고 주팔의 첩이 더듬더듬하여 문빗장을 지르는데 그 사람은 아무 소리 없이 서 있었다. 주팔의 첩이 손대중으로 전모를 찾아 들고야

"올라갑시다."

하고 그 사람 옆으로 가서

"가만히 있소, 내가 앞설게. 마당에 물 고인 데가 있세요."

하고 앞서서 발대중으로 살살 걸어오는데 그 사람은 털벙털벙 몇발짝을 떼놓더니 경청경청 뛰어서 마루 앞 댓돌에 올라섰다.

"보선 꼴은 잘 되었겠소."

하고 주팔의 첩이 따라오는 동안에 그 사람은 벌써 갓모와 유삼을 벗어 마루에 놓고 마루 끝에 걸터앉아 진 버선을 빼고 있었다. 주팔의 첩이 댓돌 위에 올라서서 전모를 세우며

"날비를 맞고 와서 입이 굳었구려. 어서 방으로 들어갑시다."

하고 먼저 마루로 올라왔다. 주팔의 첩이 그 사람의 뒤에 서서 방안에 있는 등잔불빛에 입은 고의와 적삼을 보니 낮에 입었던 것이 아니라

"어디 가서 우장雨裝을 얻어 입었소?"

하고 말하면서도 김서방이 아니고 딴 사람인가 의심을 내서 겁결에 얼른 방으로 들어왔다. 그 사람이 뒤미처 방으로 뛰어들어 오는데 몸에서 풍기는 바람이 등잔에 닥치었는지 불이 꺼지며 방안이 지옥이 되었다. 모진 매의 발톱과 같은 사나이의 손이 참새새끼같이 떠는 여편네의 몸을 움키며

"나도 김서방은 김서방이다."

하고 범이 차반감을 놓고 으르렁거리듯 하였다. 한동안 번개가 번쩍거리고 우레가 우르르거리더니 한밤중이 지난 뒤에 번개와 우레가 그치며 비도 그럭저럭 그치었다. 도랑에 물 내려가는 소리는 밤새도록 요란하였다.

이튿날 새벽에 주팔의 집에서 사나이 하나가 나가는데, 그 사나이는 삭불이와 같이 외모가 해사하지 아니하고 거무스름한 얼굴에 목자目子가 우락부락하였다. 주팔의 첩도 그 사나이가 관

근처에 사는 김서방인 줄 아는 외에 더 아는 것이 없었다.

   선이의 집에서는 돌이가 온다는 때 오지 아니하여 한걱정을 삼았었다. 선이 내외는 말이나 하며 걱정하지만 애기는 말도 못하고 속으로 걱정하느라고 얼굴까지 야위었다. 선이의 아내가 저녁거미 내리는 것을 보고
  "내일은 오려는 게다."
  또 식전 까치 짖는 것을 듣고
  "오늘은 오는 게다."
말하면 애기는 종일 맘을 졸이며 기다리었다. 나중에 애기가 그 어머니를 보고

  • 유삼(油衫) 기름에 결은 옷으로, 비나 눈 따위를 막기 위해 옷 위에 껴입는다.

  "아무래도 무슨 일이 난 것이에요. 서울은 혹 소식을 알는지 모르니 아버지가 한번 갔다오시면 좋겠세요."
말하여 선이가 서울 와서 주팔의 첩을 찾아보고 또 삭불이를 만나보았다. 그리하여 짐꾼 편의 소식으로 무사히 간 것을 알고 또 주팔이까지 오지 아니한 것으로 아직껏 고향에들 있는 것을 짐작한 뒤에 선이 내외는 돌이나 주팔이나 두 사람 중에 한 사람이 고향에서 병이 난 것이라고 추측하였는데, 애기만은 돌이가 병이 난 것이라고 생각하였다. 돌이가 동행한 사람의 병 까닭으로 자기에게 다짐하다시피 한 기한을 어길 리가 없고, 어긴다고 하여도 하루 이틀이지 십여일씩 오래될 리가 없으리라는 것을 이유 삼아 정녕 돌이가 병이 났다고 생각한 것이다.

어느 날 식전에 애기가 그 어머니를 보고

"그가 죽은 게요."

하고 밑도끝도없이 말하니

"그건 무슨 소리냐?"

하고 그 어머니가 애기를 나무랐다.

"어젯밤 꿈에 죽은 것을 보았세요."

"네가 너무 걱정하니까 그런 꿈이 꾸이는 게다."

"꿈이 맞으면 어떻게 하나?"

"맞기는 무얼 맞아?"

하고 애기 모녀가 꿈 이야기를 하는 중에 밖에 나갔던 선이가 들어오며

"기다리는 사람이 왔다."

하고 소리를 쳐서 모녀가 일시에 문간을 바라보니 얼굴이 해쓱한 돌이가 그 뒤를 따라 들어섰다. 선이의 아내가 쫓아내려가서

"웬일인가? 어데서 자고 이렇게 일찍 들어오나? 어서 올라가세."

하고 돌이를 붙들어올리다시피 하여 선이 내외는 돌이와 같이 마루에 올라앉고, 애기는 그 어머니 뒤에 서서 돌이를 바라보았다. 돌이가 고향에 가던 길로 중병이 나서 앓은 것을 이야기하고 떠날 때에 고모부가 팔월 추석을 지내고 가라고 붙드는데, 자기가 간다고 고집을 세울 뿐이 아니라 고모가 병 구원에 몸서리를 내서 하루바삐 가라고 말하여 쉽게 떠나게 되었다는 것을 이야기

하며 두 손을 내저어 가라고 말하던 고모의 흉내를 내어서 여러 사람을 웃기었다. 이야기가 대강 끝난 뒤에 돌이가 선이를 보고
 "짐을 어째 아니 들여오나요?"
말하자 심부름꾼이 짐을 갖다가 마루 끝에 놓았다. 그 짐이 갈 때 괴나리봇짐과 달라서 어지간한 등짐꾼의 짐만 하였다. 선이 아내는
 "무슨 짐이 이렇게 많은가?"
하고 짐을 안으로 끌어당기고 돌이는 그 짐을 풀며
 "소산을 가지고 오라는 분부가 있었세요."
하고 애기를 치어다보며 웃으니 선이의 내외도 웃으며 애기를 돌아보았다. 애기는 치마끈을 입에 물고 고개를 숙이었다. 돌이가 짐을 풀고 오미자 봉지와 지치〔紫草〕 뿌리와 광어조각, 홍어조각과 홍합꼬치를 내어놓았다. 선이의 아내가 봉지를 펴서 보고 꼬치를 들어보고 하다가 짐 속에 남아 있는 기름한 궤를 가리키며
 "그것은 무엇인가?"
하고 물으니 돌이가
 "이것이오? 이것은 우리 조상님이에요."
하고 웃었다.
 "조상님이라니, 신주神主 말인가?"
 "아니요. 신주가 다 무어요."
하고 돌이가 궤 뚜껑을 열더니 활 하나를 꺼내놓고 활의 내력을

이야기하였다. 선이는

"그래, 이 활이 최장군이 아잇적에 쏘던 활이란 말이냐?"
하고 활을 만져보고 선이의 아내는

"이다음 아들 낳거든 주지."
하고 활을 들고 애기를 돌아보았다. 어물 등속은 선이의 아내가 마루 선반에 집어 얹고 활궤는 애기가 자기 방에 갖다 두었다. 그날 밤에 돌이가 애기를 보고

"한 달 기한에 못 대어와서 자볼기는 맞을 작정을 했어."
하고 웃으니 애기는

"병환이 다 나시기나 했소? 얼굴이 지금도 몹시 해쓱하시구려."
하고 돌이의 몸을 걱정하고 돌이가

"나는 앓기나 해서 해쓱하다지만 앓지도 않은 사람이 얼굴이 왜 조 모양이야."
하고 애기의 야윈 얼굴을 가리키니 애기는

"말을 마시오. 그동안 걱정으로 맘 썩인 것이 십년 살 것은 감수하였을 것이오. 인제 고향에 다 가셨소. 나하고 같이 가기 전에는 못 갈 것이니."
하고 웃었다.

돌이와 주팔이가 고향에 다녀온 뒤에 애기와 주팔의 첩이 각각 태기가 있어 이듬해 사월달에 주팔의 첩이 먼저 해산하여 아들을 낳았다. 돌이가 이 소식을 들은 뒤에 밤에 내외 앉았을 때,

애기의 배를 가리키며

"저 속에 들어앉은 것도 아들일 터이지."

하고 욕심을 말하니 애기가

"그걸 누가 알아요?"

하고 대답한 뒤에

"말들이 아들 배는 절구통배라 배가 두리두리하게 부르고 딸 배는 바가지배라 배가 앞산만 부르다는데 배부른 것도 아들 같고, 사내아이는 왼손편에서 놀고 계집아이는 바른손편에서 논다는데 노는 것도 사내아이 같지만 낳아 놓기 전에야 알 수가 있어요?"

하고 의심을 말하였다. 돌이가 이 말을 듣더니

"내가 전에 들어둔 법이 있는데 그 법이……."

하고 머리를 긁적거리다가

"옳지, 알았어. 내일 한번 써보아야지."

하고 웃으며 애기가 그 법이 무슨 법이냐고 물어야 내일 가르쳐 주마고만 말하고 그 법은 이야기하지 아니하였다. 이튿날 아침에 애기가 장독간으로 장 뜨러 가는데 돌이가 뒤에서

"이것 좀 보아."

하고 갑자기 부르니 애기가 홀끗 뒤를 돌아보았다. 돌이가

"아들이야, 아들."

하고 허허 웃는데 부엌에 있던 선이의 아내가 마당으로 나오며

"무엇이 아들이란 말인가?"

하고 물은즉 돌이는 또 허허 웃으며

"뱃속 아이의 남녀를 아는 법인데 아이 밴 여자를 뒤에서 무심결에 불러서 바른손편으로 돌아보면 아들이래요."

하고 지금 애기가 바른손편으로 돌아보았다고 말하였다. 방에 있던 선이가 되창문으로 내다보며

"이애, 잘못 알았다. 남좌여우 男左女右 라니 왼손편으로 돌아보아야 아들이지."

하고 말참례를 들어서 돌이가

"그러면 내가 잘못 알았나?"

하고 머리를 긁적거리며 밖으로 나갔다. 돌이가 법을 안다고 코 큰 체하다가 코를 싸쥐고 나가는 꼴이 우스워서 애기는 웃느라고 장물을 엎지를 뻔하였다.

오월은 애기가 만삭이라 선이의 집에서 초생부터 해산 준비를 해놓았다. 쌀은 말로 찧어두고 미역은 춤으로 구하여 두고 첫국밥 담을 새 사발, 새 뚝배기와 아이 씻길 새 옹배기까지 따로 얻어두고 아이 낳기를 기다리었다. 보름이 지난 뒤의 어느 날 애기 모녀가

"어머니, 무엇이 보이었는데 그것이 무엇인가요?"

"이슬이다. 희더냐 붉더냐?"

하고 군호와 같은 문답을 하더니 그 이튿날 꼭두새벽부터 애기가 배를 앓기 시작하여 온종일을 신고하였다. 선이가 불수산 佛手散 첩이나 지어왔지만, 애기가 초산으론 순산으로 그날 저녁때

에 아이를 낳았다. 선이의 아내가 아이를 받아서 구정물을 씻겨 누이고 후산後産을 곧 시켜야 한다고 애기를 바로 앉힌 뒤에 무릎으로 아랫배를 제기더니˚ 후산까지 탈이 없이 잘하였다. 선이의 아내가 외할미가 삼할미 노릇까지 한다고 말하고 탯줄을 들고 아이 배꼽에서 한 뼘쯤 되는 곳을 서너 번 훑어내린 뒤에 실로 앞뒤를 동이고 수숫대 껍질로 동인 중간을 잘랐다. 갓난아이가

"으으."

하고 울었다. 문밖에 섰던 선이가

"무어야?"

하고 물으니 선이의 아내가

"어미 닮았어."

하고 대답하는데 선이의 옆에 섰던 돌이가 이 말을 듣고 정이 떨어지는 듯이 입맛을 다시니 선이가 가장 미립˚이 있는 듯이

● 제기다
팔꿈치나 발꿈치 따위로 지르다.
● 미립
경험을 통하여 얻은 이치나 요령.
● 너누룩하다
감정이나 심리가 좀 느긋하다.

"아니다, 아직은 모른다. 아들을 딸이라고 속여야 수명장수한다고 속이는 버릇이 있으니까 두고 보아야 한다."

하고 말하여 돌이가 맘이 너누룩할˚ 제, 선이의 아내가 방에서 나오며

"속이고 아니 속이고 할 것도 없어. 순산한 것만 다행이지. 어미 닮아 이쁘긴 해."

하고 말하였다. 돌이는 낙심하는 중에 슬그머니 골이 나서

"이왕이니 남처럼 아들이나 낳지."

하고 툴툴거리었다. 그리하여 아이의 삼이 나가기 전에 돌이는 남의 아들이나 보러 간다고 주팔의 집에를 올라왔다.

이때 주팔의 집 아들아이는 낳은 지 삼칠일이 지났었다. 아이가 원래 크기도 하거니와 우락부락하게 생긴 살갗 검은 얼굴이 백일 지난 것과 다름이 없었다. 돌이가 주팔이를 보고

"아이가 크구려. 그런데 부모와는 딴판이니 누구를 닮았을까?"

하고 아이의 닮은 사람이 없는 것을 말하니 주팔이는

"그걸 낸들 아나? 사람의 자식이니 사람을 닮았겠지."

하고 허허 웃고서 돌이에게

"그래 자네 딸은 자네 닮았든가?"

하고 물으니

"나는 보지도 아니했소. 말 들으니 제 어미 닮았답디다. 그까짓 딸자식이 누구를 닮거나 상관이 있소?"

하고 돌이가 딸이라고 하치않게 말하는데 주팔이가

"딸자식은 자식이 아닌가? 그러고 딸 낳으면 아들도 낳지."

하고 위로조같이 말하였다. 돌이와 주팔이가 둘이 앉아 이야기하는 중에 삭불이가 들어오며

"이거 오래간만에 만나는 사람이 왔네그려."

하고 돌이를 향하여 고개를 까닥거리고 주팔이 비켜주는 자리에 앉았다. 삭불이가 애기의 딸 낳은 말을 듣더니

"한 집에는 아들 낳고 한 집에는 딸 낳았으니 장래 사돈하기

좋겠네."

하고 하하 웃고 나서 돌이를 보고

"자네 언제 가려나? 갈 때 나하고 같이 가세. 내가 국밥을 얻어먹으러 갈 터일세."

하고 말하니 돌이가

"그까짓 국밥 먹으러 멀리 가려고 하는구려. 내가 이번에는 서울서 좀 놀다 갈 터이오."

하고 속히 가지 아니할 것을 말하였다.

유월에 이승지가 직품이 올라서 벼슬이 예조참판이 되고 그 부인은 따라서 정부인貞夫人을 바치게 되었다. 대체 육조 여섯 마을의 큰 일은 판서들이 결처決處하고, 마을 안 작은 일은 참의들이 알음하여 참판은 따로 맡은 일이 없는 터에 예조는 육조 중에 청한무사淸閑無事하기로 이름난 마을이라 예조참판이란 늙은이 낮잠자기에 좋을 만한 벼슬이었다. 이참판이 이때껏 벼슬 다니던 중에 가장 몸이 한가하였다. 이참판이 어느 날 부인과 공론하고 주팔이와 돌이를 불러다 저녁밥을 같이 먹기로 하고 안방 모방의 마루를 치우고 주팔이와 돌이를 불러들이고 사랑에 오는 다른 손은 병이 있다 핑계하고 보지 아니하였다. 이참판의 부인까지 그 마루로 나와서 네 사람이 각기 자리를 잡고 앉은 뒤에 이참판이 먼저 입을 열어

"함흥서 떠난 뒤에 이렇게 한자리에 앉아보기가 처음이지?"

하고 부인을 돌아보니 부인은

• 삼
태아를 싸고 있는 막과 태반.

"서울 온 때가 어제 같아도 벌써 사년이에요."
하고 주팔이를 바라보았다. 주팔이가 돌이를 가리키며 이참판을 향하여

"이 사람이야말로 딸 낳고 골이 나서 서울로 뛰어왔답니다. 장인 장모가 사람이 좋아서 같잖은 버릇을 잘 받아주는 모양이에요."
하고 허허 웃으니 이참판이

"너는 게으름뱅이 사위라고 지청구를 받지 않는 게로구나."
하고 빙그레 웃었다. 이때껏 한 무릎을 세우고 앉았던 돌이가 책상다리로 고쳐앉으며

"내가 영감 팔자 같소? 그런 소리를 듣게."
하고 그 말끝에

"우리가 작년에 고향에 갔을 때도 게으름뱅이 사위가 지금 벼슬이 정승이냐 무어냐 묻고 봉……."
하고 말하다가 뚝 그치고 다시 말을 돌려

"누이 이름을 부르며 지금은 무슨 마님이냐고 묻는 사람이 더러 있습디다."
하고 자기 말에 입증하라는 듯이 주팔이를 돌아보았다.

이때 아이종 하나가 아장아장 걷는 어린아이의 손목을 끌고 와서 부인을 보고

"애기가 영감마님께 가겠다고 떼를 써서 데리고 왔습니다."
말하는데 부인이 미처 대답하기 전에 이참판이

"오, 이리 오너라."

하고 두 손을 벌리었다. 이참판이 아들을 안아주며

"이 애놈은 함흥 태생이라 이름을 함동(咸童)이라고 지었다."

하고 아이를 들여다보며

"함동아, 너는 함흥 사람이야."

하고 어르듯 말하는데 아이가

"아니야, 서울 사람이야."

하고 골부림하듯 말하니

"함흥 사람의 자식이 함흥 사람을 언짢게 아는 모양이야."

하고 이참판은 허허 웃었다.

  얼마 아니 있다가 작은 잔치와 같은 저녁이 벌어져서 배불리 먹은 뒤에 주팔이와 돌이가 같이 일어서는데 돌이는 일간 내려갈 터인데 다시 오지 못한다고 이참판 내외에게 작별을 말하였다.

〈봉단편 끝〉

임꺽정 ❶ 봉단편

1985년 8월 31일 1판 1쇄
1991년 11월 30일 2판 1쇄
1995년 12월 25일 3판 1쇄
2007년 8월 15일 3판 15쇄
2008년 1월 15일 4판 1쇄
2022년 6월 20일 4판 11쇄

지은이	홍명희
편집	김태희, 박찬석, 조소정, 이은경
디자인	오진경
제작	박홍기
마케팅	이병규, 양현범, 이장열
출력	블루엔
인쇄	천일문화사
제책	J&D바인텍
펴낸이	강맑실
펴낸곳	(주)사계절출판사
등록	제406-2003-034호
주소	(우)10881 경기도 파주시 회동길 252
전화	031)955-8588, 8558
전송	마케팅부 031)955-8495 | 편집부 031)955-8596
홈페이지	www.sakyejul.net
전자우편	literature@sakyejul.com
블로그	blog.naver.com/skjmail
페이스북	facebook.com/sakyejul
인스타그램	instagram.com/sakyejul

ⓒ 홍석중 2008

값은 뒤표지에 적혀 있습니다. 잘못 만든 책은 구입하신 서점에서 바꾸어 드립니다.
사계절출판사는 성장의 의미를 생각합니다. 사계절출판사는 독자 여러분의 의견에 늘 귀 기울이고 있습니다.
이 책은 저작권법에 따라 보호받는 저작물이므로 무단전재와 복제를 금합니다.

ISBN 978-89-5828-261-7 04810
    978-89-5828-260-0 (세트)